전략
삼국지
4

위·촉·오의 천하쟁탈전

SANGOKUSHI (4)
Text by MITAMURA, Nobuyuki, illustrations by WAKANA, Hitoshi +Ki
Text copyright © 2002 by MITAMURA, Nobuyuki
Illustrations copyright © 2002 by WAKANA, Hitoshi +Ki
First published in Japan in 2002 by Poplar Publishing Co., Ltd.
Korean edition copyright © 2005 by Sam Yang Media
Through PLS, Seoul. All rights reserved.

위·촉·오의 천하쟁탈전

나관중 원작 | 나채훈·미타무라 노부유키 평역 | 와카나 히토시 그림

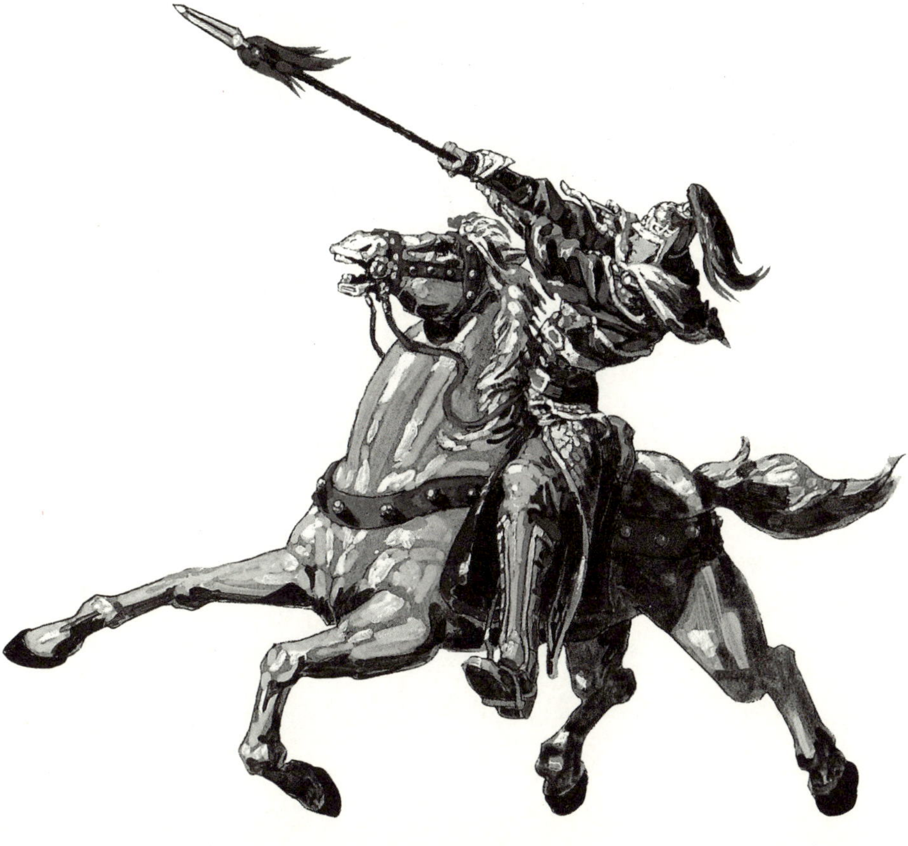

삼양미디어

당시 지도

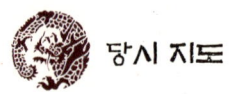

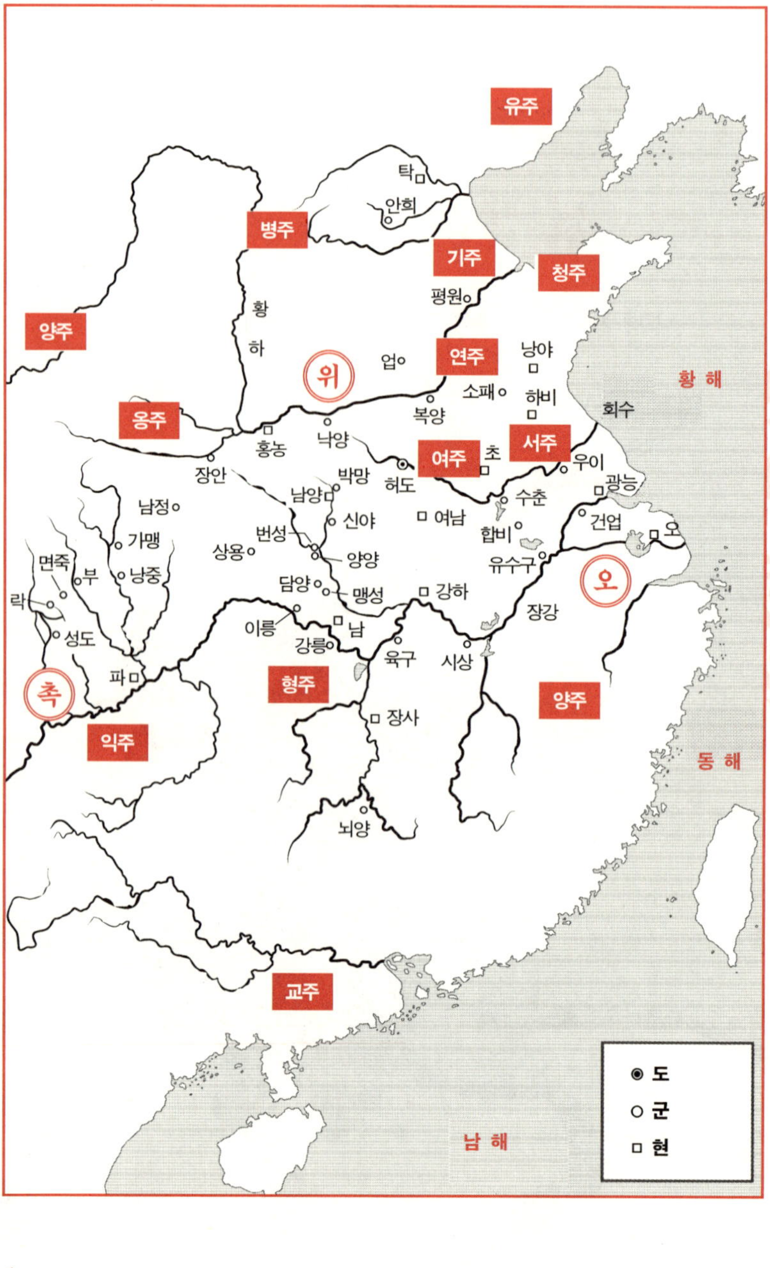

유주
탁
안희
병주
기주
청주
평원
양주
황
하
위
업
연주
낭야
소패
하비
황해
옹주
복양
회수
홍농
낙양
여주
초
서주
우이
장안
박망
허도
광능
남정
남양
신야
수춘
여남
건업
오
가맹
번성
합비
상용
양양
유수구
면죽
부
낭중
오
담양
맹성
강하
락
장강
이릉
남
성도
강릉
육구
시상
파
형주
촉
양주
익주
장사
동해
뇌양
교주
남해
도
군
현

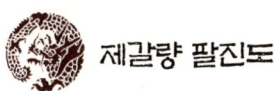 제갈량 팔진도

제갈량이 즐겨 사용한 진법(陣法)으로 앞에 셋, 중간에 좌우 둘, 뒤에 셋으로 여덟 개의 포진을 두고 한 가운데에 중군이 포진했다. 이 팔진도는 어복포에 돌로 쌓여지기도 했고 실제 전투에서도 응용되었다.

풍 조 지

용 중군 호

운 사 천

기병24진

 추천의 글

이 수 성 (전 국무총리, 현 새마을운동중앙회장)

삼국지는 오랜 세월 동양의 고전으로 흥미진진한 영웅담으로 읽혀지면서 가장 인기 있는 역사소설이 되었고, 특히 사회적으로 어지러운 기류가 일어날 때는 인생의 지침서나 바른 처세의 교훈서로 각광을 받았습니다.

그 이유가 무엇일까요?

등장하는 수많은 인물들의 인간적 매력, 그리고 그들의 실패와 성공 뒤에 도사리고 있는 지모와 전략, 신의와 배신, 소용돌이치는 철저한 이기심과 당당한 대의의 마찰 등 장면마다 극적 현상들이 사람의 마음을 끌어당기기 때문일 것입니다.

관우의 신의와 장비의 무혼, 조자룡의 성심과 용맹, 제갈량의 신출귀몰한 지략, 조조의 현실지향적 사고와 간계, 유비의 장자다운 인간애에 매료당하는 이유도 있겠지요.

그러나 무엇보다도 중요한 것은 청소년 시절에 가져야 할 큰 꿈, 그리고 그것을 실현하는 능력과 기백에 대하여 옳고 그름을 판별하고 대의를 존중하며, 최대 다수의 최대 행복이 무엇인가를 숙고하게 해 주는 지침서이기 때문이라고 생각합니다.

이번 한일 양국의 협력 속에 발간되는 「전략 삼국지」는 21세기의 젊은이들이 반드시 읽어야 할 교양 필독서이자 장차 삶의 내용을 풍부하게 해 줄 인간 경영의 큰 틀을 보여 준다는 점에서 많은 분들의 사랑을 받을 것이라고 확신합니다.

흥미도 흥미지만 진지한 마음으로 수많은 인물들의 활약상을 음미해 보십시오.

시대는 바뀌어도 변하지 않는 것 - 인간의 위대한 모습이 무엇인지를 독자에게 되새겨 주리라 믿습니다.

삼국지라는 역사 공간에서 민중과 지배자와의 관계가 어떻게 형성되어야 역사의 성공을 이룰 수 있는지를 살펴보고 우리의 현실을 어떻게 개척해 나갈 것인가도 생각해 보았으면 싶군요.

일독을 권하면서 독자들의 큰 성취를 기원합니다.

이수성

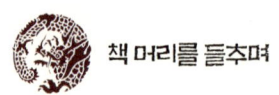 책 머리를 들추며

원래「삼국지」는 촉한 출신의 진(晋)나라 역사가였던 진수라는 분이 조조의 위나라, 유비의 촉한, 손권의 오나라 역사를 기록한 책입니다.

이 역사서의 큰 뼈대를 바탕으로 해서 재미있는 역사소설로 펴낸 것이「삼국연의」라는 나관중의 작품입니다. '연의'라는 말은 꾸며 쓴 이야기, 즉 소설을 말합니다.

결국 이 역사소설이 흥미가 진진하고 재미가 있어 널리 읽히게 되어「삼국지」라고 하면 나관중의 역사소설로 인식될 정도가 되었고, 요즈음「삼국지」라고 할 때 그것이 나관중의 작품이 되고 만 것입니다.

사실 역사서보다는 역사소설 쪽이 재미 이상의 교훈을 많이 담고 있고 등장하는 인물들에 대한 매력과 흥미를 잘 묘사하고 있지요.

예를 들면 천애고아가 된 제갈량이 용기를 잃지 않고 노력하여 뛰어난 전략가이자 명 정승이 되어 펼치는 기기묘묘한 계책이나 최선을 다해 임무를 완수하려는 정신, 그리고 세상에 대해 갖고 있는 올바른 사고방식이 있습니다.

그리고 도원결의에서 나타난 유비, 관우, 장비 삼형제의 신의와 의리, 목숨을 초개같이 여기면서 지키려 하는 무사정신은 우리의 심금을 울리지요. 꾀많은 조조가 발휘하는 갖가지 모습 또한 어느 때는 무릎을 치게 하고, 어느 때는 탄식을 불러일으킵니다.

그래서「삼국지」는 이런 모습들을 다양하게 보여 주는 여러 작가들의 작품이 나왔고, 어린이를 위한 것은 물론 만화로도 많이 나와 널리 읽히게 되었습니다. 따라서 완역본을 바탕으로 한 소설이나, 계층에 알맞도록 재구성된 소설, 또는 만화가 나름대로의 특징으로 독자의 사랑을 받고 있는 것입니다.

어떤 작품이 정본(正本)이고 어떤 작품이 옳다든지 하는 의견도 더러 있습니다만, 그것은 큰 의미가 없고 오히려 작가 나름대로의 시각이 살아 있는 쪽에 의미를 두는 것이 좋으리라 생각됩니다.

이번에 펴내는 「전략 삼국지」는 도원결의에서 시작하여 오장원에서의 제갈량 죽음까지를 다루는데 제갈량의 활약 쪽에 무게를 두고 젊은이들이 읽기 쉽도록 했다는 데 특징을 주었습니다. 그리고 관우와 장비를 중심으로 보여 주는 의리와 신의를 보다 부각시켰습니다. 물론 원전에 바탕을 둔만큼 다른 삼국지와 크게 다르지는 않겠으나 풍부한 삽화와 관계되는 장면을 지도로 설명하며, 보충설명을 넣어 누구든지 읽고 재미를 느끼며 지혜와 용기, 지켜야 할 도리 같은 것을 배울 수 있었으면 하는 바람을 담았습니다. 많은 사랑과 이해를 부탁드립니다.

인천에서
평역자 나채훈 씀

등장인물

유비

한나라 경제(景帝)의 후손.
방통을 군사로 삼고 파촉으로 쳐들어가 성도(成都)를
함락하고 염원이었던 파촉을 손에 넣는다.
그 뒤 한중왕(漢中王)의 자리에 오르고, 조비(曹丕)가
위나라의 황제가 되자 촉한을 세워 자신도 제위에 오른다.

관우

무용에 뛰어나고 신의를 중히 여기는 참다운 용사.
유비의 신뢰가 두텁고 형주의 방비를 맡고 있었으나,
여몽의 계략에 걸려 목숨을 잃는다.
죽은 후 여러 가지 이상한 일을 일어난다.

장비

장팔사모를 무기로 하는 맹장.
파촉의 엄안이나 조조군의 장합을 멋진 계략으로 격파하여
무용만 갖고 있는 것이 아니라 지모도 있다는 것을 보여 준다.

조운

조조군에게 포위된 황충을 혼자서 구해 내
"자룡의 간덩이는 얼마나 크길래!" 하고 유비를
감탄하게 만든다.

제갈량

자는 공명. 갖가지 계략을 세워서 유비를 돕고
마침내 파촉을 취하여 〈천하삼분지계〉를 실현시킨다.
또한 유비를 황제에 오르게 하고 자신은 승상이 된다.

방 통

공명의 권유로 유비를 섬기고 부군사가 된다.
유비의 성도 입성을 돕지만 성공 직전에 낙봉파에서
목숨을 잃는다.

황 충

늙은이라고 업신여김을 받은 것에 반발하여
정군산의 싸움에서 조조군의 맹장 하후연을 단 한 칼에
베어 버렸다.

유 봉

유비의 양자.
관우를 구원하라는 부탁을 거절해 죽도록 내버려 두어
끝내는 유비에게 참수당한다.

등장인물

조조
위나라 왕이 되고 업성에 위왕궁을 건설하며 조비를 후계자로 정한다. 손권이 보내 온 관우의 목과 대면한 뒤 망령과 두통에 시달리다가 끝내 66세의 나이로 생애를 마감했다.

조비
조조의 장남. 조조가 죽은 뒤 헌제를 폐하고 제위에 올라 위나라를 일으켰다. 위나라 문제(文帝).

조식
조조의 삼남.
시문의 천재. 형인 조비 앞에서 일곱 걸음을 걷는 사이에 시를 지어서 목숨을 건졌다.

허저
조조의 신변을 지키는 무장.
서량의 마초와 1대 1 승부를 해서 그 용맹스러운 칼솜씨로 마초를 겁먹게 만들었다.

사마의

위나라의 참모.
조조 옆에 있으면서 차츰 두각을 나타내고,
조조가 죽음에 임해서 조비를 도와주라고 부탁한다.

손 권

강동의 주인.
여러 가지 수법을 동원하여 유비에게서 형주를
되찾으려 한다. 여몽의 계략으로 관우를 사로잡아
죽이고 마침내 형주를 빼앗는 데 성공했다.

노 숙

손권의 참모.
회담을 빙자하여 임강정에 관우를 초대하여 죽이려고
하지만 실패한다. 주유의 뒤를 이어 강동을 이끌었다.

감 녕

강동의 무장.
합비의 싸움에서 조조의 진영에 불과 1백 기로 돌격을
감행해 마음껏 유린한 다음에 철수했다.

여 몽

강동의 무장.
노숙의 뒤를 이어 강동을 이끌었고
계략을 써 관우를 사로잡는 데 성공한다.
관우의 망령에 사로잡혀 죽었다.

 등장인물

마 초

부친이 조조한테 살해당해 그 원한을 갚으려고 하지만
조조의 계략에 걸려서 실패한다. 나중에 유비를 섬긴다.

장 로

〈오두미도(五斗米道)〉라는 종교의 지도자.
한중을 지배하고 있었으나 조조에게 항복했다.

좌 자

도사. 조조가 위왕이 되었을 때 위왕궁에 찾아와
신기한 도술을 여러 번 걸어서 조조를 괴롭혔다.

장 송

유장의 부하.
유장을 배신하고 유비에게 촉땅을 헌상하려고 하다가
잡혀 죽는다.

장임
촉땅의 명장.
방통을 죽이고 유비의 촉땅 점령에 저항하여
최후까지 싸우고 항복을 거부하여 참수당한다.

방덕
마초의 부하였으나 후에 조조를 섬긴다.
관우와 싸우다가 수공을 당해서 사로잡히나 항복을 거부하고 참수당한다.

유장
유비와 같은 한실의 일족으로 촉땅의 주인.
어리석기 때문에 부하들에게 버림받고
유비에게 촉땅을 넘겨준다.

헌제
후한의 마지막 황제.
조비에 의해서 제위를 빼앗기고 먼 시골로 쫓겨나
쓸쓸하게 죽었다.

차례

4 위·촉·오의 천하쟁탈전

책 머리를 들추며 _8

술주정뱅이 현령 _18

비운의 명장, 마초 _38

파촉을 향해 나아가다 _54

운명의 낙봉파 _74

유비, 성도를 얻다 _88

형주의 절반을 얻고, 패배하다 _110

위왕 조조 _132

한중공략전 _154

계륵의 숨은 뜻 _172

관을 짜게 한 무장 _188

적토마가 불쌍하구나 _208

조조, 숨을 거두다 _230

칠보시의 형제 _246

4권을 덮으며 _265

술주정뱅이 현령

1

주유의 장례식은 시상의 수군기지에서 수많은 애도객들이 참석한 가운데 거행되었다.

젊은 나이에 세상을 뜬 그의 죽음에 모두들 깊은 슬픔에 잠겼다. 그러나 그 슬픔은 차츰 분노로 바뀌고 있었다. 특히 공명이 문상을 하러 오자 절정에 이르렀다.

"어떻게 뻔뻔스럽게 여기까지 왔지?"

"좋은 기회다. 이 기회에 놈을 죽여 버리자!"

"공명의 목을 바치면 돌아가신 도독님도 기뻐하실 것이다."

주유의 부하 대장들은 모두 흥분했다. 하지만 장례식이기도 했고, 조운이 조금도 방심하지 않고 공명 옆에 붙어 있었기 때문에 별다른 사고는 일어나지 않았다.

공명은 주위의 그런 분위기에 신경을 쓰지 않는 듯 조용한 발걸음으로 영전 앞으로 걸어 나갔다. 향을 피워 절을 하고 술잔을 바친 후, 공명은 무릎을 꿇고 조사를 나직하지만 또렷한 소리로 읽었다. 그 목소리에는 슬픔이 넘쳐났고, 말 한마디 한마디에 주유의 죽음을 마음속으로부터 비통해하는 심정이 절절하게 드러났다.

공명의 조사는 이러했다.

슬프다! 공근(주유의 자)이여. 불행히도 일찍 세상을 떠났도다. 수명의 길고 짧은 것은 하늘의 뜻이라지만 그 누가 슬퍼하지 않으리오. 내 마음이 참으로 찢어지듯 아파 한 잔의 술을 바치노니 그대의 영혼이 있다면 이를 받으시라. 그대의 어린시절을 생각하노니, 일찍부터 백부(손책)와 사귀어 오로지 의를 위할 뿐 재물에는 뜻이 없었으니 자기 집을 남에게 내주어 살게 했도다. 그대의 약관시절을 생각하노니, 붕새처럼 만 리에 날개를 떨쳐 패업의 기초를 세우고 강남 땅에 자리를 잡았도다. 그대의 씩씩한 힘을 생각하노니, 멀리 하구 땅을 쳤을 때 경승(유표)은 수심에 잠기고 강동에는 근심이 없게 했도다. 그대의 높은 풍채를 생각하노니, 아름다운 소교를 아내로 맞이하여 한나라 신하의 사위로서 조정에 부끄러울 것이 없었도다. 그대의 기상을 생각하노니, 볼모를 보내지 못하도록 막았고 처음에는 두각을 나타내지 않더니 마침내 큰 날개를 펼쳤도다. 그대가 파양에 있던 날을 생각하노니, 장간이 와서 설득하는데도 술잔을 들고 유유자적했으니 우아한 도량과 높은 뜻이었도다. 그대의 큰 능력을 생각하노니, 문무를 겸전한 계략이 있어 불로 공격하여 적군을 격파시키고 강한 자를 약한 자로 만들었도다. 그대의 생전 모습을 생각함에 웅장한 인품이요, 영특한 기상이라. 일찍 세상을 떠난 그대를 통곡하노니 땅에 쓰러져 흘린 그 피는 충의의 마음이요, 영령의 기품이라. 목숨은 30여 세에 끝났으나 그 이름을 100세에 남겼도다. 그대를 애통하는 정이 칼에 베인 듯 아프니 애간장이 끊어지는도다. 나의 가슴은 슬픔으로 찢어지는데 하늘이 어두워지고 삼군은 처량하도다. 주인은 그대 영전에 애달파 울고 친구들은 그대 때문에 눈물을 흘리는도다. 나는 원래 재주가 없는 몸으로 그대에게 계책을 빌리고 대책을 청하여 함께 강동을 도와 조조에게 항거하고 한실을 부축하고 안정시켰도다. 우리가 좌우로 나뉘어 서로 돕고 앞, 뒤로 나뉘어 서로 짝을 이루었다면 죽고 살고 간에 무엇을 두려워하며 무엇을 근심하였으리오. 슬프도다, 공근이여! 이제 생과 사로써 영원히 이별했도다. 충정을 검박하게 지키던 그대는 저승으로 아득히 사라졌도다. 혼령이 있다면 내 마음을 살피시라. 이제부터 천하에 다시 나를 알아줄 사람이 없으니 슬프고 애달픈지고! 다만 엎드려 바라오니, 이 제사를 받으시고 영면(永眠: 영원히 잠들다) 하시라.

조사를 읽고 나자 공명은 바닥에 엎드려 큰소리로 곡을 하기 시작했다.

주위 사람들은 그제서야 생각을 달리 했다.

'공명과 주 도독은 원수처럼 서로 미워했다고 하던데 이런 모습

을 보니 아무래도 우리가 뭔가 잘못 알았거나 주 도독 쪽이 공명을 시기한 것인가?'

이윽고 공명은 조문을 끝내고 왔을 때와 마찬가지로 조용히 시상의 장례식장을 떠났다.

노숙이 공명을 장례식장 입구까지 정중하게 배웅했다. 공명이 장강의 기슭에 매어 두었던 배까지 돌아왔을 때였다. 한 사나이가 달려와 다짜고짜 공명의 소매를 붙잡았다.

"잠깐 기다려라. 주유를 홧병으로 죽게 만들고 조문까지 하러 오다니, 강동에 사람이 없다고 업신여기는 것도 유분수지!"

공명은 '휙' 하니 고개를 돌려 상대를 확인하고 빙긋이 웃었다.

"방통, 자네 얼마만인가!"

사나이는 예전에 양양에서 공명과 친하게 지내던 봉추선생 방통(龐統)이었다.

"아하하하! 오랜만이군, 공명. 반갑군."

방통은 방금 전의 말은 잊었는지 크게 웃으면서 소매를 놓았다.

공명은 방통과 같이 배에 올라 타고 얘기를 나누었다. 그리고,

"아마 강동에서는 자네가 활약할 곳이 그다지 없을 것일세. 형주로 오게나. 유황숙님이 자네의 재능을 충분히 활용해 주실 것일세."

하고 말하고는 유비에게 추천하는 편지를 한 통 써 주었다.

방통은 편지를 받아 넣고 공명과 작별한 후 배에서 내렸다.

한편, 손권은 주유의 죽음에 몹시 충격을 받아 망연자실하여 한

참 동안은 아무것도 생각할 수가 없었다. 그러나 언제까지나 넋을 놓고 있을 수만은 없는 일. 주유가 후임으로 천거한 노숙을 도독으로 임명하여 군사를 맡기고 주위를 다스리게 했다.

그러자 노숙은,

"저로서는 능력이 모자라 주 도독의 몇 분의 일도 직분을 수행할 수가 없습니다. 여기에 한 사람, 장군님의 오른팔이 될 수 있는 인물이 있습니다. 이 인물을 부르시는 것이 좋을 것 같습니다."

하고 손권에게 방통을 소개했다.

"오오, 봉추선생 말인가? 오래전부터 소문은 듣고 있었다."

기뻐한 손권은 즉시 만나 보기로 했다.

그러나 노숙을 따라 찾아온 방통을 보는 순간, 손권은 불쾌하다는 듯이 미간부터 찌푸렸다. 굵고 짙은 눈썹, 찌부러진 코, 검은 얼굴에 드문드문 난 짧은 수염하며, 전혀 호감을 느낄 수 없는 방통의 모습 때문이었다.

게다가 방통은 묻는 말에 대꾸할 때마다 겸손하지 못했다.

'주유에 비할 인물이 전혀 아니구나.'

하고 손권이 판단한 것도 무리가 아니었다.

"부하로 쓸 생각은 없다."

손권은 노숙에게 단호한 음성으로 방통의 기용을 거절했다.

어쩔 수 없이 노숙은 방통에게 그 말을 전하며 물었다.

"그대는 강동을 떠날 생각이 아니오?"

"글쎄……. 생각해 본 바가 없어서요."

하더니 방통은,

"조조에게 가 보는 것도 재미있을 것 같은데요."

하고 대답했다. 방통이 조조 밑에서 그 재능을 발휘한다면 그야말로 강동은 위험하기 이를 데 없다.

"그것은 보석을 쓰레기통에 버리는 것이나 같소. 그보다 형주의 유황숙님을 찾아가면 어떻겠소? 틀림없이 중히 써 줄 것이오."

하고는 유비에게 보내는 소개장을 써서 방통에게 건네주었다.*

방통이 예고도 없이 불쑥 형주에 나타나 유비에게 면회를 청한 것은 그로부터 며칠 뒤의 일이었다.

"뭐라고? 봉추선생, 방통이 나를 만나고 싶어한다고!"

유비는 깜짝 놀라면서도 기뻤다. 공명은 이때 주유의 조문을 마치고 돌아오는 길에 몇 군데 지방 시찰을 위하여 부재중이었다.

유비는 방통을 불러들여 만났다. 하지만,

'뭐야, 이 사람이 그 이름 높은 봉추선생, 방통이란 말인가?'

하고 손권과 마찬가지로 이내 실망해 버리고 말았다. 풍채가 전

백리지재(百里之才)
'둘레가 백 리 정도의 고을을 다스릴 정도의 인물'이라는 뜻. 노숙이 방통을 천거하는 추천서에 쓴 말로 방통은 백 리 고을을 다스릴 평범한 인재가 아니라, 특별한 임무를 맡겨 큰 능력을 발휘하게 해야 한다는 내용에서 나온 말이다.

혀 볼품이 없는데다가 태도조차 오만하여 유비 앞에서도 머리를 조금 숙였을 뿐 어려워하는 기색도 없이 뻣뻣하게 굴기만 했기 때문이었다.

"먼 길을 오느라 수고했다. 무슨 볼 일이라도 있는가?"

유비는 기분이 상해 퉁명스럽게 물었다.

"다름이 아니라 황숙님께서 인재를 찾고 있다고 하기에 어려운 걸음을 하였습니다."

일부러 찾아와 주었다는 듯한 방통의 말투에 유비의 기분이 더욱 꼬였다.

"그런가? 하지만 이곳에는 비어 있는 벼슬자리가 없다. 여기서 동북쪽으로 130리 가량 간 곳에 열양이라는 현이 있는데 그곳의 현령 자리가 비어 있다. 그곳이라도 좋다면 가도록 하라."

"좋습니다, 가보겠습니다."

방통은 히죽 웃으며 고개를 끄덕였다.

이렇게 해서 방통은 열양현의 현령이 되었다.

그런데 부임한 그날부터 방통은 술독에 빠지다시피 하고 일을 전혀 하지 않았다. 관아의 사무는 밀리고, 소송이 잔뜩 쌓였다. 관리들은 난감해했고 백성들의 원성이 높아만 갔다.

이런 사실이 곧 유비의 귀에 들어갔다.

"이 놈이 나를 뭘로 보고!"

격노한 유비는 즉각 장비를 불러 열양현으로 가서 사정을 알아보고 조치를 취하라고 명했다.

"만약 소문대로라면 방통을 꽁꽁 묶어 끌고 와도 상관없다."

그래서 유비는 일부러 성질이 괄괄한 장비를 파견했던 것이다.

"알았습니다."

장비는 종자를 거느리고 서둘러 열양현으로 달려갔다.

현청에 도착하자 관리들이 모두 마중을 나왔다. 그러나 방통의 모습은 어디에도 보이지 않았다. 장비가 물었다.

"현령은 어디 있는가?"

"방현령은 부임한 지 한 달이 넘었지만, 매일 아침부터 밤까지 술만 마시고 일도 하지 않은 채 곤드레만드레 취해 있습니다. 오늘도 숙취로 아직 잠을 자고 있습니다."

그 말을 듣자, 장비는 말을 달려 숙소로 갔다.

"현령, 방현령 없느냐!"

큰소리로 고함을 치자, 방통이 눈을 껌뻑거리며 안쪽에서 비틀비틀 걸어 나왔다. 아직도 술이 덜 깬 모양이었다.

"내가 현령인데 당신은 누구시오?"

"나는 장비다."

"아! 장판교에서 조조의 대군을 호통 한마디로 쫓아 보냈다는 장장군이시군. 그래, 무슨 볼일이시오?"

"이놈, 너는 형님으로부터 이 현을 맡아 가지고 있으면서 지난

한 달 동안 매일 술만 퍼마시고 일은 전혀 하지 않았다면서? 도대체 어떻게 할 셈이냐!"

"하하하하! 어떻게 할 셈이고 할 것도 없소. 할 마음만 있으면 단숨에 해치울 수 있소. 잠깐 기다리시오."

방통은 '껄껄' 웃더니 현청으로 가서 관리를 불러 무엇인가 지시를 내렸다.

얼마 뒤에, 관리들이 서류 뭉치를 가지고 차례차례로 관아의 넓은 대청으로 모여들었다. 또 뜰에는 소장을 낸 사람들이 무릎을 꿇고 자기 차례를 기다리고 있었다.

"그럼, 시작해 볼까?"

방통은 관리를 돌아보았다. 그러자 관리가 차례차례로 서류를 방통 앞에 내밀었다. 방통은 한번 죽 훑어보더니 즉각, "그것은 이렇게 하라." 하고 지시를 내리거나, "이것은 이렇다!" 하고 결단을 내렸다. 그 처리하는 태도가 마치 자연스럽게 흐르는 물 같아서 조금도 어색하거나 지체하는 일이 없었다.

이어서 방통은 뜰에 모여 있던 고소인들의 호소를 듣더니, 듣는 즉시 그 자리에서 판결을 내렸다. 그것 또한 참으로 명쾌해서 흠잡을 것이 없었기에 누구 한 사람 이의를 제기하거나 불평을 말하는 자가 없었다. 이렇게 해서 한 달 가까이 밀려 있던 모든 사무와 소송을 저녁 무렵에는 깨끗이 처리해 버렸다.

"자, 일이 밀려 있다는 것은 어디의 누구를 말하는 것이오, 장장군님?"

방통은 일처리를 마치자, 찌부러진 코를 들썩거리며 장비를 돌아다보았다.

"미안하구먼."

정직한 장비는 방통 앞에 머리 숙여 사과했다.

"그대가 이 정도로 재능이 있는 사람인 줄은 꿈에도 몰랐네. 곧 형님께 보고하겠네."

"그렇다면 이것을 황숙님께 전해 주시오."

방통은 공명으로부터 받은 추천서와 노숙으로부터 받은 소개장 두 통을 품에서 내밀었다.

"어째서 이것을 먼저 내보이지 않았는가?"

"아니, 소개장으로 자신을 보이고 싶지 않았기 때문이오."

방통은 웃으면서 대답했다.

한편, 장비로부터 전후 사정을 들은 유비는 자신의 잘못을 뉘우쳤다.

'외관만으로 판단해서 하마터면 큰 인재를 잃을 뻔했구나.'

때마침 공명이 지방 시찰을 마치고 형주성으로 돌아왔다.

"방통이 와 있다고 들었는데 지금 무엇을 하고 있습니까?"

하고 유비에게 물었다. 유비는 다소 멈칫거리며,

"열양현의 현령으로 임명해 두었소."

하고 겸연쩍은 듯이 대답했다.

"아하! 그런 조그만 현의 현령이라면, 매일 술만 마시고 있을 텐데요!"

공명은 그렇게 말하고 재미있다는 듯이 웃었다.

2

유비는 곧 방통을 형주성으로 불러들여 자신의 잘못을 사과하며 방통을 부군사에 임명하여 공명과 함께 중용했다.

"사마휘님께서 '와룡과 봉추 가운데 한 사람만이라도 얻을 수 있다면 천하를 다스릴 수 있을 것이다'라고 말씀하셨는데 지금 그 두 사람을 모두 얻었으니 한조의 부흥은 이미 꿈이 아니게 되었다."

이 정보는 허도의 조조에게 전해졌다.

"공명 하나만 해도 답답한 노릇인데 게다가 방통까지 가담을 했다니 그냥 내버려 둘 수 없다. 어떻게 하면 좋을까?"

조조는 참모들을 모아 놓고 의논을 했다.

"주유가 죽은 지 얼마 안 되었기 때문에 강동 땅은 아직 혼란스러울 것입니다. 따라서 손권을 먼저 쳐서 멸망시키고, 그 다음에 유비를 공격하면 좋을 것이라고 생각합니다."

하고 순유가 진언했다.

"하지만 내가 남방으로 원정을 떠난 뒤, 서량(西凉=양주를 말함. 중

원에서 수천 리 가량 서쪽에 있기 때문에 이렇게 불렀다)의 마등이 공격해 오지는 않을까? 적벽 싸움 때도 서량에서 병사들이 쳐 올라오고 있다는 소문이 퍼져 서서를 시켜 방비토록 한 일이 있다. 그 일이 마음에 걸린다."

사실 예전에 있었던 동승의 밀칙사건에 마등이 연루된 점이 조조에게는 심히 꺼림했던 것이다.

"칙명을 보내 마등에게 손권 토벌을 명하고, 허도로 오게 한 다음에 기회를 봐서 죽이면 될 것입니다."

"그런가? 좋은 수가 있었구나."

조조는 반색을 하며 곧 마등에게 칙사를 보냈다.

마등(馬騰)은 일찍이 허도에 있을 때 동승이나 유비와 함께 조조 타도를 맹세했으나 그 기회를 잡지 못하고 체류기간이 다 되어서 허도를 떠났다. 그 뒤 동승이 죽고, 유비가 형주를 손에 넣었다는 소식은 들었으나 유감스럽게도 서량은 중앙에서 너무나 멀어 움직일래야 움직일 수가 없어 속만 태우고 있었다.

'손권을 치기 위해 군사를 이끌고 허도로 오라고 하는 칙명인데 아마 조조가 시킨 일일 것이다. 그러나 가지 않으면 모반을 꾀하고 있다는 죄를 뒤집어쓸 것이다. 어쨌든 허도로 올라가 상황을 보기로 하자.'

조칙을 받은 마등은 그렇게 결심했다. 장남 마초에게 뒤를 맡기고 조카 마대와 함께 서량의 병사 5천을 거느리고 허도로 향했다.

그로부터 보름쯤 지난 어느 날 밤의 일이다.

마초가 잠자리에 들려는데 한 사나이가 비틀거리면서 들어왔다.

"마대(馬岱) 아니냐!"

마초는 깜짝 놀라 소리쳤다. 부친 마등과 함께 허도로 떠났던 사촌 마대였다. 어찌 된 셈인지 그는 상인 차림을 하고 있었다.

"숙부님은 조조의 함정에 빠져 살해되셨습니다!"

마대는 피를 토하듯 외치고는 그 자리에 엎드려 울음을 터뜨렸다. 그 다음에 마대가 띄엄띄엄 얘기한 바에 따르면, 마등은 서량을 떠나 엿새만에 허도에서 20리쯤 못 미친 곳에서 진을 친 다음 날, 황제를 배알하기 위해 성안으로 향했다. 마대는 1천 명의 병사들과 함께 영채에 남았다.

마등이 성문 가까이 가자 불화살 소리와 함께 일제히 화살이 날아오고, 정면에서 조홍, 왼쪽에서 허저, 오른쪽에서 하후돈, 그리고 후방에서 서황 등 조조 휘하의 쟁쟁한 맹장들이 정병을 이끌고 공격을 가해 왔다. 마등은 필사적으로 싸우면서 닥치는 대로 베었으나, 허를 찔렸기 때문에 병사들이 제대로 대응하지 못했고, 끝내 사로잡혀 참수당하고 말았다.

마대는 도망쳐 온 병사들로부터 이를 보고받고 그대로 있다가는 잡혀 죽을 것 같아 상인으로 변장하고 혼자 도망쳤다.

마초는, 순간 주먹을 불끈 쥐고 부르짖었다.

"이놈, 조조야! 이대로 당하고만 있지는 않겠다!"

마초는 허도로 쳐들어가려고 전군을 소집했다. 그리고 출발하려고 할 때였다. 부친 마등의 친구이면서 의형제의 인연을 맺고 있던 한수(韓遂)로부터 만나자는 전갈이 왔다. 마초는 심부름꾼과 함께 한수성으로 향했다.

"실은 이런 것이 와있네."

한수는 마초를 맞이하자 한 통의 편지를 꺼내 보였다. 그것은 조조로부터 온 편지였다.

마초를 붙잡아 허도로 압송해 주면 서량후(西涼侯=서량(양주)의 영주)를 시켜 주겠다

"거절하면 숙부님께도 화가 미칩니다. 부디 저를 묶어 허도로 압송해 주십시오."

마초는 한수 앞에 무릎을 꿇었다.

"그런 짓을 할 생각이라면 조카님을 이곳에 부르지도 않았네."

한수는 마초를 일으켜 세웠다.

"나는 그대의 부친과 형제의 인연을 맺었다. 따라서 조조는 내 형제를 죽인 원수다. 조카님이 군사를 일으킨다면 나도 도와주겠다."

"고맙습니다."

마초는 한수의 손을 두 손으로 맞잡았다.

한수는 조조가 보낸 사자의 목을 베어 싸울 뜻을 밝힌 후, 부하

대장들을 이끌고 마초군에 합류했다. 마초는 마대, 부하 방덕과 10만 대군을 이끌고 장안(長安)을 목표로 출발했다. 건안 16년(211년), 가을의 일이었다.

장안성은 옛 도읍지였기 때문에 주위에 둘러싼 성벽도 높고 견고하며 해자도 깊었다. 그래서 마초군은 십여 일이나 걸려 가까스로 함락시킬 수가 있었다.

3

한편, 허도의 조조는 마초군이 밀려와 장안성이 함락 직전이라는 급보에 놀라 조홍과 서황을 불러 수비작전을 엄히 명했다.

"우선 병사 1만 명을 데리고 가서 동관을 굳게 지켜라. 열흘 이상을 지킬 수 있으면 좋고, 만약 열흘 이내에 적에게 격파당한다면 참수할 것이다. 나도 곧 뒤따라 가겠다."

조홍과 서황은 곧 병력을 이끌고 동관을 향해 달려갔다. 동관은 장안에서 낙양쪽으로 향한 관문이자 장안의 외곽 방어 진지로 황하에 면한 험준한 산자락에 만들어진 성채였다. 따라서 동관을 점령하지 못하면 동쪽으로 나오기가 어렵다.

장안성을 함락시킨 마초군은 지체하지 않고 동관으로 밀려왔다. 조홍과 서황은 동관을 굳게 지키면서 치고 나오지 않았으나, 9일째

가 되자 조홍은 약속한 열흘이 다 되었다는 생각에 마초군의 도발을 참지 못하고 성을 나가 공격하였다.

마초군은 기다리고 있었다는 듯이 조홍의 군사를 에워싸고 숨 돌릴 새도 없이 몰아세웠다. 서량의 험준한 땅에서 길러진 마초군의 용맹을 헤아리지 못한 조홍은 견디지 못하고 관문으로 도망쳐 갔으나, 바로 등 뒤까지 추격한 마초군이 동관 안으로 들어오는 바람에 서황과 함께 관소를 버리고 달아날 수밖에 없었다.

열 하루째 되던 날 대군을 이끌고 동관 근처에 온 조조는,

"나는 열흘 동안만이라도 지키라고 명령했다. 그런데 단 하루를 참지 못해 내 명령을 어겼단 말이냐!"

하고 조홍을 노려보면서,

"이 놈을 당장 밖으로 끌어내 베어라!"

하고 명했으나, 주위 사람들의 만류로 일단 용서해 주었다.

이윽고 조조는 영채를 세우고 왼쪽에 조인, 오른쪽에 하후연을 거느리고 동관으로 쳐들어갔다. 이것을 보고 마초군도 관문을 나왔다.

조조가 보고 있으려니, 마초가 방덕과 마대를 데리고 말을 몰아오는데 얼굴은 분을 칠한 것처럼 하얗고, 입술은 연지를 칠한 것처럼 붉었다. 허리는 가늘고, 어깨 폭은 장사처럼 넓고, 백은 갑옷으로 몸을 감싸고 기다란 창을 손에 든 그 모습은 참으로 당당했다.

'이 녀석은 만만히 볼 상대가 아니구나.'

마초의 씩씩한 모습에 조조는 은근히 감탄했다.

"그대가 마등의 아들 마초인가? 뭣 때문에 한나라의 승상인 나에게 맞서려고 하는가!"

조조는 말을 앞으로 몰고 나와 소리쳤다. 그러자 마초가,

"역적놈, 무슨 헛소리를 하는 거냐? 충신인 우리 아버님의 목숨을 빼앗아간 네 놈을 사로잡아 그 살을 씹어 먹기 전에는 분이 가라앉지 않는다!"*

하고 소리치기 무섭게 창을 바싹 당겨 쥐고 뛰쳐나왔다.

조조의 등 뒤에서 우금이 뛰어나가 맞서 싸웠으나 8, 9합도 견디지 못하고 패한 채 도망쳐 돌아왔다. 대신 싸우러 나갔던 장합도 20합 정도로 격퇴당하고, 뒤이어 덤벼든 이통은 단 일격으로 말에서 떨어져 죽고 말았다.

"모두 돌격하라!"

마초는 뒤를 돌아다보며 창을 한 번 휘둘렀다. 그러자 마초군이 '와아' 하고 함성을 지르며 돌격해 들어왔다. 서북 변경지대에서 단련된 야생마 같은 기세는 무시무시해서 그 동안에 조조군이 싸운 상대와 비할 수 없이 용맹했다. 조조군은 순식간에 무너졌다. 조조의 본진도 방덕과 마대에게 눈 깜짝할 사이에 포위당했다.

불공대천지수(不共戴天之讐)
같은 하늘 아래 더불어 살 수 없는 원수를 말한다. 마등의 큰아들 마초가 동관에서 조조와 맞섰을 때 조조에게 한 말이다. 이날 마초는 대승을 거두고, 조조는 수염까지 잘라 버리면서 간신히 도망친다.

마초는 오직 조조를 노리고 달려들었다. 이를 막으려 부장들이 속속 달려들었으나 마초의 기세에 허물어졌고, 조조는 말에 채찍을 가하며 정신없이 도망쳤다.

"붉은 옷을 입고 있는 것이 조조요!"

하고 조조를 뒤쫓는 마초를 향해 마초군의 병사들이 소리쳤다.

조조는 이 소리를 듣자 황급히 붉은 옷을 벗어 던져 버렸다.

"기다란 수염을 기르고 있는 것이 조조요!"

조조는 검을 빼서 재빨리 수염을 잘라 버렸다.*

"조조가 수염을 잘랐다. 짧은 수염이 조조요!"

마초군 병사들이 큰소리를 질러댔다. 조조는 서둘러 깃발을 찢어 그것으로 머리를 싸매고 도망쳤다.

겨우겨우 도망쳐 근처 숲속으로 향했으나 그래도 끈질기게 계속 쫓아오는 자가 있었다. 돌아다보니 놀랍게도 마초가 아닌가!

"조조야, 기다려라!"

마초는 순식간에 거리를 좁혀 조조의 등을 향해 힘차게 창을 내질렀다. 하지만 하늘이 도왔는지 창은 조조의 등을 빗겨나 옆에 서 있던 한 그루의 나무에 박혔다.

"젠장, 빗나갔구나!"

마초는 서둘러 창을 빼냈다. 이미 그때는 조조가 훨씬 앞서 달려가고 있었다. 마초는 그래도 단념하지 않고 조조의 뒤를 맹렬히 쫓았다. 산기슭을 돌 때, 마초와 조조의 거리가 크게 좁혀졌다. 바로 그때 조홍이 달려와 마초를 가로막았다. 마초는 할 수 없이 조조를 놔두고 조홍을 상대해야만 했다. 그때 하후연이 수십 기를 거느리고 달려왔기 때문에 조홍과 싸우는 것을 단념하고 말머리를 돌렸다.

한편, 조조의 본진은 조인(曹仁)이 죽을 힘을 다해서 겨우 지켜 내고 있었다.

조홍과 하후연을 좌우에 거느린 조조가 병력을 모아 반격을 시도했다. 이렇게 해서 마초군은 퇴각했다.

본진으로 돌아온 조조는,

"지난번에 화가 난다고 조홍을 참수했다면 오늘 나는 마초에게 죽임을 당했음에 틀림없다."

하고 한숨을 내쉬며 조홍을 불러 위로해 주었다.

할수기포 (割鬚棄袍)
수염을 자르고 도포를 버린다는 뜻. 동관에서 마초와 싸우던 조조는 그에게 패하여 도망갈 때, '비단 도포를 입은 자가 조조다!'라는 말에 도포를 벗어 버리고, '수염이 긴 자가 조조다!'라는 말에 수염을 잘랐다고 한다. 그러니까 황급히 도망치기 바쁘다는 의미로 쓰인다.

비운의 명장, 마초

1

마초는 싸울수록 신바람이 났다.

매일 병력을 이끌고 조조의 본진 앞으로 달려가 싸움을 걸었다. 그러나 조조는 초전부터 크게 당한지라 방비를 굳게 할 뿐 나와서 싸우려 하지 않았다.

"조조 놈, 우리 서량군의 강한 기세에 겁을 먹은 모양이군요."

마초는 한수와 얼굴을 마주보며 웃고 있었다.

그런 어느 날, 조조는 전면전으로는 이기기 어렵다는 것을 느끼고 배와 뗏목을 마련하여 동관을 싸고도는 위수의 북안으로 건너갈 준비를 하고 있었는데 이 사실이 어느새 마초에게 알려졌다.

"그러냐? 위수를 건너가 우리의 후방을 칠 심산이구나."

마초는 첩자를 보내 조조가 언제 강을 건너는가를 탐색하게 했다.

그로부터 며칠 뒤, 준비가 갖추어졌기 때문에 조조는 강을 건너기로 했다. 병력을 3개 부대로 나누어 새벽의 어둠을 타고 위수로 향했다.

강을 건너는 지점에 도착했을 때는 해가 뜰 무렵이었다. 우선 선발된 건장한 병사들이 강을 건너가 대안에다 진을 쳤다. 뒤이어 각종 무기와 보급품을 가진 치중부대가 강을 건넜다. 조조는 부하 100명 가량이 경호하는 가운데 남쪽 언덕에서 그 모습을 바라보고 있었다.

"이렇게 진행되면 도하작전은 어렵지 않게 성공할 것 같다. 마초 녀석, 어디 한번 당해 봐라!"

조조는 만족스러운 듯이 좌우에 대고 큰소리쳤다.

그때, 후방에 있던 전령이 급히 말을 달려왔다. 흰 갑옷을 입은 대장이 병력을 이끌고 이쪽으로 달려오고 있다는 것이었다.

"마초가 쳐들어온다!"

조조의 부하들은 당황하여 허둥지둥대며 기슭에 매어 놓은 배로 달려가 앞을 다투어 올라타려고 했다.

"허둥대지 마라! 보기 흉하다!"

조조는 큰소리로 꾸짖으며 침착하려 했으나 그때는 이미 마초군의 말울음소리가 가까이 육박해 오고 함성소리가 주위의 공기를 진동시키고 있었다.

"승상님, 빨리 배에 오르십시오!"

대장 한 사람이 달려왔다. 허저였다.

허저*는 조조의 손을 잡아 끌다시피 하여 강기슭으로 달려갔다. 그러나 배는 이미 1장 가량이나 기슭을 떠나 있었다. 허저는 조조를 등에 업고 기슭을 발로 차며 몸을 날려 배로 옮겨 탔다. 배가 휘청거리며 크게 기울더니 몇 사람이 강으로 빠졌다. 허저는 뱃머리에 서서 삿대를 이용하여 배를 강물의 흐름에 태웠다.

마초가 강기슭으로 말을 달려왔을 때에 조조가 탄 배는 이미 강의 중간쯤에 나가 있었다.

마초가 부하들에게 소리쳤다.

"저 배에 조조가 타고 있다. 쏘아 죽여라!"

순식간에 조조가 탄 배에 화살이 집중되어 장대비처럼 쏟아져 내렸다. 특히 마초의 화살은 한 개의 낭비도 없었다. 시위소리가 날 때마다 병사가 한 사람씩 쓰러져 가고, 끝내는 허저 혼자 남았다. 배는 급류 가운데서 빙글빙글 팽이처럼 돌았다.

그렇게 되어도 허저는 당황하지 않고 양다리 사이에 키를 끼고, 한쪽 손으로 삿대로 배를 저으며 다른 쪽 손으로는 말 안장을 들고 쏟아져 내리는 화살로부터 조조를 지켰다.

허저의 이러한 초인적 활약으로 조조는 무사할 수 있었다.

한편, 진지로 돌아온 마초는 한수를 만나자 분한 듯이 입술을 깨물었다.

"일보 직전에서 또다시 조조를 놓치고 말았습니다. 그건 그렇고 조조를 업고 배로 뛰어 오른 장수는 도대체 누굽니까?"

"조조가 자신의 호위를 맡긴 인물은 허저라고 들었다."

"허저라면 저도 이름은 들어서 알고 있습니다."

"허저는 평소에 약간 멍청해 보여서 '호치(虎癡)'라고 하지만 일단 싸움이 붙으면 한 마리의 호랑이보다 무섭다고 하네. 조카님도 그 녀석과 만나면 가능한 승부는 피하는 것이 좋을 것이네."

한수는 타이르는 듯한 어조로 마초에게 충고했다.

조조가 위수의 북안으로 건너갔기 때문에 마초는 위수의 합류점에 영채를 세웠다. 양군은 위수를 사이에 두고 대치했다. 야습을 감행하거나, 함정을 파놓고 쳐들어온 적을 빠뜨리거나, 배나 뗏목에 불을 지르거나 하면서 일진일퇴를 되풀이했다. 계절은 차츰 겨울로 다가가 차가운 북풍이 불어 닥치기 시작했다.

어느 날 아침, 부하들을 데리고 조조 진영의 상황을 살펴보러 나온 마초는 건너편 기슭을 바라보고 깜짝놀라 소리쳤다.

"뭐냐, 저것은?"

번쩍거리는 높은 성벽이 제방을 따라 길게 이어져 있었고, 성문이나 망루까지 구비한 훌륭한 성채가 하룻밤 사이에 나타난 것이었다. 더구나 성채 전체가 아침 햇살을 받아 빛나고 있었다.

허저(許猪)
무예와 힘이 대단하여 조조의 친위대장이 되었는데 조조는 그를 '나의 번쾌, 한 고조 수하의 명장)라고 불렀다. 마초가 부친인 마등의 원수를 갚으려고 동관으로 진격하자 그에 맞서 싸울 때 투구를 벗어던지고 맨몸으로 싸웠으나 승부를 내지 못했다. 하지만 조조가 마초를 무찌르는 데 공을 세워 무위중장랑으로 승진했다.

얼음성이 만들어진 데는 이유가 있었다. 전날 북풍이 심하게 불어 닥쳤다. 조조는 3만 명의 병사들을 총동원하여 위수 강가의 자갈밭 흙을 파내게 하여 토성(土城)을 만들게 했다. 그리고 그 고장 사람들의 가르침에 따라 완성된 흙의 성채에 강물을 길어다 계속 쏟아 붓게 했다. 그러자 물을 머금은 흙은 속속들이 얼어붙어 날이 밝았을 때에 번듯한 성채가 완성되었던 것이다.

조조가 마초의 서량군이 감당하기 어려울 정도로 용맹하다는 것을 깨닫고 작전을 바꾼 것이다.

"얼음으로 급조한 성채다. 조금만 건드려도 단번에 무너져 버릴 것이다!"

마초는 얼음성을 얕보고 병사들을 이끌고 얕은 여울목을 건너 얼음 성채 앞으로 돌진해 들어갔다. 그러나 흙속까지 단단히 얼어 있었기 때문에 쉽게 무너질 성채가 아니었다. 마초는 쉽게 생각했다가 무수한 사상자를 내고서야 철수했다.

"놀랐느냐, 마초야!"

조조는 회심의 미소를 지었다.

그 다음날, 조조는 허저 한 사람만을 거느리고 성채 앞으로 나왔다. 전면전보다 마초 하나를 상대로 승부를 걸려는 심산이었다.

"마초야! 이제 그만 항복해라. 목숨은 살려주마."

"뭐라고!"

아직도 분이 풀리지 않은 마초는 이 말에 흥분하여 말을 달려 덤벼들려고 했다. 그때, 조조 뒤에서 무시무시한 얼굴로 자신을 노려보고 있는 대장이 눈에 들어왔다.

'저놈이 바로 허저로구나.'

마초는 문득 한수의 충고가 생각났다.

"오늘은 마음이 내키지 않는구나. 내일 다시 오겠다."

그렇게 말하고 말머리를 돌렸으나, 뒤쫓듯이 허저로부터 도전장이 마초의 진지에 전해졌다. 1대 1의 단판 승부를 벌이자는 것이었다. 호승심이 솟구친 마초는 승낙하고 나섰다.

양군은 위수의 양안 강변에 진을 쳤다.

"마초야, 각오해라!"

"너야말로 살아서 돌아갈 생각을 말아라!"

두 사람은 강 한가운데서 마주쳤다. 마초가 창으로 찌르면 허저가 칼을 휘둘러 막았다. 둘은 100합 가량 공방을 벌였으나 승부는 나지 않았다. 말이 지쳤기 때문에 두 사람 모두 진지로 돌아가 말을 바꾸고, 다시 싸웠다. 그래도 승부는 나지 않았다.

"잠깐 기다려라. 더워서 못 견디겠다."

갑자기 허저가 말을 돌려 진지로 돌아가더니 아예 갑옷과 투구를 벗어 던지고, 상반신을 벌거벗고 달려 나왔다.

"이제 좀 괜찮군."

싱긋이 웃고 나서 허저가,

"받아라!"

혼신의 힘을 담아 칼로 마초를 향해 내리쳤다. 마초는 재빨리 몸을 피하면서,

"죽어라!"

하고 허저의 가슴을 향해 창을 뻗었다. 그러자 허저는 칼을 던져 버리고 재빠르게 창을 옆구리에 꼈다.

"이런 빌어먹을!"

"제기랄!"

말 위에서 창의 쟁탈전이 시작되었다. 상대방의 손에 넘어가면 그 창에 찔리기 때문에 절대로 넘겨줄 수가 없었다. 두 사람은 거칠게 숨을 내쉬며 얼굴이 시뻘겋게 상기되어 창을 자기 쪽으로 끌어당겼다.

그때, 갑자기 '탁' 하고 커다란 소리를 내며, 창 한가운데가 '뚝' 부러졌다. 마초와 허저는 말을 돌진시켜 손에 남은 절반의 창을 휘두르며 싸웠다.

그때, 조조군의 진지에서 하후연과 조홍이 병사들을 이끌고 나왔다. 허저에게 일이 생길까 염려하여 조조가 공격을 명한 것이다. 이를 보고 서량군에서도 방덕과 마대가 달려 나왔다.

양군은 뒤섞여 싸움을 벌이면서 치열하게 부딪쳤으나 서량군의 기세가 더 거셌다. 허저는 팔에 화살을 두 개나 맞았고, 조조군은 앞을 다투어 얼음 성채 안으로 도망쳤다.

마초는 지난번의 경험이 있었던지라 깊이 쫓아가지 않고 병력을

철수시켰다. 진지로 돌아와,

"지금까지 수많은 적과 싸워 왔습니다만 허저만큼 강한 상대를 만난 것은 처음입니다."

하고 한수에게 실토하면서 호적수를 칭찬했다.

2

조조는 얼음 성채에 틀어박혀 방비를 굳게 하고, 치고 나가는 것을 철저하게 금했다. 그리고 며칠이 지나자 4천여 명의 병사들을 나누어 서황에게 주고는 은밀히 강 서쪽으로 건너가 위수의 서량군 배후에 진을 치도록 지시했다.

며칠 뒤 마초에게 조조군의 일대가 위수의 배후 지역에 진지를 구축했다는 보고가 들어왔다.

"앗차! 방심하고 있었습니다! 이것으로 앞과 뒤에서 적을 맞이하게 되었습니다. 어떻게 하면 좋겠습니까?"

마초는 얼굴색이 달라져 한수에게 의논했다.

"이렇게 되면 어쩔 수가 없네. 일단 화해하고 병사들을 철수시켰다가 봄이 되면 다시 쳐들어가면 되네."

부하 대장들도 한수의 의견에 찬성을 했기 때문에 마초는 화해의 사자를 조조의 얼음 성채에 보냈다.

"취지는 잘 알았다. 나중에 회답을 할 테니 일단 돌아가 있어라."

조조는 사자를 돌려보내고 가후를 불렀다. 가후는 일찍이 조조를 괴롭히던 서량 출신 장수(張繡)의 참모였는데 모든 꾀가 그에게서 나왔었다.

"마초로부터 화해를 청하는 사자가 왔는데 아무래도 서량쪽을 잘 아는 그대가 보기에 어떤 속셈일 것 같은가?"

"아마 일시적인 후퇴작전일 것입니다. 마초의 생각으로는 일단 병사들을 철수시켰다가 시기를 봐서 다시 공격을 가해 올 것이라고 짐작됩니다."

가후는 신중하게 대답했다.

"따라서 일단 화해를 받아들이는 것처럼 하고, 마초와 한수의 사이를 갈라놓은 후 계책을 쓴다면 두 번 다시 서량군이 승상님을 번거롭게 하는 일은 없을 것입니다."*

"실은 나도 그렇게 생각하고 있던 참이다. 좋은 계략이라는 것은 누가 생각해도 같은 것이 되는 모양이구나!"

조조는 유쾌한 듯이 '껄껄' 웃었다.

이튿날, 조조는 화해하자는 사자를 마초에게 보냈다. 동시에 한

질뢰불급엄이 (疾雷不及掩耳)
'빠른 우레는 귀를 가릴 틈도 없다.'는 뜻. 힘을 모아두었다가 일시에 적을 물리치는 계책을 말하기도 한다. 마초와 위수에서 접전을 벌이던 조조는 적의 위세가 웅장한 데가 있어서 쉽게 물리칠 수 없음을 깨닫고 한동안 약한 척하여 마초군을 자만에 빠지게 하고 이간질시켜 일격에 제압했던 것이다.

비운의 명장, 마초 47

수의 진영에 사람을 보냈다.

"승상님께서 한수님과 직접 만나 얘기할 것이 있다고 하십니다."

'아니, 조조가 나에게 무슨 얘기를 할 것이 있단 말인가?'

한수는 고개를 갸웃거렸으나 어쨌든 가 보기로 하고, 마초에게도 이 사실을 전하고 진을 나섰다.

조조는 혼자서 위수의 강가까지 말을 타고 나와 있었다. 무기도 들지 않고 갑옷도 입지 않았다. 그 모습을 본 한수도 똑같은 차림을 하고 조조 앞으로 말을 몰았다.

두 사람은 2시간 가량 이런저런 얘기를 나누고 헤어졌다.

한수가 진지로 돌아오니 기다리고 있었다는 듯이 마초가 찾아왔다.

"숙부님, 오늘 강가에서 조조와 무슨 얘기를 나누셨습니까? 굉장히 친밀해 보이던데요?"

"별거 없었네. 옛날 이야기를 늘어놓더군. 조조는 젊었을 때 낙양에서 관리로 있었는데 내 부친과 친했거든. 소년이었던 나도 가끔은 조조에게 귀염을 받곤 했었지. 그 당시의 얘기를 서로 했을 뿐이네."

"그렇습니까? 숙부님이 그렇게 오래전부터 조조와 아시는 사이였다는 것을 저는 모르고 있었습니다."

마초는 의심스러운 듯한 얼굴을 했으나 더는 캐묻지 않고 자신의 진영으로 돌아갔다.

한편, 조조는 한수와 헤어져 돌아오자 가후에게 물었다.

"어떠냐? 이것으로 마초는 한수에게 의심을 품게 될 것 같은가?"

"분명히 효과는 있을 것입니다. 그러나 아직 충분하지 않습니다. 한걸음 더 나아가 한수에게 편지를 쓰시는 것이 좋을 것입니다."

"편지? 무엇을 쓰면 좋겠는가?"

"내용은 아무래도 좋습니다. 다만 군데군데 지우거나 다시 쓰거나, 추가로 덧붙이거나 해서 수상한 편지로 보이게 만드는 것입니다. 마초는 승상님과 친하게 얘기를 나눈 것으로 한수를 의심하고 있을 테니 승상님으로부터 편지가 왔다는 것을 알게 되면 보여 달라고 재촉할 것입니다. 그리고 지우거나 다시 쓰거나 한 것은 그곳에 있는 내용이 자신에게 알려지면 곤란하다고 생각하여 한수가 한 짓이라고 여길 것이 틀림없습니다. 성격이 단순한 마초인지라 한수와의 사이가 벌어지는 것은 확실합니다."

"거참, 보통 편지를 쓰는 것보다 더 어려울 것 같구나."

하고 조조는 웃었다.

3

한수에게 조조의 편지가 전해졌다는 것이 곧 마초의 귀에 들어갔다. 마초는 곧바로 달려가 한수에게 편지를 보여 달라고 청했다.

"보고 싶으면 얼마든지 보게."

한수는 켕기는 것이 없었으므로 선선히 편지를 건네주었다.

"이 편지는 어째서 이렇게 시커멓게 지우거나 고쳐 쓴 겁니까?"

편지를 읽고 난 마초는 미간을 찌푸리며 한수를 바라보았다.

"글쎄, 왜 그랬는지 나도 알 수가 없군 그래. 처음부터 그렇게 되어 있었네. 조조가 초벌로 쓴 것을 실수로 보낸 것인지도 모르지."

"조조는 신중하고 치밀한 인간입니다. 그런 실수를 저지를 리가 없습니다. 숙부님, 저에게 알려져서는 곤란한 일이 써 있었기 때문에 숙부님께서 지우거나 하신 것은 아니신가요?"

"무슨 소리! 무엇 때문에 내가 그런 짓을 하겠느냐?"

"저를 조조에게 팔아 넘기기 위해서요."

"그렇게까지 의심한다면 내일 조조의 진지를 방문할 테니까 조카님은 어딘가에 숨어 있다가 틈을 봐서 조조를 찔러 죽이도록 하게나."

한수는 거친 목소리로 쏘아붙였다.

다음 날, 한수는 부하 대장들을 데리고 얼음 성채로 찾아갔다.

"한수가 승상님과 직접 얘기를 하고 싶다고 합니다."

조조는 보고를 받자 회심의 미소를 지으며 조홍을 불러 무엇인가를 지시했다. 조홍은 말을 타고 얼음 성문을 나서더니 한수 옆까지 달려가서는,

"승상님의 편지에 있던 그대로 착오가 없도록 하시면 된답니다."

하고 말하자마자, '휙' 하니 말을 돌려 되돌아갔다.

'역시 조조와 내통하고 있었구나!'

근처에 숨어 이 모습을 보고 있던 마초는 화가 치밀어 곧바로 달

려나가 한수를 창으로 찌르려 했다. 부하들이 황급히 만류해 그 자리는 무마가 되었으나 마초의 분노는 좀처럼 가라앉지 않았다.

"일이 난처하게 되었다. 이것을 어떻게 하면 좋은가?"

진영으로 돌아온 한수는 부하 대장들을 모아 놓고 의논했다.

"이렇게 된 이상 오해를 풀려고 해도 마초는 그 어떤 얘기도 들으려고 하지 않을 것입니다."

"조조와 손을 잡는 쪽이 훗날을 위해서 차라리 좋을 것 같습니다."

부하 대장들은 번갈아가면서 의견을 내놓았다.

"그러나 나는 마등과 의형제의 인연을 맺은 사이다. 마등을 배신하는 행동은 할 수가 없다."

한수는 고민했으나 부하들이 계속 권했기 때문에 마침내 마초에게서 등을 돌리기로 결심했다.

그날 밤, 한수는 조조 진영으로 밀사를 보냈다. 조조는 크게 기뻐했다. 한수와 부하들에게 높은 벼슬과 은상을 준다고 다짐하고, 마초의 본진에 불길이 오르는 것을 신호로 일제히 쳐들어가는 약속을 했다.

그런데 이 비밀이 어떻게 된 일인지 마초에게 알려지고 말았다. 마초는 앞 뒤 분별을 잃고 한수의 영채로 달려갔다.

"이놈, 말로만 아버님과 의형제라고 하더니 잘도 나를 배신했구나!"

마초는 한수를 보자마자 칼을 휘둘렀다. 한수는 엉겁결에 한 손으로 마초의 칼을 막았다. 그러자 손은 피를 뿜으며 잘려 나갔다.

그곳에 있던 한수의 부하 대장 5명이 일제히 마초에게 덤벼들었으나 마초가 두 사람을 베어 버리자, 나머지 세 명은 겁에 질려 도망치고 말았다. 마초는 한수를 찾으려 했으나 누군가의 도움을 받았는지 그의 모습은 보이지 않았다.

그때, 본진의 뒤쪽에서 불길이 치솟아 올랐다. 한수의 병력이 움직이기 시작하더니 마초군에게 공격을 가해 왔다.

같은 편끼리 싸움을 시작한 서량군 사이에 조조군이 나타나 마초군에게 덤벼들었다. 마초는 젖 먹던 힘까지 다해 싸웠으나 난전 속에서 방덕과 마대를 시야에서 놓치고 겨우 도망쳤다. 뒤따르는 자는 불과 100기 남짓.

날이 조금씩 밝아 오고 있었다. 마초는 창을 고쳐 쥐고 한숨을 돌리려고 하는 차에 돌렸으나, 허저가 이끄는 병력이 밀어닥쳤다.

"놓치지 말고 목을 베어라!"

곧 화살이 비처럼 쏟아져 내렸다. 마초는 창을 휘두르면서 날아오는 화살을 튕겨냈으나, 주위에서는 부하들이 '픽픽' 쓰러져 갔다. 드디어 마초의 말이 화살에 맞아 쓰러졌다. 마초는 세차게 땅 위로 내동댕이쳐졌다. 재빨리 일어났지만 허저의 병사들이 벌떼처럼 달려들었다. 아무리 일기당천의 무용을 가진 마초일지라도 어찌해 볼 방도가 없었다. '이제 이것으로 끝장이구나' 하고 각오를 했을 때, 방덕과 마대의 부대가 달려왔다. 두 사람은 마초를 구해 말에 태우고, 위수의 훨씬 상류에 해당하는 농서군 쪽으로 도망쳤다.

조조는 마초가 멀리 도망친 것을 알자 한 팔을 잃은 한수를 위로

하여 서량후에 봉하고, 하후연에게 장안의 수비를 맡긴 후 허도로 개선했다.

"승상께서 서북 일대까지 평정하셨다."

사실 이것은 매우 중요한 의미를 갖고 있었다. 조조의 참모들은 이 승전의 의미를 확실히 하기 위해서 조조의 신분을 더 높여야 한다고 주장하기 시작했다. 마침내 황제도 이를 받아들였다.

이제부터 조조는 수레에서 내리지 않고 궁궐에 들어가 전각까지 갈 수도 있고, 황제를 배알할 때 허리에 검집을 차고 있어도 괜찮았다. 이런 특전은 국가에 공로가 많은 원로 대신들에게 베풀어진 경우가 종종 있었으나 조조의 경우는 실질적인 권력까지 쥐고 있었으므로 왕이 된 것이나 다름이 없었다.

파촉을 향해 나아가다

1

장강의 지류인 한수 상류에 펼쳐진 한중(漢中) 지방은 북쪽에 펼쳐진 태령산맥을 넘으면 장안으로 통하고, 한수를 따라서 남쪽으로 내려가면 형주로 나갈 수 있는 요충지다.

한(漢) 왕조를 세운 유방(劉邦)도 이곳을 근거지로 삼아 중원으로 진출해 갔다. 그리고 지금 그 한중은 장노(張魯)*라는 인물이 다스리고 있었다.

장노는 '오두미도'라고 불리는 종교의 지도자이기도 했다. 기도에 의해서 병을 고치고 그 대가로 쌀 5두(말)를 내놓게 했기 때문에 이렇게 불리워졌다. 장노는 이미 30년이나 이 땅에서 수많은 신자들을 모으며, '사군(師君)'이라고 숭앙받고 있었다. 조정에서는 너무 먼 땅이었기 때문에 정벌할 수도 없어, 대신 한중태수 자리를 주고 조공을 바치게 했다.

조조가 서량의 마등을 죽이고 아들 마초까지 무찔러 쫓아버렸다는 소식을 듣자 장노는 겁이 덜컥 났다.

'조조가 다음으로 노리는 것은 이 한중 땅임에 틀림없다.'

그렇게 생각한 장노는 부하들을 모아 놓고 조조에 대한 대책을 의논했다.

"이대로 조조의 대군이 몰려오면 변변히 싸워 보지도 못하고 패할 것이 틀림없습니다. 남쪽 익주를 공략하여 발판을 굳혀 조조의 침략에 대처하는 것이 어떻겠습니까?"

부하 중 하나가 권했다. 장노는 기뻐하면서 파촉 땅으로 쳐들어갈 준비를 시작했다.

이 소식이 전해지자 익주의 유장은 겁이 나서 어쩔 줄 몰랐다. 이때 보좌관 장송(張松)이라는 자가 앞으로 나왔다.

"안심하십시오. 제가 장노의 야심을 꺾어놓겠습니다."

"어떻게 하겠다는 거냐?"

"허도에 가서 조조를 설득하여 한중으로 출병하도록 만드는 것입니다. 그렇게 하면 장노는 조조를 막는데 전력을 기울여야 하니 우

장노(張魯)
그는 오두미도(五斗米道)의 교주로 한중 땅에서 상당한 세력을 키웠다. 조조가 쳐들어오자 견디지 못하고 파중으로 도망쳤는데 창고를 불태우지 않고 잘 봉인한 후에 도망쳤으므로 조조는 나중 그를 용서해 주고 벼슬을 내렸다.

리 파촉 땅으로 쳐들어올 여유가 없어질 것입니다."

"그렇게만 된다면 더할 나위 없이 좋겠다."

유장은 장송*의 계책에 매달렸다.

"즉시 진상품을 마련하겠으니 허도에 다녀와라."

하고 장송에게 재촉했다.

며칠 뒤, 장송은 황금과 진주와 비단 등의 진상품을 실은 수십 대의 수레와 함께 허도를 향해 성도(成都)를 출발했다. 긴 여행을 계속하여 허도에 도착하자, 매일 승상부를 찾아다니며 측근 인사들에게 뇌물을 써서, 3일째 되는 날 드디어 조조를 만날 수가 있었다.

"그대의 주인 유장은 지난 몇 해 동안 조공을 바치지 않았다. 괘씸하지 않느냐?"

하고 조조는 처음부터 화풀이 하듯이 장송을 꾸짖었다.

"파촉 땅은 허도에서 너무나도 멀리 떨어져 있는데다가 도중에 산적이 출몰하여 좀처럼 오는 것이 힘듭니다."

장송은 뚝배기 깨지는 것 같은 목청을 돋구어서 둘러댔다.

"무슨 소리를 하느냐? 산적 따위가 있다한들 몇 백명이 되겠느냐? 그것도 겁이 나느냐?"

조조가 장송을 노려보며 비웃는 듯이 말하자,

"아직도 강동에 손권, 한중에 장노, 형주에 유비를 비롯해 승상님을 따르지 않는 무리가 많다는 것을 잊으신 것 같습니다."

하고 장송은 야유하듯이 대꾸했다.

조조는 얼굴색이 싹 달라지더니 벌떡 일어나 안으로 들어가 버렸다.

"어허, 참 어처구니없는 사자로군. 일부러 승상님을 화나게 만들려고 먼 곳에서 찾아왔단 말인가!"

승상부의 관원들이 장송을 비웃었다.

그래도 중재를 하는 자가 있었기 때문에 조조는 그 다음 날 연병장에서 거행된 군대 사열식에 장송을 초청했다. 연병장에는 5만 병력이 정렬해 있었다.

"어떠냐? 파촉 땅에는 이런 훌륭한 군사가 없을 것이다."

조조는 자랑스러운 듯이 장송을 돌아다보았다.

"없습니다. 촉은 평화롭게 다스려지고 있으니까요."

장송은 겁내는 기색도 없이 조조를 마주 바라보았다.

"내가 군사를 일으키면 모두들 벌벌 떨 것이다. 내가 싸우는 방법을 그대도 잘 알고 있을 테지?"

이때 장송은 잠깐 멈칫했으나,

"알고 있고 말고요. 적벽에서 주유의 화공을 만나고, 화용도에서 관우에게 목숨을 구걸하고, 동관에서 마초와 싸울 때 수염을 자른 일 등은 참으로 승상님다운 싸움 방식이었다고 생각합니다."

장송(張松)
키가 작고 쉰 목소리를 내는 등 외양은 볼품이 없었으나 식견이 있고 예리한 판단력을 지니고 있었다. 파촉을 조조에게 바치려고 했지만 조조는 그의 외모만 보고 냉대했다. 형주에서 유비에게 환대를 받자 법정과 모의하여 유비가 파촉을 차지할 수 있도록 앞장서 계책을 짠다.

하고 조조를 정면으로 치받았다. 어차피 조조에게서 호의적인 답변을 듣지 못할 바에야 성질이라도 한 번 부려야겠다고 작정한 것이었다.

"네 이놈, 나를 농락할 셈이냐!"

격노한 조조는 즉각 장송의 목을 베라고 악을 썼으나, 순욱이 사정사정 한 끝에 가까스로 몽둥이 10대를 때리는 것으로 그 자리에서 추방시켰다.

장송은 파촉 땅을 바치러 왔다가 흠씬 두들겨 맞고 쫓겨났다.

"그런데, 이제부터 어떻게 한담……."

막상 허도에서 쫓겨나자 장송은 다급한 심정이 되었다.

'그래, 형주의 유현덕은 의를 중히 여기고 백성을 아낀다고 들었다. 형주로 가서 소문대로인지 어떤지 확인해 보자.'

그렇게 결심한 장송은 형주로 방향을 바꾸었다. 형주 경계에 이르자 500기 가량의 병사들이 앞길에 나타났다. 선두에 선 대장 한 사람이 장송 앞으로 오더니 말을 멈춰 세웠다.

"실례지만 파촉 땅의 장송님 아니십니까? 저는 조운이라고 합니다. 주공 유황숙님으로부터 정중히 모시고 오라는 분부를 받고 왔습니다. 여기서부터는 제가 안내하겠습니다."

"……."

장송은 조운의 명성을 들은 바가 있었던지라 깜짝 놀랐으나 곧 태연히 감사의 뜻을 말하고 조운과 나란히 말을 몰았다.

형주 땅으로 들어가 한참을 가니까 날이 저물었다. 조운은 장송을 객사로 안내했다. 문 앞에는 100명 가량의 병사가 늘어서서 북을 치면서 환영했다. 대장 한 사람이 앞으로 나와 인사했다.

"저는 관우입니다. 장송님께서는 먼 길을 오시느라 필시 피곤하실 것입니다. 오늘 밤은 부디 편안히 쉬도록 하십시오."

이것은 모두 공명의 지시에 의한 것이었다.

다음 날, 장송은 안내를 받아 형주성으로 갔다. 유비가 좌우에 공명과 방통을 거느리고 성 밖 30리까지 나와 기다리고 있었다.

"장송님의 높은 이름은 익히 들어서 알고 있었습니다. 한 번 만나고 싶었으나 그 기회가 없어 유감스럽게 생각하고 있었는데, 이번에 허도로부터 귀환하신다는 얘기를 듣고 마중나왔습니다. 잠시 동안 여기에 머무시면서 좋은 가르침을 주시면 고맙겠습니다."

유비의 예의바른 인사에 장송은 입이 헤 벌어졌다. 동시에 유비의 인품에도 끌렸다.

'조조하고는 크게 차이가 나는구나.'

이윽고 장송은 유비와 말을 나란히 하여 형주성 안으로 들어갔다. 다시 한번 인사를 나누고 난 뒤, 연회가 열렸다. 장송은 허도에서 받은 푸대접을 잊을 정도로 융숭한 예우에 기분이 좋아졌다.

연회는 3일이나 계속되었다. 그 동안, 여러 가지 화제가 입에 올랐으나 유비와 공명, 그리고 방통 등 형주쪽 사람들은 파촉 땅의 일에 대해서는 한마디도 언급하지 않았다.

4일째 아침, 장송은 파촉으로 돌아가지 않으면 안 될 시간이 되었다면서 작별을 고했다. 유비는 성 밖 10리나 되는 곳까지 배웅을 나와서, 또 작별의 연회를 열었다.

"여기서 헤어지면 언제 다시 만나 뵐 수 있을까요?"

자꾸만 작별을 아쉬워하며 눈물짓는 유비를 보자 장송은 마음을 확실히 정했다.

"지난 3일 동안 저 같은 사람을 위해 황숙님께서 마음을 써 주셔서 참으로 감사합니다. 그 답례라고 하면 뭐합니다만 저의 마음으로부터의 선물을 받아 주십시오."

하고는 장송은 종자를 불러 한 권의 두루마리를 가져오게 하여 유비 앞에 펼치게 했다.

2

그것은 파촉 땅 전체를 한눈에 알아볼 수 있도록 상세히 그린 그림지도로 지형과 거리는 물론 각지의 요새, 창고에 들어 있는 곡물과 재물에 이르기까지 세밀하게 그려져 있었다.

"익주는 험난한 지형이 요새처럼 둘러싸여 있고, 그 안에는 비옥한 평야가 펼쳐져 있습니다. 백성은 영리하고 모두들 파촉 땅을 사랑하고 있습니다. 하지만 익주를 다스리는 우리 주인 유장은 유감스럽게

도 어리석기 이를 데 없으며 뛰어난 인물을 등용하는 재능도 없어 그저 윗자리만 지키려 합니다. 그래서 백성들의 마음은 벌써 떠나 있습니다."

장송은 유비를 보았다.

"제가 이번에 허도로 올라 간 것은 북쪽의 이웃인 장노가 쳐들어 온다는 소문이 있어 그렇게 되면 우리로서는 도저히 막을 수가 없기 때문에 조조에게 파촉 땅을 바칠 생각에서였습니다. 이 그림지도도 그 때문에 마련한 것입니다. 그러나 저는 조조의 오만불손한 태도를 보고 생각을 바꾸어 황숙님을 찾아온 것입니다. 조조를 대신해서 황숙님이 익주를 손에 넣으신다면 백성들은 크게 기뻐하고, 마침내는 한실을 부흥시킬 수 있는 기반이 될 것입니다. 저는 이 한 몸을 바쳐 황숙님을 열심히 돕겠습니다. 어떻게 하시겠습니까?"

"뜻은 매우 고맙지만 나는 유장님과는 같은 한실의 일족입니다. 무력으로 쳐서 멸망시킨다면 천하의 사람들로부터 비난을 받을까 걱정되는군요."*

하고 유비는 난색을 표시했다.

장송은 유비의 겸양하는 마음에 더욱 감동했다.

"천하를 손 안에 넣으려면 천시(天時)라는 것이 있습니다. 지금이 그 하늘이 내린 때입니다. 작은 의리에 연연하다가 이것을 놓치면 두번 다시 기회는 찾아오지 않을 것입니다."

장송은 계속해서 유비에게 파촉 땅을 취할 것을 권하고 나서,

장차 파촉의 사자가 올 테니 긴히 상의할 것을 제안하고 작별을 고했다.

성도로 돌아온 장송은 유장에게 보고하기 전에, 친구인 법정(法正)과 맹달(孟達)을 찾아가 자신의 생각을 털어놓았다.

그러자 두 사람은,

"나도 유황숙을 점찍고 있었네."

"파촉 땅을 헌납하려면 유현덕님이 가장 적격이야."

하고 동조했다. 원래 이들 세 사람은 유장에게 불만이 많았던 터라 장송의 의견에 더해 힘을 합쳐 파촉 땅을 유비에게 바치는 일을 본격적으로 추진하기로 맹세했다.

다음 날, 장송은 유장 앞으로 나아가 둘러댔다.

"조조를 만나 여러 가지로 얘기를 해봤습니다만 안 되겠습니다. 조조는 장노와 마찬가지로 우리 파촉을 노리고 있었습니다."

"뭐라고, 조조까지?"

유장은 깜짝 놀라 허둥댔다.

"어떻게 하면 좋겠는가?"

"그러나 형주의 유황숙님을 제가 만나보니 주인님과 같은 한실의

청산불로 녹수장존(靑山不老 綠水長存)
'청산은 늙지 않고, 푸른 물은 계속 흐른다.'라는 뜻으로 장송이 유비에게 익주를 차지하라는 뜻을 비치자 유비는 별 다른 말 없이 고맙다고 사례만 한다. 이때 한 말이 '청산불로 녹수장존' 나중에 보답하겠다는 뜻이다.

일원이고, 조조도 그 위세를 크게 두려워하고 있었습니다. 곧 사자를 형주로 보내 지원을 부탁드리면 좋을 것입니다."

"나도 유현덕님 이야기는 들었다. 얼른 사자를 보내자. 누가 좋겠는가?"

"법정과 맹달이라면 일을 제대로 해낼 것이 틀림없습니다."

장송의 말에 따라, 유장은 두 사람을 불러들여 법정을 사자로 임명하고, 맹달에게 500명의 병사를 주어 유비를 맞아오도록 명했다.

그때 측근 황권(黃權)이 달려들어와 유장을 만류했다.

"주군께서는 장송이 하는 얘기를 들어서는 안 됩니다. 유비는 사람들의 마음을 사로잡는 데 능해 촉에 불러들이면 돕기는커녕 우리 땅을 차지하려 들 것입니다."

"무슨 소리를 하는 거냐? 장노나 조조가 쳐들어오면 그때는 어떻게 할 작정이냐?"

"천험의 지형에 의지하여 방비를 굳건히 하고 있으면 오래 견디지 못하고 모두들 제풀에 지쳐 물러갈 것입니다."

"그런 보장이 어디에 있느냐?"

유장은 듣지 않고 법정을 사신으로 보내려고 했다. 그러자 다시 왕루(王累)라는 참모가 말렸다.

"안 됩니다. 장노는 피부병과 같은 것이지만 유비는 몸 안을 좀먹는 중병입니다. 유비를 끌어들이면 파촉 땅을 빼앗기고 맙니다."

"유현덕님은 나와 동족이다. 나의 영토를 빼앗을 리가 없다. 두 사람 모두 허튼소리 그만하고 썩 물러가거라!"

유장은 황권과 왕루를 내쫓고 법정에게 유비에게 보내는 편지를 써 주고 출발하도록 명했다.

법정은 형주로 급히 달려가 유비를 만나 유장의 편지를 건네주었다.

"형주의 병사를 가지고 장노를 토벌해 달라고 하는 유장님의 부탁은 잘 알았다. 잠시 생각할 여유를 달라."

유비는 편지를 읽고나자 법정을 공명에게 맡기고 안으로 들어갔다.

얼마 뒤에 방통이 그 뒤를 따라 들어갔다.

"왜 그러십니까? 망설일 필요가 없을 것입니다. 이 형주는 동쪽으로는 손권, 북쪽으로는 조조와 마주보고 있어 언제 공격을 받을지 알 수가 없습니다. 유장이 도움을 청해 온 이 기회에 병력을 이끌고 들어가, 토지도 넓고 비옥한 파촉 땅을 손에 넣어 황숙님의 이상을 실현해야 합니다."

"그 말도 일리가 있지만 나는 지금까지 사사건건 조조와 반대되는 일을 행해 왔다. 조조가 가혹한 짓을 하면 나는 인애(仁愛)를 가지고 사람들을 접했고, 조조가 거짓을 행하면 나는 성실을 내세웠다. 지금 유장의 약점을 이용하여 그의 땅을 빼앗는다면 나는 조조와 똑같은 사람이 되어 버리고 천하의 신뢰를 잃게 될 것이다."

"지금은 난세입니다. 때로 평소의 뜻한 바라도 잊고 실천해야 하고, 도리라 해도 모른 체하면서 권모와 지략을 쓰지 않으면 한 발자국도 나아갈 수가 없습니다. 파촉 땅을 황숙님이 취하지 않으면 반드시 조조가 취할 것입니다. 그렇게 된다면 최악의 상태가 됩니다. 이제 파촉 땅을 손에 넣은 다음, 유장에게 따로 두텁게 보답을 하면 아무도 황숙님을 비난하지는 않을 것입니다."

"알았다. 생각해 보겠다."

방통의 설명을 듣고 겨우 결심이 섰는지 유비는 고개를 끄덕였다.

건안 16년(211년) 12월, 유비는 파촉으로 향하기 앞서 공명 밑에 관우, 장비, 조운을 남겨 형주를 지키게 하고 황충, 위연, 유봉, 관평 등을 대장으로 삼고 방통을 군사로 하여 5만 병력을 편성했다.

한편, 유장은 유비의 출병을 연락받자 제 목을 조르는 일인지도 모르고 기뻐하면서 부성까지 유비를 마중을 나가기로 했다.

"가시면 안 됩니다. 유비에게 속을 뿐입니다.

하고 황권이 간곡히 말렸다.

"내 마음은 이미 정해졌다. 상황이 매우 다급하다.* 그러니 더 이상 방해하지 말라."

유장이 꾸짖자 황권은 무릎걸음으로 유장에게 다가가 옷자락을 입으로 물고 계속 만류했다.

"무슨 짓이냐!"

화가 난 유장이 황권을 '획' 뿌리치며 일어난 순간, 황권은 앞으로 고꾸라져 앞니 두 개가 부러졌다. 황권은 입 안이 피투성이가 된

채 병사들에게 끌려 나갔다.

　다음 날 아침, 유장이 출발하여 성문까지 오니 사람들이 새까맣게 몰려 있었다. 살펴보니 왕루가 자신의 몸을 새끼줄로 묶어 가지고 성루에 거꾸로 매달려 있었는데, 이를 구경하려고 모여 있었던 사람들이었다.

　"기다려 주십시오!"

　왕루는 유장을 보고 큰소리로 외쳤다.

　"부성에 가신다면 두 번 다시 성도에는 돌아오시지 못합니다. 부디 파촉 땅을 팔아먹는 장송을 베어 유비와의 연결고리를 끊어 주십시오. 제 말을 들어 주시지 않는다면 차라리 땅에 떨어져 죽겠습니다!"

　"놈들의 헛소리를 들으셔서는 안 됩니다."

　장송이 유장에게 속삭였다.

　"놈들은 주인님을 협박하여 자신의 형편에 좋도록 만들려는 얕은 꾀입니다."

　유장은 창백한 얼굴로 고개를 끄덕이고는,

　"그대로 출발하라!"

소미지급(燒眉之急)
'눈썹에 불이 붙을 정도로 다급하다.' 는 뜻이다. 유비를 파촉에 불러들여 도움을 청하자는 말에 황권이 극렬히 반대한다. 그러자 유장은 적병이 침입하여 '소미지급이다' 라고 말하며 황권의 말을 일축한다.

하고 떨리는 목소리로 명했다.

"아아, 이제 파촉 땅은 망했다!"

한마디 외치더니 왕루는 손에 들고 있는 칼로 새끼줄을 잘랐다. 순식간에 지상으로 떨어져 그는 머리가 박살나 죽었다. 시체는 즉시 치워지고, 유장은 아무 일도 없었던 것처럼 성문을 빠져 나갔다.

이렇게 해서 유장은 부성으로 가서 맹달의 안내로 도착한 유비와 대면했다. 두 사람은 손을 마주 잡고 화기애애하게 얘기를 나누었다.

"내가 생각했던 대로 유황숙님은 인의를 아는 훌륭한 분이다."

유장은 무턱대고 기뻐했으나 부하 장수인 유궤와 냉포, 장임 등은 유비를 방심해서는 안 될 요주의 인물로 보고 경계심을 늦추지 않았다.

이때, 유비는 유장이 생각 외로 친절했기 때문에 복잡한 심정이 되었다.

방통은 그런 유비의 번민하는 모습을 보고 기회를 봐서 유장을 암살하면 해결이 빠르리라 여겨 은밀히 위연과 상의를 했다.

그날 밤 부성의 객전에서 연회가 열렸다. 유비와 유장은 자리에 나란히 앉아 사이좋은 형제처럼 술잔을 나누었다.

연회가 한창 무르익었을 때, 방통이 위연에게 슬쩍 눈짓을 보냈다. 위연이 벌떡 일어섰다.

"솜씨는 없습니다만 여흥 삼아 제가 칼춤을 추어 보이겠습니다."

하고 칼을 뽑아 들고 춤을 추기 시작했다. 틈을 보아 유장을 찔러 죽이라고 방통으로부터 명령을 받은 것이다.

　춤을 추면서 위연은 유장의 빈틈을 엿보았다. 몇 번인가 칼끝이 유장의 눈앞에서 번뜩였다. 이를 본 장임(張任)이 심상치 않음을 느끼고,

　"검무에는 상대가 필요한 법. 내가 상대를 해 드리겠소."

　하며 칼을 빼들고 춤을 추러 나갔다. 위연의 칼에 자신의 칼을 엉키게 하고 유장에게 접근하지 못하게 하려고 했다.

　'쳇! 방해를 할 생각이군!'

　방통이 혀를 차면서 유봉에게 눈짓을 하니, 유봉도 알아듣고 칼을 뽑아 들고 검무에 합류했다. 이것을 보고 놀란 유귀와 냉포 일행이 앞을 다투어 칼을 빼들고 춤을 추기 시작하자, '짤그랑짤그랑' 하고 칼날이 부딪치는 소리가 연회장에 시끄럽게 울려 퍼졌다.

　"모두들, 그만두라!"

　유비가 벌떡 일어나 소리쳤다.

　"이것은 '홍문(鴻門)의 연회(천하를 다툰 항우와 유방이 홍문이란 곳에서 연 살벌했던 모임)'가 아니다. 모두 칼을 버려라. 버리지 않는 자는 내가 먼저 베어 버리겠다!"

　"그렇다. 형제끼리의 연회에 칼은 필요없다."

　유장도 부하들을 꾸짖었다.

　암살이 실패했다는 것을 알게 된 방통은 씁쓸한 얼굴을 하고 그 자리에서 물러 나갔다.

　며칠 뒤, 장노의 병력이 북쪽의 관소 가맹관으로 쳐들어왔다는

소식이 들려왔다. 유비는 병력을 이끌고 가맹관으로 향했고, 유장은 안심하고 성도로 돌아갔다.

3

유비가 파촉 땅으로 들어간 사실은 곧 손권에게 알려졌다. 손권은 이 틈에 형주로 쳐들어가려고 생각했으나, 3년 전에 유비에게 시집간 누이동생 손부인을 생각하여 망설이고 있었다. 싸움이 벌어지면 누이동생의 목숨도 위태로워진다.

"그러하시다면 이렇게 하십시오."

장소는 하나의 계책을 내놓았다.

심복 대장에게 500명의 병사를 붙여 형주에 잠입시켜 은밀히 손부인에게 면회하여 어머니 오부인이 중태에 빠져 만나보고 싶어하고 계시니 서둘러 귀국하도록 권하면서, 유비의 외아들인 아두를 함께 데리고 오도록 하는 계책이다.

"그렇게 한 후에 형주와 교환조건으로 아두를 되찾아 가라고 하면 피 한 방울 흘리지 않고 형주를 우리 손에 넣게 될 것이 틀림없습니다."

"그야말로 묘안이로다!"

기뻐한 손권은 주선(周善)을 불러 비밀명령을 내렸다.

주선은 500명의 병사를 상인으로 변장시켜 5척의 배를 동원하여 장강을 거슬러 올라가 형주에 도착하자 문지기에게 뇌물을 주고, 성공적으로 형주성 안의 손부인이 사는 저택으로 잠입할 수가 있었다.

"뭐, 어머님이 내일을 알 수 없는 중태라고? 어떻게 하지?"

주선한테 얘기를 듣는 순간, 손부인은 얼굴이 백지장처럼 하얗게 되더니 그 자리에 쓰러지려고 했다.

여걸 손부인이었으나 친정어머니에 대한 정은 각별했다. 한 번 만나고 싶은 일념뿐이어서 아무것도 생각하지 못한 채, 주선이 시키는 대로 6살 난 아두를 끌어안고 시녀들을 데리고 남몰래 저택을 빠져 나왔다. 성관 문지기들이 그 사실을 알아차렸을 때에는 부인의 일행이 이미 성 밖 선착장에 도착하여 배를 타고 있었다.

"그 배, 잠깐 기다려라!"

배가 선착장을 떠나려고 할 때, 강기슭에서 외치는 소리가 들렸다. 조운이었다. 순찰 도중에 연락을 받고 곧장 말을 달려 온 것이었다.

주선은 못들은 체하고 배를 출발시켰다. 조운은 기슭을 따라 말을 달렸으나 배는 자꾸만 멀어져 갔다. 그때, 기슭에 매여 있는 작은 배 한 척이 눈에 띄었다. 조운은 말을 버리고 배에 올라탔다.

"저 배를 뒤쫓아라!"

사공에게 명하고 자신도 함께 필사적으로 노를 저었다.

날렵한 배는 화살처럼 달려 주선의 배에 따라 붙었다. 주선은 병사들에게 명하여 화살을 쏘게 했으나, 조운은 창으로 모조리 튕겨내

버렸다. 그리고 계속 배를 접근시켜 1장 가량 되었을 때 몸을 날려 큰 배로 뛰어 들어갔다.

강동의 병사들은 겁을 먹고 선미 쪽으로 도망쳐 버렸다. 조운은 선실로 걸어 들어갔다.

"무례하다. 썩 물러가라!"

손부인이 눈을 치켜뜨고 조운을 노려보았다. 조운은 얼른 무릎을 꿇었으나, 눈은 손부인에게 안겨 있는 아두에게 쏠려 있었다.

"마님께서는 공명 군사에게 한마디의 의논도 없이 어디에 가시는 것입니까?"

"친정어머님이 내일을 알 수 없는 중태라고 해서 만나러 가는 길이다. 군사에게는 알릴 틈이 없었다."

"그렇다면 어린 아두님을 데리고 가실 필요는 없잖습니까?"

"형주에 남겨 두면 시중을 들 사람이 없어서 불쌍하다고 생각했기 때문이다."

"사정을 잘 알겠습니다만 강동으로 돌아가시려면 혼자 돌아가십시오. 제가 당양의 장판파에서 백만의 조조군 가운데서 구해 낸 아두님은 우리 주공께 단 하나뿐인 아드님이어서 보내 드릴 수가 없습니다."

조운은 갑자기 무릎걸음을 치더니 손을 뻗어 손부인의 팔에서 아두를 빼앗아 들었다.

"앗, 무슨 짓을 하는 거냐?"

손부인이 비명을 지르자 시녀들이 칼을 휘두르면서 덤벼들었다.

조운은 시녀들의 칼을 피하고 구석으로 밀어부쳤다. 그리고 선실에서 뛰쳐나왔다. 한 손에 아두를 안고 다른 손에는 칼을 잡고 선수로 뛰어 갔으나, 배는 강 한가운데로 나가 있었고 타고 온 작은 배의 모습은 보이지 않았다. 조운은 혼자 아두를 끌어안고 어찌할 바를 모르고 있었다.

그때 하류 선착장에서 10여 척의 배가 일직선으로 달려오는 것이 보였다. 선두의 배의 뱃전에는 호랑이 수염을 거꾸로 세운 대장이 장팔사모를 손에 들고 우뚝 서 있었다.

"오오, 장비님!"

"자룡인가? 지금 곧 그리로 가겠네!"

장비는 단숨에 배에 옮겨 탔다.

"이 놈들, 방해를 할 셈이냐!"

칼을 휘두르며 덤벼든 주선을 단번에 찔러 죽이고 나서 장비는,

"무슨 일이 있어도 돌아가겠다고 한다면 말리지는 않겠지만 볼일이 끝나거든 빨리 돌아오시오."

하고 망연자실해 있는 손부인에게 한마디하고는 아두를 끌어안은 조운을 재촉하여 아군의 배로 돌아왔다.

두 사람이 배를 옮겨 타고 조금 있으려니깐, 공명이 수많은 배를 이끌고 오는 것과 마주쳤다.

"천만다행이다. 만일 아두님을 빼앗겼다면 큰일 날 뻔했다."

공명은 안도의 한숨을 내쉬고, 두 사람을 극구 칭찬했다.

운명의 낙봉파

1

강동으로 돌아온 손부인으로부터 조운에게 아두를 빼앗기고, 주선은 장비에게 살해당했다는 상황을 전해 들은 손권은,

"동생이 돌아온 이상 유비와의 인연은 끊어졌다. 이제는 주선의 원수를 갚아 주겠다."

하고 대장들을 모아놓고 형주 토벌에 대한 작전회의를 열었다.

회의 도중에 적벽의 원한을 풀려고 조조가 40만 대군을 동원하고 있다는 정보가 들어왔다. 손권은 하는 수 없이 형주 토벌건은 뒤로 하고, 조조에 대한 대책을 협의하기로 했다.

이때, 장소와 같이 손책 이래에 손씨 군벌을 떠받치던 중신 장굉(張紘)이 죽었다. 장굉은 유서에서 본거지를 건업(建業)으로 옮기도록 권하고 있었다. 장굉은 허도에 사자로 갔을 때, 조조의 의도를 간파하고 있었던 것이다. 조조는 천하통일의 관건은 강동에 있다고 보고 있었다. 그래서 가능하면 허도에서 멀리 떨어진 장강 하류에 도읍을 세우라고 권한 것이다. 손권은 이 충고에 따라 건업에 성을 쌓도록 명했다.

한편, 수만 명의 병사를 동원하여 유수구(濡須口 = 장강과 지류인 유수와의 합류 지점)에 성채를 쌓아 조조군의 침입에 대비했다.

그 무렵, 조조는 위공(魏公 = 위나라의 영주. 공은 왕 다음가는 지위의 제후 칭호)의 지위까지 올랐다. 위공국(魏公國)*이 세워지고 업성에는 조정과 마찬가지로 대신들이 임명되어 정사를 돌보게 하였다.

순욱은 이것이 장차 한조를 망하게 할 일이라 여겨 탄식했다.

"승상이 군사를 일으킨 것은 천하의 대의를 세우기 위한 것인데, 그것을 자신의 야망과 바꿔치기해 버린 것은 참으로 유감이다."

그후 조조가 출전할 때, 순욱은 병을 구실로 삼아 허도에 남았다. 어느 날 병문안이라고 하면서 음식물을 담은 상자가 왔다. 상자에는 조조의 직필로 봉인되어 있었다. 열어 보니 그 안은 텅 비어 있었. '더 이상 너를 먹여 살릴 생각이 없다. 즉, 너는 더 이상 필요 없다'는 의미였다.

공국(公國)
형식상으로는 제후국이므로 자치권을 갖고 있었으나 조조가 조정의 실권을 갖고 있었던 당시 위공국(魏公國)이 세워지자 왕국과 마찬가지로 독립적인 힘을 가졌을 뿐만 아니라 향후 한나라를 대신할 만큼 강력한 국가였다.

'무슨 뜻인지 알았다.'

순욱은 씁쓸하게 고개를 끄덕이고는 독을 마시고 죽었다. 그때 나이 50세였다.

한편, 조조는 유수구까지 진격하여 손권과 싸웠으나 좀처럼 진전을 보이지 않자 이듬해 봄에 휴전을 하고 허도로 철수했고, 병사를 이끌고 가맹관으로 달려간 유비는 장노가 병력을 철수시켰기 때문에 그대로 남아서 가맹관을 지키게 되었다.

유비가 가맹관에 진치고 있을 때 손부인이 강동으로 돌아갔다는 것, 또 조조가 유수구로 쳐들어가 손권과 대치하고 있다는 것을 공명이 알려 왔다.

유비는 방통을 불렀다.

"조조와 손권이 싸우고 있는 모양인데 어느 쪽이 이기든 형주를 둘러싸고 한차례 싸움이 일어날 것이다. 만일 형주를 잃으면 우리들은 돌아갈 곳이 없어진다. 어떻게 하면 좋겠는가?"

"잊으셨습니까? 형주에는 공명이 있습니다. 공명에게 맡겨 두면 그리 걱정할 필요 없습니다."

방통은 유비의 불안을 웃어넘겼다.

"그것보다 장노가 병사들을 철수시켰으므로 한동안 움직일 수가 없었는데, 이것을 기회로 책략을 조금 써 보겠습니다."

"어떻게 하려고 하는가?"

"우선 황숙님께서 유장에게 정중히 부탁을 하는 것입니다."

"부탁을?"

"그렇습니다. '조조가 강동으로 공격해 왔기 때문에 손권이 도움을 청해 왔다. 손권하고는 동맹을 맺고 있어 도와주지 않을 수가 없다. 다행히도 장노는 얼마 동안은 쳐들어올 기미가 보이지 않으니, 지금부터 형주로 돌아가 손권과 함께 조조를 무찌르려고 한다. 그래서 말인데 병력이 부족하고 군량도 부족하므로 병력 3, 4만 명과 군량을 10만석 정도 빌려줄 수 없겠는가?' 하고 부탁을 하는 것입니다."

유비는 방통의 의견에 따라 편지를 써서 성도로 보냈다.

유비의 편지를 읽은 유장은 그 부탁을 들어주려고 했으나, 유비를 두려워하는 부하들의 맹렬한 반대에 부딪쳐 마음이 흔들렸다. 결국 별로 도움이 되지 않을 늙은 병사 5천 명과 군량 1만석을 보내기로 하고, 답장을 유비에게 전하게 했다.

'놈, 걸려 들었구나!'

유비는 유장의 답장을 읽고 회심의 미소를 지었다.

그러나 정작 사자들 앞에서는 화를 냈다.

"이쪽은 너희들을 위하여 고생하면서 적을 막아 주고 있는데 이렇게 어물어물 때우려 들다니, 참으로 괘씸하다!"

하고 유장을 비난하고, 답장을 갈기갈기 찢어 버렸다. 유장의 사자는 허둥지둥 성도로 도망치듯이 돌아갔다.

"이제 명분이 생겼습니다. 서둘러야겠지요?"

방통이 히죽이 웃으며 유비에게 물었다.

"이제 파촉 땅을 수중에 넣는 일을 본격화하자."

"알았습니다. 제게 3가지 계책이 있습니다. 어느 것을 취하느냐는 황숙님의 생각에 달렸습니다."

"어떤 계책인지 말하라."

"골라 뽑은 정예병을 이끌고 샛길로 달려가 단숨에 성도를 공략하는 것입니다. 이것이 가장 빠른 책략입니다. 성도에 들어가기 위해서는 부수관을 함락시키지 않으면 안 됩니다. 부수관은 유장의 부하인 양회와 고패가 지키고 있습니다만 황숙님께서 거짓으로 형주로 돌아간다고 하면 반드시 전송하러 올 것입니다. 그때 습격해서 두 사람을 죽이고 부수관을 빼앗고, 이곳을 근거지로 삼아 성도로 향하는 것입니다. 이것은 중간쯤 가는 책략입니다. 일단 형주로 돌아갔다가 다시 시작합니다. 이것은 가장 늦은 책략입니다."

"가장 빠른 책략은 지나치게 급하고, 가장 나중의 책략은 지나치게 느긋하다. 중간쯤 가는 책략이 좋겠다."

방침이 정해지자, 유비는 형주로 돌아가겠다는 거짓 편지를 유장에게 보내고 병사를 은밀히 진격시켰다.

한편, 성도에서는 유비가 형주로 돌아간다는 소식이 전해지자 당황한 것은 장송이었다. 친구인 법정과 맹달은 유비 진영으로 가 있었으나 장송은 성도에 있었다.

'황숙님이 형주로 떠나면 공든 노력이 물거품이 된다.'

형주로 간다는 것이 계책임을 모르는 장송은 곧 편지를 썼다.

황숙님께서는 파촉 땅이 눈앞에 있는데 어찌 이를 단념하고 형주로 돌아가신단 말입니까? 부디 처음의 계획대로 유장을 내쫓고 파촉 땅을 취하여 주십시오. 제가 내응을 하겠습니다.

그러나 이 편지가 장송의 목을 조르는 결과가 되었다. 실수로 편지를 떨어뜨렸는데, 그 편지가 장송의 형의 손에 들어가 버렸고 놀란 장송의 형은 즉시 유장에게 편지를 바쳤다.
"이놈, 배신자야!"
유장은 장송을 붙잡아다가 반역죄로 참수해 버렸다.
한편, 유장에게 거짓 편지를 보낸 뒤 유비는 병력을 이끌고 부성까지 진격하여 사람을 보내 전하게 했다.
"형주로 돌아가기 때문에 작별인사를 하고 싶다."
부성의 양회와 고패는 이를 믿고 유비의 진으로 배웅을 하러 찾아왔다. 방통의 예상과 달리 두 사람은 몰래 품 안에 단검을 숨기고 있었다. 틈을 봐서 유비를 죽일 생각이었던 것이다.
그러나 유봉과 관평의 활약으로 두 사람은 그 자리에서 목이 떨어졌다. 방통은 양회와 고패가 데리고 온 병사들을 회유하여 관문으로 들여보내고, 감쪽같이 부수관을 점령하고 말았다.
유비가 양회와 고패를 죽이고 부수관을 빼앗은 사실이 얼마 후 성도에 알려졌다.

2

"이렇게 될 줄은 꿈에도 생각하지 못했다."

유장은 입술을 깨물면서 분통을 터뜨리고 유비를 믿었던 것에 대해 땅을 치며 후회했다. 그러나 이미 엎질러진 물이었다.

"즉각 구원군을 낙성으로 보내 방비를 굳게 하면 유비의 진군을 저지할 수 있을 것입니다."

하는 황권의 권유를 받아들여 뒤늦게나마 유귀, 냉포, 장임, 등현에게 5만 병사를 주어 낙성으로 파견했다.

낙성은 성도의 북쪽에 위치하는 요충지로 이곳을 잃으면 성도가 위태롭다. 네 명의 대장은 의논하여, 냉포와 등현이 2만 병사를 이끌고 성 밖 60리의 지점에 각기 영채를 마련하여 유비의 진격을 저지하고, 유귀와 장임은 성을 지키기로 했다.

이것을 안 유비는 황충과 위연을 성 밖에 세운 두 군데 영채쪽을 공격하게 했다. 두 사람은 분담하여 냉포와 등현의 영채에 공격을 가해 황충이 등현을 화살로 사살하고, 위연이 냉포를 사로잡았다.

"이제는 단숨에 낙성을 공격하여 점령해 버립시다."

하고 방통은 신바람이 나서 유비에게 권했다.

그때 형주에서 공명의 사자로 마량(馬良)이 찾아왔다.

"형주에 무슨 일이 있었느냐?"

유비는 놀라서 물었다.

"황숙님, 형주는 무사합니다. 안심하십시오. 저는 공명 군사의 편지를 갖고 왔습니다."

마량은 공명의 편지를 유비에게 내밀었다.

요즘 천문을 점쳐 보았는데, 낙성 방면에서 금성이 반짝이고 있습니다. 이것은 아군에게 좋지 않은 일이 일어날 징조입니다. 부디 만사에 신중을 기해 주십시오.

"음, 조심하라니 당분간 가만히 있어야 겠구나."

유비의 말에 방통은 재미없다는 듯한 얼굴을 했다.

"저도 천문을 볼 줄 압니다. 낙성 위에 금성이 반짝이는 것은 촉의 대장 몸에 좋지 않은 일이 일어날 징조입니다. 이 기회를 놓치지 말고 즉시 병력을 진격시켜 낙성을 점령해야 합니다."

방통은 한시가 급하다는 듯이 유비를 독촉했다.

"알았다."

유비는 낙성을 향해 총공격하기로 결정했다.

방통은 공격하기에 앞서 얼마 전에 황충이 빼앗은 진지로 가서 법정을 불러 물었다.

"여기서 낙성으로 나가려면 어떤 길이 있소?"

"산의 북쪽과 남쪽에 각각 길이 있습니다. 북쪽은 넓은 가도인데 낙성의 동문으로 통하고, 남쪽은 좁은 지름길인데 낙성의 서문으로 통하고 있습니다."

하고 법정이 약도를 그려가며 자세히 설명했다.

장송이 만든 그림지도를 펼쳐 보니 바로 그대로였다.

방통은 전군을 2개 부대로 나누어 자신이 일군(一軍)을 맡아 위연을 선봉으로 삼아 남쪽의 지름길로 가고, 유비는 황충을 선봉으로 삼아 북쪽의 가도로 가서 낙성에서 양군이 만나는 공격안을 세웠다.

다음 날 아침 일찍 군사들을 배불리 먹이고, 황충과 위연이 병력을 이끌고 먼저 출발했다. 뒤이어 유비와 방통이 출발하려고 할 때였다. 무엇에 놀랐는지 방통이 탄 말이 갑자기 앞발을 들고 곧추 서는 바람에 방통이 말에서 떨어지고 말았다.

유비는 깜짝 놀라 말을 잡고 진정시켰다.

"군사, 어째서 이런 난폭한 말을 타고 있는가?"

"이 말을 오랫동안 탔지만 이런 일은 처음입니다."

"싸움터에서 이런 일이 일어난다면 목숨이 위태롭네. 내 백마는 온순하고 길이 잘 들여져 있으니 이것을 타도록 하게. 그 말은 내가 타겠네."

유비는 방통과 말을 바꾸었다.

"이 은혜는 죽어도 잊지 않겠습니다."

방통은 유비의 배려에 깊이 감사했다. 그러나 이것이 두 사람의 운명을 가르게 될지 누구도 알 수 없었다.

두 사람은 낙성에서 만날 약속을 하고 각각 좌우로 출발했다.

그 무렵, 낙성에서는 성도로부터 유장의 아들인 유순을 비롯해 오의와 오란, 뇌동과 같은 대장들이 가세하러 달려와 유비군의 침공에 대비하고 있었다.

그곳에 유비의 병력이 두 갈래로 나뉘어서 공격해 온다고 하는 정보가 들어왔다. 장임은 주력군을 가도 쪽 방비에 투입시키고 자신은 3천 병사를 이끌고 지름길 옆 언덕에 매복했다. 이윽고 장임의 눈앞에 위연의 일대가 다가왔다. 장임은 그 뒤에 유비의 본대가 올 것이라는 예측을 하고 그냥 지나치게 놔뒀다.

얼마 뒤에 다시 일단의 병력이 오고 있는 것이 보였다. 중앙에 백말을 탄 대장의 모습이 있었다.

'저것이야말로 유비임에 틀림없다.'

기뻐한 장임은 부하들에게 사격준비를 시켰다.

그런 줄 모르고 말을 몰고 온 방통은 전방의 지형을 보고 미간을 찌푸렸다. 양쪽으로 산이 바싹 다가와 있고, 가을이었으나 아직도 나뭇잎이 무성하게 우거져 있었기 때문이다. 매복에는 더할 수 없이 좋은 조건이었다.

방통은 기분이 썩 좋지 않아 옆을 돌아다보며 물었다.

"이곳은 뭐라고 하는 곳인가?"

"낙봉파(落鳳坡)라는 곳입니다."

하고 길 안내를 하는 촉의 항복병이 대답했다.

"뭐, 낙봉파라고?"

방통의 얼굴색이 싹 변했다.

"나의 호는 봉추다. 낙봉파라니, 불길한 이름이다. 어서 되돌아가자!"

그 순간 한 발의 불화살을 신호로 산 양쪽의 언덕 수풀 속에서 방통이 탄 백마를 향해 일제히 수천 개의 화살이 날아 왔다. 마치 비 오듯이 화살이 쏟아져 내린 것이다. 방통은 말머리를 돌릴 사이도 없이 온몸에 화살을 맞고 고슴도치처럼 되어 말에서 떨어져 죽었다. 애석하게도 그때 나이 36세였다.

3

비슷한 시각, 형주에서는 공명이 대장들과 함께 칠석(七夕)을 맞아 달맞이 연회를 열고 있었다. 화기애애하게 이런저런 이야기 꽃을 피우고 있는데 갑자기 서쪽 밤하늘에서 반짝이고 있던 커다란 별 하나가 주위에 빛을 뿌리면서 떨어져 갔다.

"오오, 천구성(天狗星)……."

공명이 말끝을 맺지 못하고 얼굴색이 크게 변하면서 손에 들고 있던 술잔을 떨어뜨렸다.

"왜 그러십니까, 군사?"

"무엇에 그렇게 놀라십니까?"

대장들이 이상히 여겨 일제히 물었다.

"천구성이 떨어질 때는 싸움이 패하거나 대장이 죽임을 당하거나 한다고 한다. 아마도 방통의 몸에 무슨 일인가가 일어난 것 같다."

하고 공명은 침울한 목소리로 대답했다.

며칠 뒤, 유비를 따라 파촉에 원정을 나가 있던 관평이 돌아와,

"지난 7월 7일, 방군사는 적의 매복을 만나 목숨을 잃었습니다. 우리 군은 낙성에서 치고 나온 적의 총공격을 만나 부수관까지 후퇴하고, 그대로 관문에 틀어박혀 있습니다. 주공께서는 공명 군사의 구원을 일각이라도 학수고대하며 기다리고 계십니다."

하고 말하는 것이었다.

'역시 그랬었구나……'

공명은 방통의 죽음을 확인하고 소리 내어 울었다. 관우를 위시해서 모든 대장들이 함께 눈물을 흘렸다.

"헛되이 슬퍼만 하고 있어 봤자 아무 소용 없소. 나는 황숙님을 구원하기 위해 당장 출발하겠소. 따라서, 관장군."

이윽고 공명은 눈물을 거두고 관우를 보았다.

"형주의 방비는 장군에게 맡기겠습니다. 이 형주는 어떠한 일이 있어도 지켜 내지 않으면 안 되는 중요한 우리의 근거지입니다. 옛날 도원의 맹세를 상기하시어, 이 중대한 임무를 맡아주기 바랍니다."

"알았소. 목숨을 걸고 지켜 내겠소."

관우는 결사의 각오를 얼굴에 나타내고 단호하게 고개를 끄덕였다.

"아니, 그렇게 경솔하게 죽음을 입에 담아서는 안됩니다."

공명은 관우의 말투에 불안을 느끼고,

"살아서 형주를 끝까지 지켜 내는 것이야말로 장군의 임무입니다. 북쪽으로는 조조를 막고, 동쪽으로는 손권과 손을 잡는다* 는 말을 잊어버리지만 않는다면 형주는 무사할 것입니다."

하고 단단히 다짐했다.

"군사의 말씀, 결코 잊지 않겠소."

관우는 다시 한번 맹세했다.

그제서야 안심한 공명은 형주의 총대장 인수를 관우에게 건네주고 나자 마량, 이적, 미축 등을 관우의 보좌역으로 삼았다.

이어서 장비에게 1만의 병력을 맡겨 가도를 따라서 파군(巴郡)으로 향하여 적군을 무찌르고 낙성의 서쪽으로 나가도록 명했다. 또 조운을 선봉으로 하는 일대에게 장강을 거슬러 올라가 낙성에서 장비와 합류하도록 명하고, 공명 자신은 그 뒤에 따르기로 했다.

북거조조 동화손권 (北拒曹操 東和孫權)
'북쪽의 조조와는 맞서고, 동쪽의 손권과는 화친한다.' 는 뜻. 파촉 정벌에서 방통이 죽자 유비는 형주에 남아있던 제갈량을 파촉으로 들어오라며 불렀다. 이때 제갈량은 형주를 관우에게 맡기기에 앞서 이렇게 당부했다.

유비, 성도를 얻다

1

우선 파촉 지원군이 출동했다. 형주를 떠나 육로로 파촉 땅으로 들어선 장비는 병사들에게 약탈을 절대로 금하고, 도중에 항복해 오는 자들에게는 관대하게 감싸주면서 이윽고 파군에 이르렀다.

파군을 지키고 있는 장수는 파촉의 노장군으로 명성이 높은 엄안(嚴顔)이었다. 나이는 먹었지만 의기 왕성하여 젊은이에게 지지 않는 맹장이었다.

장비가 쳐들어왔다는 것을 알자 엄안은,

"올 테면 와 보아라. 여기서 한 발자국도 앞으로 보내지 않겠다!"

하고 방비를 굳게 하고 기다렸다.

장비는 성의 전방 10리 되는 곳에서 진을 치고, 병사 한 명을 불러 지시했다.

"성으로 가서 엄안 영감에게 전하고 오너라. 즉시 항복하면 모두 살려 주겠으나 저항하면 몰살시켜 버리겠다고 말이다."

그러나 한참만에 돌아온 병사는 코와 귀가 잘려져 있었다. 그것이 엄안의 대답이었다.

"이놈, 잘도 무참한 짓을 했구나!"

장비는 이를 '부드득' 갈고 눈을 부릅뜨고 말에 뛰어 오르자, 수백 기를 이끌고 파군의 성 아래로 쇄도하여 싸움을 걸었다.

그러나 성에서는 치고 나오지 않고 화살만 쏘아대는 통에 할 수 없이 진으로 퇴각했다.

다음 날에도, 장비는 병력을 이끌고 쳐들어갔다. 그러나 성의 방비가 견고해서 아무리 공격해도 끄떡 없었다. 더군다나 장비는 엄안이 쏜 화살이 투구에 맞아 일순 현기증이 나서 서둘러 병사들을 철수시켜야 했다.

그 다음 날도 또 그 다음 날도 똑같은 상태가 계속되었다.

아무래도 엄안은 수비를 굳건히 하여 장비를 안타깝게 만들고, 초조해서 사기가 떨어졌을 때 단숨에 치고 나올 심산인 것 같았다.

그런데 무엇을 궁리했는지 장비는 4일째부터 공격을 중지했다. 그 대신에 병사들을 몇 조로 나누어 성을 둘러싸고 있는 뒷산으로 보내 잡목이나 풀을 베게 하였다.

풀 베는 일은 이틀, 삼일동안 계속되었다.

"저런, 장비 놈, 무엇을 할 속셈일까?"

엄안은 고개를 갸웃뚱했다. 십여 명의 병사를 장비의 병사와 똑같은 복장을 입혀 은밀하게 장비의 풀베기 부대에 잠입시켰다.

그날 산에서 진영으로 돌아온 풀베기 부대의 병사들 3, 4명이 장비 앞에 나가서 보고했다.

"장군님, 산 속에서 지름길을 찾아냈습니다. 그곳을 지나면 파군이 빠져 나갈 수 있습니다."

"그러냐? 잘 했다!"

장비는 '탁' 하고 손뼉을 치고 자리에서 일어났다.

"갈 길이 바쁜데 언제까지 이런 성에 매달려 있을 수 있겠느냐? 당장 오늘 밤에 출발하겠다. 그때까지 모두들 식사를 든든하게 해둬라. 내가 선두에 서서 길을 열어 나가겠다."

풀 베는 병사들 틈에 섞여 잠입한 성안의 병사는 이 말을 듣자 몰래 빠져나가 엄안에게 이 사실을 보고했다.

"장비 놈, 내가 치고 나오지를 않으니까 샛길로 빠져나가려 하는구나. 좋다! 길목에서 기다리고 있겠다."

장비의 의도를 알게 된 엄안은 크게 기뻐하며 날이 저물자, 주력부대를 이끌고 은밀히 성을 빠져나가 산 속에서 매복했다.

밤 11시가 지났을 무렵, 장팔사모를 빗겨 든 장비가 일단의 기병대를 이끌고 나타났다. 엄안은 일부러 이것을 통과시켰다. 얼마가 지나니까 치중대가 다가왔다.

"왔다, 공격하라!"

엄안은 병사들에게 일제히 공격하도록 했다.

그 순간이었다. 엄만군의 후방에서 한층 더 크게 징소리가 울려 퍼지는가 싶더니 일단의 병력이 우르르 밀려왔다.

"영감쟁이야, 도망치지 말아라!"

악을 쓰면서 선두에 서서 말의 배를 차며 달려오는 것은 놀랍게도 방금 통과시켜 버린 장비가 아닌가!

"너희들은 걸려들었다. 앞에 간 것은 나와 닮은 내 부하다!"

장비는 말을 도약시켜 엄안에게 몸을 부딪쳤다. 그리고는 엄안의 갑옷 띠를 움켜잡아 땅바닥에 내동댕이쳤다. 그러자 '와르르' 병사들이 덤벼들어 엄안을 새끼줄로 꽁꽁 묶어 버렸다.

동시에 앞에 갔던 기병대 역시 도중에 되돌아 와서 에워쌌기 때문에 엄안의 병사들은 버티지 못하고 항복해 버렸다. 장비는 전군을 이끌고 성 아래로 되돌아갔다. 이미 성은 별동대에 의해서 점령되어 있었다. 모든 것은 방비를 굳게 하고 나오지 않는 엄안을 유인해 내기 위한 장비의 계략이었다.

이윽고 엄안이 새끼줄로 꽁꽁 묶여 장비 앞으로 끌려 나왔다. 엄안은 우뚝 선 채 무릎을 꿇으려고 하지 않았다.

"이렇게 된 이상 항복하는 것이 몸에 이로울 것이다!"

장비가 고함을 치자 엄안은 전혀 겁내는 기색없이 오히려 욕설을 퍼부었다.

"네 놈들이야말로 흙발로 우리 땅을 짓밟고 들어온 주제에 큰소리를 치는구나. 항복 같은 것은 하지 않는다. 어서 목을 베어라!"

장비는 이 말을 듣자, 화를 내는 것이 아니라 '허허' 웃고, 엄안의 새끼줄을 풀어 주고 그 앞에 털썩 무릎을 꿇었다.

"노장군님, 실례했습니다. 사실 장군님께서 의를 중히 여기는 진정한 무장이라는 것은 익히 알고 있었습니다. 그래서 부탁인데 우리 유황숙 형님을 위해 힘을 빌려 주실 수는 없겠습니까?"

'장비라는 사나이는 유비 진영에서 가장 성미가 급하고 난폭한 사람이라고 들었는데 듣는 것하고 보는 것은 전혀 다르군.'*

엄안은 장비의 성의 넘치는 태도에 감동하여 항복하고 협력하기로 맹세했다.

"고맙습니다. 엄장군님."

장비는 고개를 숙이며 진심으로 감사했다.

이후 장비의 진격은 일사천리로 진행되었다. 곳곳의 관문을 지키는 장수들이 대개 엄안의 부하였거나 친한 사이였으므로 두말없이 통과시켜 주거나 아예 장비에게 항복했던 것이다.

장비가 승승장구하여 진격하고 있을 때, 부수관의 유비 진영에서는 형주의 공명으로부터 두 갈래로 병력이 나누어 출발했다는 보고를 받고 목이 빠져라 기다리고 있었다.

기다리다 지친 유비는 대장들에게 자문을 구했다.

"7월 하순에 떠났다고 하니까 거의 이 부근에 와 있을 것이다.

우리들이 우선 낙성을 공격하여 싸움을 시작하는 것이 좋지 않겠는가?"

"장임은 매일처럼 공격을 가해 오다가 이쪽이 치고 나가지 않으니까 방심을 하고 있습니다. 우선은 장임의 진지부터 야습을 가하는 것이 좋을 것이라고 생각합니다."

하고 황충이 제의했다. 장임은 그때 낙성과 유비의 영채 사이에 진지를 구축하고 있었던 것이다.

"그게 좋겠다."

유비는 동의하고, 그날 밤에 황충을 왼쪽, 위연을 오른쪽, 스스로는 정면을 맡아 병력을 3개의 부대로 나누어 일제히 진격시켰다.

황충이 예측한 대로 장임은 유비군의 기습공격에 대비하지 않고 있었기 때문에 병사들은 쉽게 무너져 낙성으로 도망치기 바빴다. 유비군은 신바람이 나서 낙성까지 추격했으나, 장임은 성안으로 도망쳐 들어가자 사방의 성문을 닫고 농성에 들어갔다.

유비는 성 밖에 진을 치고, 3일간 계속해서 낙성을 쳤으나 장임이 방비를 굳게 하고 나오지를 않아 초조하기가 이를 데 없었다. 4일째, 계속 공격해대는 유비군에게 피로의 기색이 나타난 것을 알아

장익덕의석엄안(張翼德義釋嚴顔)
장비가 파촉으로 들어갈 때 사로잡은 노장 엄안을 풀어준 사건. 장비가 엄안에게 '왜 항복하지 않고 저항했는가' 하자 엄안은 조금도 두려워하지 않고 '우리 파촉에는 목을 잘리는 장수는 있어도 항복하는 장군은 없다'고 대답한다. 감동한 장비는 엄안을 석방해 빈객으로 삼고, 이에 엄안이 진심으로 장비에게 항복해 촉으로 들어가는 길잡이가 된다.

차린 장임은 오란과 뇌동 두 대장을 거느리고 맞받아치고 나왔다.

지쳐 있던 유비군은 맹렬한 반격에 무너져 도망치기 바빴다.

유비 역시 쫓겨 말을 달려 산 속의 오솔길로 도망쳤다. 혼자였다. 돌아다보니까 장임이 100여 기를 거느리고 쫓아왔다. 유비는 말에 힘껏 채찍을 가했다. 하지만 산길이라 속도가 나지 않았다. 유비는 당황했다. 그때, 갑자기 앞쪽에서 일단의 병력이 나타나 길을 가로막았다.

'나의 운명도 여기까지구나!'

유비는 비통한 신음소리를 내며 그 자리에 멈춰 섰다. 더 이상 도망칠 곳이 없었던 것이다. 그런데 앞쪽의 새로 나타난 병력 속에서 크게 외치는 소리가 귀를 번쩍 뜨이게 했다.

"황숙님! 형님!"

뜻밖에도 나타난 대장은 장비였다.

"뒤는 저에게 맡겨 주십시오."

장비는 유비에게 가볍게 인사를 하고는 장임에게 덤벼들었다. 10합 가량 공격과 반격이 계속되는 사이에, 엄안이 병력을 이끌고 옆구리를 공격하자 장임은 버티지를 못하고 말머리를 돌려 낙성으로 도망쳐 들어갔다. 장비와 엄안은 곧 병력을 되돌려 황충과 위연에게 가세하러 가서 맹공을 퍼붓자 오란과 뇌동 두 대장은 더 이상 싸울 기력을 잃고 항복해 왔다.

유비는 낙성 가까이로 진을 옮기고 나서,

"엄장군이 없었다면 장비 동생도 이처럼 빨리 이곳까지 올 수는 없었을 것이오."

하고 다시 한번 엄안에게 사의를 표하고, 입고 있던 황금 갑옷을 벗어 주었다.

한편, 장임은 오란과 뇌동이 항복했다는 것을 알고 의기소침했으나, 오의와 유귀의 격려를 받아 심기일전하여 새로운 계략을 세웠다.

다음 날, 장임은 수천 명의 병사를 이끌고 성에서 치고 나왔다. 장비가 이를 맞아 싸웠다. 15, 6합쯤 공방을 되풀이하고 나자 장임은 패한 체하고 도망치기 시작했다.

"이놈, 도망치느냐!"

장비는 호랑이수염을 곤두세우고 그 뒤를 쫓아갔다.

그런데 장비가 지나가고 나서 뒤쪽에서 오의가 나타났다. 그것을 보자, 장임이 말머리를 돌렸다. 장비는 앞, 뒤로 적을 맞아 난처한 지경에 빠져 장팔사모를 휘두르면서 닥치는 대로 베며 도망칠 궁리를 했으나 도저히 활로를 열 수가 없었다.

그때, 돌연 뒤쪽 오의의 부대쪽에 소란이 일어나며 무너졌다. 일단의 병력이 강기슭 쪽에서 밀고 올라와 공격하는 것이 보였다.

'누굴까?'

장비가 궁금해하는 그 순간, 맨 앞에 선 대장이 창을 꼬나들고 오의에게 달려들어 눈 깜짝할 사이에 사로잡고 말았다. 그리고는 장비에게 소리쳤다.

"장비님. 그런 적들은 짓밟아 뭉개 버리고 빨리 이리로 오시오.

군사님께서 벌써 도착하셨소!"

조운이었다. 공명의 선봉으로 장강을 거슬러 올라와 낙성 쪽으로 가던 길에 장비가 포위된 모습을 보고 싸움판에 끼어든 것이었다.

2

장임은 오의가 포로가 되는 것을 보고 급히 성안으로 퇴각했기 때문에, 장비는 더 이상 싸우지 않고 조운과 함께 본진으로 돌아왔다. 본진에는 공명이 도착해 있었다.

"장장군이 계략을 가지고 엄안을 설득한 것은 황숙님께 참으로 다행한 일이었습니다."

유비로부터 자세한 내용을 전해 들은 공명은 다시 장비를 칭찬했다.

그곳에 조운이 오의를 묶어 가지고 왔다. 유비는 포박을 풀게 하고, 부드럽게 항복을 권했다. 그 관대한 태도에 감격하여 오의는 두말없이 협력하겠다고 맹세했다.

"낙성에서 농성하고 있는 것은 어떤 대장들인가?"

하고 공명이 오의에게 물었다.

"장임과 유귀가 유순(劉循)을 보좌하고 있습니다. 유귀는 잘 모르지만 장임은 지모와 용맹을 겸비한 명장입니다."

"그렇다면 그 장임을 붙잡은 다음에 낙성을 공략하기로 합시다."

공명은 대수롭지 않은 듯이 말했다. 그리고는 말을 타고 강을 따라 부근 일대의 지형을 둘러 보고 나서 진지로 돌아오자 대장들을 불러 계책을 일러 주었다.

다음 날, 장임은 새로 나타난 유비의 지원군을 시험해 보고자 유귀에게 성을 맡기고 밖으로 나와 유비의 진지를 공격했다.

성의 동쪽 금아교까지 가니 머리에 푸른 실로 짠 두건을 쓰고, 손에 우선(羽扇 = 새 깃털로 만든 부채)을 들고, 4륜수레에 탄 인물이 좌우에 100기 가량을 거느리고 다리를 등진 채 있었다.

'저것이 공명인가? 좋다, 네 목숨도 오늘로 끝장이다!'

장임은 사납게 돌진했다. 공명은 당황한 듯 수레의 방향을 바꾸고 다리를 건너 도망치기 시작했다. 장임은 맹렬한 기세로 추격했다. 그러자 오른쪽에서 황충, 왼쪽에서 엄안의 병력이 쇄도해 왔다.

'앗차! 계책에 빠졌구나!'

장임은 서둘러 병력을 되돌리려고 했으나 지나온 다리는 어느 틈엔가 끊어져 있었다. 더구나 대안에서는 조운이 병력을 거느리고 시위하고 있었다. 하는 수 없이 강을 따라 남쪽으로 달려가기 시작했다. 5, 6리쯤 달려가니 갈대가 우거진 강변에 이르렀다. 그러자,

"장임아, 기다리고 있었다!"

하고 갈대밭 사이에서 위연이 이끄는 일대가 모습을 나타내고 창을 들어 마구 찔러댔다. 동시에 낫 같은 무기를 휘둘러 말의 다리를

내려 쳤기 때문에 기마병들은 거의 모두 말에서 굴러 떨어져 포박당하고 말았다.

"이제 포기하고 항복해라, 장임아. 네 놈이 이곳까지 오도록 공명 군사가 모두 안배한 것이다. 이제는 도망칠 곳이 없다."

때맞춰 장비가 외치니 장임은 맥이 빠져 주저앉았다.

장비는 장임을 새끼줄로 묶어 본진으로 끌고 갔다.

유비는 인물을 아껴서 항복을 권했으나 장임은 거절하고 자진해서 참수를 당했다.* 유비는 장임의 충의심을 가상히 여겨 금아교 옆에 묻어 주었다.

이렇게 해서 낙성에 입성한 유비는 방을 내붙여 백성들을 안심시키고 나서, 다음의 요충지인 면죽(綿竹)을 어떻게 공략할 것인가를 공명과 여러 대장들과 의논했다.

면죽을 손에 넣으면 성도로 곧장 들어갈 수 있다. 따라서 면죽은 성도를 지키는 최후의 방어선인 셈이었다.

유장 쪽에서도 성도로 도망쳐 돌아간 유순으로부터 낙성이 함락되었다는 사실을 보고 받자 급히 이엄에게 3만 병사를 주어 면죽으로 보냈다.

동시에 지금까지 적대하고 있던 한중(漢中)의 장노에게 구원을 청하는 사자를 파견하여 제안했다.

"유비를 치는데 가세를 해 준다면 10개의 성을 바치겠다."

구원을 요청받은 장노는 땅 욕심이 나서 유장의 조건을 승낙했다. 그러나 지금까지 적대해 온 유장이 과연 급할 때 한 약속을 지킬지 어떨지 불안하기도 했다.

한 사람의 대장이 나섰다.

"걱정하실 것 없습니다. 저에게 병력을 내주신다면 유비를 사로잡고, 유장한테서 약속한 10개의 성을 받아서 오겠습니다."

누군가 하고 보니 마초(馬超)였다.

2년 전, 조조에게 패하여 농서군으로 피신했던 마초는 다시 세력을 확대하여 양주의 기성을 점령하였으나 하후연에게 패하여 마대, 방덕과 함께 장노 밑에서 신세를 지고 있었던 것이다.

"지금까지 장노님에게 신세를 지고 있으면서도 별 도움을 드리지 못해 항상 죄송하게 생각하고 있었습니다."

하고 말하고 나서 마초는 덧붙였다.

"부디 저에게 은혜를 갚을 기회를 주십시오."

"천하의 마초가 가 준다면 안심이다."

장노는 기뻐하면서 2만 병력을 마초에게 내줬다. 마초는 마대와 함께 출진하여 가맹관으로 향했다. 방덕은 병 때문에 뒤에 남았다.

그 무렵, 유비는 성도에서 구원하러 온 이엄의 항복을 받고 면죽

충신불사이군 (忠臣不事二君)
'충신은 두 임금을 섬기지 않는다.'라는 뜻으로 유비가 장임을 회유하며 투항할 것을 권유하자 장임이 한 말로써 흔히 봉건시대의 신하된 자세라고 하지만 중요한 점은 오로지 한길을 걷겠다는 신념을 뜻하는 의미로 쓰인다.

에서 최후의 성도 공략전을 준비하고 있었다. 그때 가맹관을 지키고 있던 맹달에게서 마초*가 장노의 2만 병력을 이끌고 쳐들어왔다는 보고가 들어왔다. 유비는 소스라쳐 놀랐다.

"유장이 될 대로 되라는 심정으로 장노에게 구원병을 청한 것이 틀림없다. 어떻게 하면 좋겠는가?"

"마초의 상대가 되는 것은 장비나 조운 두 사람밖에 없습니다. 조운은 지금 다른 곳에 있으니, 장비에게 의존해야겠습니다."

공명도 이때는 긴장한 얼굴이었다. 가맹관이 격파당하면 장노의 군세가 단숨에 밀려들어올 것이다. 그렇게 되면 성도에서 맞받아치고 올 테니 유비군이 앞뒤로 포위당하는 형세가 되고 만다.

공명에게 면죽을 방비하도록 남겨 놓고, 유비는 장비와 함께 즉각 가맹관으로 향했다.

마초는 유비와 장비가 왔다는 것을 알자 서둘러 공격해 왔다.

"저것이 마초인가?"

유비는 관소의 망루에서 밀려오는 병력을 내려다 보았다. 선두에 서 있는 대장은 사자 머리의 투구에 백은 갑옷을 입고, 창을 옆구리에 끼고 위풍당당하게 전진해 왔다.

"사람들이 마초, 마초라고 칭송하던데 정말 그 말대로다!"

유비가 마초를 칭찬하자, 장비가 화를 냈다.

"아니, 저깐 녀석, 외양뿐입니다. 제가 단 일격에 쓰러뜨려 버리겠습니다!"

"하여튼 잠깐 기다려라. 너무 서두르지 마라."

유비는 장비를 진정시켰다.

이윽고 마초는 관소 아래쪽에 진을 치고 나섰다.

"장비야, 당장 나오너라! 벌써 겁을 집어 먹었느냐!"

하고 도발을 해 왔다. 이것을 보고,

"좋다, 가라!"

하고 유비는 장비에게 치고 나갈 것을 허락했다.

관소의 문이 활짝 열렸다. 그러자 500기를 이끈 장비가 시위에서 떠난 화살처럼 일직선으로 뛰쳐나가 마초에게 부딪쳐 갔다. 마초가 맞받아치니 장팔사모와 긴 자루의 창이 격렬하게 부딪쳤다.

두 사람 모두 한걸음도 물러나지 않고 100합 가량을 싸웠으나 승부가 나지 않았다. 말을 바꾸어 타고, 머리에 물을 뒤집어쓰고, 끝에 가서는 갑옷을 벗어 던지면서까지 몇 번씩이나 공방을 되풀이 했으나 도무지 승부가 나지 않았다. 정오가 조금 지나서 시작된 두 사람의 승부는 해가 저물 때까지 계속되었다.

장비의 몸을 걱정한 유비는 징을 쳐서 철수하게 했다.

"벌써 어두워졌다. 내일 다시 싸우는 것이 어떻겠는가?"

마초(馬超)
마등의 아들로 동관 싸움에서 조조에게 패한 후 장노에게 몸을 위탁한다. 그러나 장노 밑에서 공을 세우지 못하자 모함을 받고 저족이 사는 곳으로 몸을 피한다. 유비가 파촉을 차지한 것을 알고 싸움을 걸어 장비와 싸우지만 곧 투항했다. 유비가 한중왕에 오르자 오호대장이 되었다.

유비가 권했으나 장비는 떼를 쓰듯이 고개를 흔들었다.

"나는 싫소. 둘 중의 하나가 죽을 때까지 싸우겠소."

저쪽의 마초도 병사들에게 횃불을 켜게 하고는 진지에서 달려 나오며 소리쳤다.

"어떠냐, 장비, 야전(夜戰 = 밤에 하는 싸움)이나 한 번 해볼까!"

"나도 바라던 바다!"

장비는 유비의 제지를 뿌리치고 뛰쳐나갔다.

무수한 횃불의 불빛이 비추는 가운데 장비와 마초 두 사람은 불꽃을 튕기며 격렬히 싸웠다. 이대로 내버려 두었다가는 어느 쪽인가가 죽을 때까지 결판이 나지 않을 것 같았다. 유비는 다시 징을 쳐서 두 사람을 갈라서게 하고는 마초에게 말을 걸었다.

"마초님, 승부는 내일로 미루고 병사들을 물리시오. 뒤를 쫓는 따위의 짓은 하지 않겠소."

이 말을 듣고 마초는 철수했다.

다음 날, 장비가 다시 결투를 하러 나가려고 할 때에 면죽에서 공명이 도착했다.

"장비와 싸우게 하는 것보다 마초를 우리 편으로 만드는 쪽이 득이라고 생각하여 수비를 조운에게 맡기고 서둘러 달려왔습니다."

"마초의 무용은 참으로 훌륭하다. 우리 편으로 만들 수만 있다면 이보다 더 좋은 일은 없겠지만 어려울 것이다."

"그렇지도 않습니다. 장노는 이전부터 한중왕(漢中王)의 지위

를 원하고 있다고 합니다. 또 심복인 양송(楊松)은 재물에 대한 욕심이 많은 인간이라고 합니다. 그래서 은밀히 한중에 사자를 보내 양송에게 뇌물을 듬뿍 바치며, '파촉 땅을 손에 넣으면 조정에 부탁하여 그대를 한중왕으로 만들어 주겠소'라고 하는 편지를 장노에게 전하게 하고, 마초에게 가맹관으로부터 철수하도록 명하게 하는 것입니다. 한편으로 양송에게는 뇌물을 듬뿍 보내며, '마초는 장노에게 은혜를 갚을 생각은 없고, 한중의 병력을 빌려 파촉 땅을 빼앗아 자신이 주인이 될 생각이다'라는 소문을 퍼뜨려 달라고 합니다. 이렇게 하면, 마초는 사면초가(四面楚歌 = 사방이 적으로 둘러싸여 외롭고 곤란한 지경에 빠진 상태)에 빠져 꼼짝도 할 수 없게 될 것입니다. 그때를 노려서 항복을 권하는 것입니다."

공명의 계략은 언제나 상대를 궁지에 몰아넣고 활로를 베푸는 방식이었다. 유비는 곧 실행에 옮겼다.

3

유비가 장노에게 편지를 써서 손건에게 주고, 뇌물을 잔뜩 마련하여 은밀히 한중으로 떠나게 했다. 손건은 우선 양송을 만나 금은보화를 유비의 선물이라고 하면서 건네주었다. 양송은 크게 기뻐했다. 양송은 그날로 장노에게 유비의 편지를 전해 주고,

"유비는 황숙입니다. 장노님을 한중왕으로 추천하는 데 그 이상의 적격자는 없습니다."

하고 유비와 손을 잡는 쪽이 이익이라고 설득했다.

한중왕으로 추천해 준다는 데서 기분이 좋아진 장노는 마초에게 병력을 철수시키도록 명했는데 양송은 부하들을 시켜 마초가 장노를 배신하고 있다는 소문을 퍼뜨리게 했다.

가맹관의 마초는 철수 명령에 어리둥절해하고 있었다.

"이것은 도대체 어찌된 일인가?"

사촌 마대와 얼굴을 마주 쳐다보았다.

"그 일과 관계가 있을지도 모릅니다만……."

하고 마대가 조심스럽게 말했다.

"진중에 우리들이 장노를 배신하고 촉 땅을 탈취할 작정이라는 소문이 나돌고 있습니다."

"그렇다면 한중으로 철수해도 좋은 일은 없다는 얘기군."

마초는 입술을 깨물었다. 이제는 유비를 무찌르고 파촉으로 진격해 들어가는 수밖에 없었다. 그러나 소문이 퍼지면, 데리고 온 한중의 병사들은 자신의 명령을 듣지 않게 될 것이다. 마초는 진퇴양난(進退兩難 = 나아가지도 물러서지도 못하게 되어 입장이 난처함)에 **빠졌다**.

한편 공명은,

'이제 슬슬 때가 무르익은 것 같다.'

하고 시기를 보아 마초의 설득에 나서려고 했다.

그때 조운의 소개장을 들고 이회(李恢)라는 인물이 공명을 찾아왔다. 유장을 섬기고 있었으나 유장은 장래성이 없다고 보고 항복을 해 온 인물이었다.

"저는 마초하고 잘 아는 사이입니다. 황숙님을 위해서 마초를 이쪽으로 끌어들이려는 일을 하려고 찾아왔습니다."

"그것 참 고맙군. 그렇다면 내 대신에 마초를 설득해 주겠는가?"

공명은 크게 기뻐하면서 이회를 마초의 영채로 보냈다.

"이회가 찾아왔다고?"

마초는 경비병이 보고하자 얼굴을 찌푸렸다.

"놈은 변설이 능하다. 아마 항복을 권하러 왔을 테지."

마초는 20명의 형리(刑吏=처형을 집행하는 관리)를 장막 뒤에 숨어 있게 하고, 신호를 하거든 즉시 달려 나와 이회를 베어 버리라고 명하고는 이회를 맞아들였다.

"자네, 나를 설득하러 왔겠지?"

"물론이네."

이회는 기죽은 기색이 전혀 없이 순순히 고개를 끄덕였다.

"내 손에는 지금 날을 갈아온 예리한 칼이 있네. 쓸데없는 말을 하면 자네 목으로 그 칼날을 시험해 볼 작정일세."

"하하하! 내 목보다는 자네 목을 걱정하는 것이 좋을 걸세."

"뭐라고?"

"지금 자네 입장이 어떤지 파악을 못하고 있는 모양이군."

"그게 무슨 말인가?"

"부친을 죽인 조조를 무찌를 수도 없고, 유비를 쳐서 유장을 구해 낼 수도 없고, 또 장노에게 실컷 이용만 당하고 있으니 진퇴양난을 어떻게 해볼 도리가 없지 않느냐 말일세."*

"……."

이회의 신랄한 지적에 마초는 차츰 머리를 떨구더니 마침내 그의 양손을 덥석 잡았다.

"정말 자네가 말한 그대로네. 나는 어떻게 하면 좋겠는가?"

"장막 뒤의 형리들부터 물러가도록 하게나!"

마초는 부끄러워하면서 형리들을 내보냈다.

"유황숙님은 옛날에 자네의 부친과 함께 조조를 치기로 맹세했던 분일세. 그러니 유황숙님과 힘을 합치는 것이 도리가 아닌가?"

이회의 말에 마초는 고개를 끄덕였다.

이렇게 하여 마초는 사촌동생 마대와 함께 이회에게 안내되어 유비 앞에 나가 항복을 청했다.

"지금부터는 서로 힘을 합쳐 마등장군이 못 이룬 올바른 세상을 만들기 위해 싸우자!"

일중즉측 월만즉휴
'해도 한낮이 지나면 저물고, 달도 차면 이지러진다.' 이회가 장노에게 의탁한 마초를 찾아가 유비에게 항복을 권하며 한 말로 조조, 유장, 장로 등 어느 누구도 받아들이지 않으므로 마초가 의탁할 사람은 유비뿐이라고 설득한다.

하고 유비는 기뻐하면서 마초의 양손을 잡았다.

마초를 자기편으로 만든 유비는 맹달에게 가맹관의 방비를 더욱 굳건히 하라고 이른 후 면죽으로 돌아왔다.

이때 마초가 나서서 말했다.

"저는 지금부터 성도로 가서 유장을 항복시켜 돌아오겠습니다."

마초는 유비 앞으로 나가 말했다.

"그것이 잘만 된다면 쓸데없는 피를 흘리지 않아도 될 것이다."

유비는 고개를 끄덕이고 마초의 청을 받아들였다.

마초는 마대*와 함께 성도로 달려가 성문 앞에서 말을 멈추고,

"나는 마초요. 유장님께 말씀드리고 싶은 것이 있소!"

하고 큰소리로 외쳤다.

잠시 기다리니까 유장이 성루 위에 모습을 나타냈다.

"나에게 얘기하고 싶은 것이 무엇인가?"

"저는 한중의 병력을 이끌고 유장님을 도우러 왔었는데 장노가 하는 짓이 정나미가 떨어져 유황숙님에게 항복했소. 따라서 한중으로부터의 원군은 더 이상 오지 않소. 유장님도 헛된 싸움으로 백성을 괴롭히는 것을 그만두고, 깨끗이 항복을 하시지요!"

이 말을 듣고 충격을 받은 유장은 그 자리에 주저앉고 말았다. 가신들이 부축해 일으키자 간신히 정신을 차렸다.

"내가 어리석었다. 어차피 유비가 득세한다면 항복하자."

"기다려 주십시오. 성안에는 아직도 3만 병사들이 있으며, 군량

도 1년 치는 충분히 있습니다. 농성에 들어가면 유비도 견디지 못하고 돌아갈 것입니다."

가신 중 한 사람이 만류했으나 유장은,

"유비가 무서워서가 아니다. 나는 이 파촉 땅을 20년 동안 다스려 왔으나 그 동안 백성들을 위해서 무엇 한 가지 좋은 일을 해 주지 못하고 지난 수년 간 싸움으로 많은 피를 흘리게 했다. 이 지경이 된 바에야 항복하여 백성들의 괴로움을 조금이나마 덜어 주어 그 동안의 잘못을 속죄하고 싶다."

하고 단호한 태도를 취했다. 유장으로서는 힘든 결단이었다.

그로부터 며칠 뒤, 항복하겠다는 전갈을 받고 유비가 성도에 입성했다. 백성들은 큰길을 깨끗이 청소하고, 향을 피우고, 꽃을 꽂고, 촛불을 켜서 환영했다.

'이곳이야말로 진정한 나의 땅이다. 내 근거지다!'

유비는 성도에 자신의 깃발을 꽂으며 가슴이 뿌듯함을 느꼈다. 건안 19년(214년) 5월, 유비의 나이 54세 때의 일이다. 의군의 깃발을 올리고부터 30년 가까운 세월이 흐른 것이다.

마대(馬岱)
마초의 사촌동생으로 무예가 뛰어나고 머리도 총명했다. 관우, 장비 등 오호대장이 죽자 제갈량이 아껴 촉나라에 더욱더 필요한 존재가 되었다.

형주의 절반을 얻고, 패배하다

1

유비는 유장을 형주 땅으로 옮겨 살게 하고, 파촉 땅의 새로운 주인으로서 각종 조치를 내리기 시작했다.

우선 항복해 온 모든 사람에게 빠짐없이 은상을 베풀고, 황권을 비롯하여 유비에 반대하여 집 안에 칩거하고 있던 유장의 신하들에 대해서 자신이 직접 찾아가 설득하여 따르게 했다.

새로운 법률을 제정하고, 인사(人事)도 개선하여 능력이 있는 사람들에게 골고루 기회를 주었다. 각 지역에는 군대를 파견하여 외침에 대비케 하면서 백성들을 보호하는 임무를 주었다. 이 결과 파촉에 새로운 기풍이 일어났다. 즉, 공평무사한 정치와 법률에 의거한 세금의 부여가 크게 환영받았고, 유비 정권에 호족이나 일반 백성들을 모두 의탁하는 안정적인 기반이 조성되었던 것이다.

한편, 손권은 유비가 파촉 땅을 손에 넣었다는 것을 알자 장소를 불렀다.

"유비는 일찍이 파촉을 손에 넣으면 형주를 우리에게 돌려주겠다고 약속했다. 그 약속대로 형주를 되찾아야 하지 않겠는가?"

"저에게 계책이 있습니다. 맡겨 주십시오."

하고 장소는 자신 있다는 듯이 대답했다.

그로부터 며칠 뒤, 공명의 형 제갈근*이 성도에 나타났다.

"군사의 형이 직접 찾아온 것은 무슨 일 때문이겠소?"

유비가 공명에게 물었다.

"아마도 형주 반환 문제일 것입니다. 특별히 형님을 보낸 것은 장소 같은 사람이 어떤 꾀를 낸 것임에 틀림없다고 보여집니다."

"파촉 땅을 얻고 아직 얼마 지나지 않았소. 약속했다고는 하지만 지금 형주를 내줄 수는 없소. 어떻게 대답하면 좋겠소?"

"이렇게 하십시오."

공명은 유비의 귀에 대고 몇 가지를 속삭였다.

그리고나서 공명은 곧 제갈근을 맞아들여 객사로 안내했다. 그런데 제갈근이 다짜고짜 소리내서 울기 시작했다.

제갈근(諸葛瑾)
제갈량의 형으로 유비 진영에 대한 사자 역할을 맡는 경우가 많았다. 사려 깊은 성격에 성실하고 넓은 도량을 가지고 있어 모두 그를 존경했다. 특히 손권은 그를 깊이 신뢰하여 신하들이 '촉에는 제갈량이 있어 제갈근이 유비에게 갈지도 모릅니다' 라고 말해도 전혀 상대하지 않았다고 한다.

"공명 동생, 나를 살려 다오. 우리 손장군은 형주를 돌려받아 오도록 나에게 명하시고 우리 가족을 옥에 가두었다. 형주를 돌려받지 못한다면 가족의 목숨은 없다고 했다. 네 힘으로 유비님을 설득하여 이 일을 해결해 주오."

이것이 장소의 계략이었다.

유비는 공명의 부탁이라면 들어 줄 테니까 형제의 정에 호소하여 공명을 움직인다면, 형주를 내놓을 것이라고 점친 것이다. 제갈근의 가족을 옥에 집어넣은 것도 어디까지나 공명을 위협하여 움직이게 하려는 일종의 속임수였다.

"형님의 가족이 붙잡혀 있다고 한다면 못 본 체는 못하겠지요. 제가 황숙님께 사정을 말씀드려 형주를 돌려주도록 하겠습니다."

하고 공명은 형을 위로하고 함께 유비를 만나러 갔다.

"형주를 돌려 달라고?"

제갈근이 내민 손권의 편지를 읽고 유비는 눈썹을 치켜올렸다.

"시집보낸 누이동생을 내가 없는 틈에 납치해 가다시피 해 놓고 지금 와서 무슨 소리를 하는 거냐? 무례가 아니냐?"

"저의 형님 가족이 감옥에 붙잡혀 있습니다. 형주를 되돌려 주지 않으면 몰살당하고 말 것입니다. 그런 일이 벌어진다면 저도 살아 있을 수가 없습니다. 부디 저를 보아서라도 형주를 돌려주십시오."

공명은 눈물을 찔끔거리며 유비에게 호소했다.

유비는 그래도 들어 주지 않았다. 공명은 계속 울면서 매달렸다.

이윽고 유비는 할 수 없다는 듯이,

"그렇다면 군사의 얼굴을 보아서 형주 가운데 장사와 영릉, 계양의 3개 군을 돌려주기로 하겠다."

하고는 제갈근에게 보증서를 내주었다. 물론 이것은 공명과 미리 의논한 일이었다.

제갈근은 이렇게 해서 유비로부터 3개 군을 넘겨준다는 서면 보증서를 받아서 형주로 갔다. 그리고 관우를 만나 유비의 서면을 내보이며 3개 군의 양도를 요구했다. 그러자 관우는,

"형주는 내가 맡고 있지만 본래는 한나라의 국토여서 내 멋대로 남에게 나누어 줄 수가 없소. 설령 형님이 뭐라고 하든 안 될 일이오. 만일 귀하가 공명 군사의 형이 아니라면 벌써 목을 베었을 것이오. 그렇게 알고 돌아가시오."*

하고 퇴짜를 놓더니 부하를 시켜 강제로 제갈근을 배에 태워 쫓아 보냈다. 이것 또한 관우의 성격이라면 능히 그렇게 할 것이라고 공명이 미리 짐작하고 있었던 일이었다.

제갈근은 하는 수 없이 빈손으로 돌아가 손권에게 경과를 보고했다. 손권은 화를 냈으나, 그렇다고 해서 제갈근에게 잘못이 있어서

검무면목(劍無面目)
칼에는 눈이 없어 상대를 알아보지 못한다.'는 뜻이다. 제갈근이 유비의 서신을 갖고 관우를 만나자, 관우가 제갈근의 요구를 거절하며 칼을 뽑아들고 외친 말이다. 제갈근은 별 수 없이 빈손으로 강동으로 돌아간다.

그런 것이 아니기에 가족을 옥에서 풀어 주었다. 그리고 유비가 돌려준다고 했다는 서면을 들려 장사, 영릉, 계양의 3개 군에 관리를 파견했다. 그러나 관리들은 얼마 뒤에 모두 쫓겨 돌아왔다.

"관우는 넘겨주기를 거부하고, 병사를 보내 우리들을 쫓아냈습니다. 미처 도망치지 못한 자는 하마터면 죽을 뻔했습니다."

관리들은 모두 한마디씩 억울하다는 듯이 호소했다.

손권은 불같이 화를 내더니, 주유의 뒤를 이어 총사령관 직을 맡은 노숙을 불러다가 호통을 쳤다.

"어떤 계책이라도 세워 속히 형주를 찾아와라."

노숙이 침착하게 대답했다.

"그러니까 육구의 임강정(臨江亭)으로 관우를 초대하여 회담을 하는 것입니다. 임강정에 미리 은밀하게 병사들을 숨겨 놓고, 필살의 태세를 갖추어 놓습니다. 그런 다음에 이쪽이 요구하는 3개 군에 대한 양도를 들어 주면 다행인 것이고, 거절했을 때에는 병사들을 시켜 참살하는 것입니다. 또 초대에 응하지 않을 경우에는, 즉시 병력을 동원하여 형주로 쳐들어가는 것입니다."

"좋다! 내 마음을 잘 알고 있구나. 이제는 화평이니 뭐니 필요없다. 강공책이 최고다. 당장 착수하라!"

육구는 장강과 육수의 합류점에 위치하고 그 건너편이 형주다. 노숙은 구로 달려가 여몽과 감녕을 불러 준비를 갖추었다.

며칠 뒤, 노숙의 초대장을 지닌 사자가 형주로 건너갔다. 하구를 수비하고 있던 관평(關平)이 사자를 형주성으로 안내했다.

"노숙님의 초대이니 기쁘게 받아들이겠다. 내일 가겠다."

초대장을 읽은 관우는 흔쾌히 승낙하고 사자를 돌려보냈다.

"이것은 무엇인가 흉계가 있는 초대입니다. 아버님처럼 막중한 임무를 지니신 몸이 그런 초대를 무엇 때문에 승낙하셨습니까?"*

하고 관평이 걱정하며 물었다.

"그런 것은 이미 짐작하고 있다. 하지만 가지 않으면 겁쟁이라고 놀려댈 것이다. 내일은 청룡언월도 한 자루만 들고 가겠다. 강동 놈들을 무서워해서야 어디 대장부라고 할 수 있겠느냐?"

관우는 배까지 늘어진 긴 수염을 쓰다듬으면서 큰소리쳤다.

다음 날, 노숙은 사람을 보내 강변을 감시하게 했다. 관우가 군대를 이끌고 오면 불화살을 신호로 여몽과 감녕이 수하의 병사를 이끌고 마주나가 싸운다. 군대를 데리고 오지 않으면, 임강정 뒤뜰에 50명의 암살대를 매복시켜 놓았다가 주연이 한창 무르익었을 때 3개 군을 접수하겠다는 내용을 통고하고 받아들이지 않으면 죽인다는 계획이다.

아침 해가 뜨고 얼마 후, 형주 쪽에서 한 척의 배가 강물 위에 나

만금지구(萬金之軀)
관우가 노숙이 준비한 연회에 초대되어 가려고 하자 아들 관평이 만류한다. 분명 계략이 있을 것인데 부친처럼 막중한 임무를 지니신 몸이 어찌하여 호랑이 굴로 들어가느냐고 한 것이다. 만금지구는 막중한 임무를 지닌 몸이란 의미이다.

타났다. 바람에 나부끼는 붉은 깃발에는 「관(關)」이라는 글자가 커다랗게 써 있었다. 가까워졌을 때 보니 배 위에는 푸른 두건을 쓰고 녹색 예복을 입은 관우가 의연하게 앉아 있었고, 그 옆에는 심복 주창이 청룡언월도를 받쳐 들고 서 있었다. 그 밖에는 몇 명의 종자와 노 젓는 자 뿐이었다. 보고를 받은 노숙은 즉시 여몽과 감녕에게 암살대를 준비시켰다.

이윽고 관우가 탄 배가 선착장에 닿았다.

"어서 오십시오. 이쪽으로 앉으시지요."

노숙은 관우를 마중나와 미리 준비된 자리로 안내했다.

자리가 정해지자 다시 한번 인사를 나누고 나서 주연이 시작되었다. 관우는 침착하고 여유 있게 마시고 먹으며 얘기를 나누면서 웃었다. 노숙은 그러한 관우의 태도에 압도당하는 것을 느꼈다. 이래서는 안 되겠다고 생각하여, 주연이 한창 진행되고 있을 때 정색을 하고 자세를 바로잡았다.

"관장군께 말씀드릴 것이 있소. 아시다시피 유황숙님은 파촉 땅을 손에 넣으시면 반드시 돌려주겠다고 약속을 하시고 우리 주공님으로부터 형주를 빌리셨소. 그런데 파촉 땅을 얻은 지금 6개 군 모두를 돌려줘야 하는데, 먼저 3개 군을 돌려주겠다고 하셨소. 우리는 유황숙님의 입장을 배려하여 일단 받아들이기로 했는데 그나마 관장군께서는 억지를 부려 3개 군을 돌려주지 않으려 하고 있소. 이는 잘못된 일 아니오?"

"그 일은 나 같은 사람이 경솔하게 참견할 일이 아니오."

관우는 화제를 피하려고 했으나 노숙이 물고 늘어졌다.

"그것은 말이 안 되오. 적어도 관장군께서는 유황숙님으로부터 형주를 책임지고 있는 분이니 유황숙님이 일단 3개 군을 돌려주겠다고 서면 보증까지 하셨으면 관장군께서 마땅히 이를 받아들여야 하는데도 그렇지 않는 것은 무슨 이유 때문이오?"

"조조를 물리친 적벽 대전에서 피를 흘린 것은 강동군뿐만이 아니오. 우리도 싸웠소!"

관우는 길게 찢어진 눈으로 노숙을 똑바로 바라보며 말을 이어갔다.

"황숙 형님을 위시해서 우리들도 목숨을 걸고 싸웠고, 수많은 병사와 백성들이 목숨을 잃었소이다. 형주는 그 대가로 우리들이 손에 넣은 것이오. 그것을 돌려 달라고 하는 것은 이상하지 않소?"

"아니, 그것은 관장군의 착각이오. 당양 장판의 싸움에서 조조에게 패하여 아무 곳에도 몸을 둘 곳이 없었던 유황숙님을 돕고, 구원의 손길을 뻗어준 것은 우리 주공님이시오. 유황숙님이 그 호의를 알고 파촉 땅 이야기가 나온 것이오. 관장군께서 잘 생각해 보시오."

"형님에게는 형님의 생각이 있을 것이고, 나하고는 전혀 상관없는 모르는 일이오."

"관장군께서는 그 옛날에 유황숙님과 도원에서 의형제 인연을 맺고, 생사를 함께 하자고 맹세했다고 들었소. 그렇다면 유황숙님은 관장군이나 다름없다고 할 수 있을 것이고, 그러니 또 관장군이 바로 유황숙님이라 할 수 있을 것이오. 어찌 모른다 하시오."

노숙은 날카롭게 추궁하고 들었다. 관우의 대답 여하에 따라서 암살대에게 신호를 보낼 생각이었다.

그때, 관우가 입을 열기 전에 주창이 큰소리로 외쳤다.

"거참 말이 많소이다! 형주든 어디든 천하의 토지는 덕이 있는 자가 가지면 되는 것 아닙니까!"

이 말이 끝나기 무섭게 관우는 성난 얼굴로 벌떡 일어섰다. 그리고 청룡언월도를 빼앗아 들고는 주창을 노려보고, 눈짓을 하면서 꾸짖었다.

"이것은 네가 참견할 문제가 아니다. 썩 물러 가거라!"

관우의 마음을 알아차린 주창이 정자에서 뛰쳐나가 강변으로 달려가서 붉은 깃발을 힘껏 흔들었다. 동시에 관우가 노숙의 팔짱을 끼고 일어나 강변 쪽으로 걷기 시작했다.

"초대를 해 주셔서 정말로 고마웠소. 술이 너무 취해 더 이상 실례 해서는 안 되겠기에 이만 일어나겠소. 가까운 시일 안에 노숙님을 초대할 테니 그때 얘기해 봅시다."

관우는 노숙을 잡아 끌 듯이 하면서 팔짱을 낀 채 강가로 나갔다. 암살대를 이끌고 매복하고 있었던 여몽과 감녕은 관우가 오른손은 청룡언월도를 들고, 왼손은 노숙의 팔짱을 끼고 있기 때문에 손을 쓸 수가 없었다.

선착장까지 오자 관우는 그제서야 손을 놓았다. 그리고는 훌쩍

배로 뛰어 올랐다.

"그럼, 또 만날 날을 기다리겠소."

관우는 노숙에게 정중히 포권의 예를 갖추고, 배는 기슭을 떠났다. 강 건너편에서는 미리 대기시켜 놓았던 관평이 이끄는 10여 척의 병선이 주창의 신호를 보고 쏜살같이 노를 저어 오고 있었다. 노숙은 망연히 관우의 배가 멀어지는 것을 바라보고 있을 수밖에 없었다.

2

"더 이상 기다릴 필요없다. 전쟁을 해서라도 형주를 다시 찾아와라!"

노숙에게서 회담이 실패로 돌아갔다는 보고를 받은 손권은 모든 대장들을 모아 놓고, 전군을 총동원하여 형주로 쳐들어갈 결심을 밝혔다.

대장들은 곧 병사를 모으기 시작했다. 그때, 보고가 들어왔다.

"조조가 30만 대군을 동원하여 쳐들어온다"

손권은 하는 수 없이 형주 공격을 중지하고 조조를 막기 위해 모든 병력을 합비로 향하게 했다.

사실 이 무렵에 조조는 무력을 사용하여 손권이나 유비를 치는 일보다 내정에 힘을 기울이고, 덕을 천하에 펼쳐 나가는 것이 좋을 것이라는 측근의 의견을 받아들여 각 지역에 학교를 세워 교육에 힘을 쏟고, 탐관오리를 숙청하여 골고루 인재를 등용하는 등 더욱 체제를 견고히 다지고 있을 때였다.

그러니까 조조의 30만 대군 침공설은 유비측이 퍼뜨린 소문에 불과했다.

당시 상황은 업성에 있는 조조에게 아첨을 하는 자들이,

"승상님을 위나라 왕위에 오르게 하시는 것이 좋겠다."

고 떠들기 시작하여 조조로 하여금 손권이나 유비에게 신경쓰지 못하게 했다고 할 수 있었다. 그동안 왕위에 오르는 것은 천자의 일족에 한정되어 있었으므로 다른 성(姓)을 가진 사람이 왕이 된다는 것은 쉬운 일이 아니었다.

순욱이 죽은 후 재상 역할을 하고 있는 순유마저도 위왕국의 건설에 대해서는 부정적이었다.

"승상께서는 이미 위공이 되셔서 신하로서 최고의 지위에 올랐습니다. 더 이상의 지위에 오르신다면 자칫 천하의 사람들로부터 신망을 잃게 될까 걱정입니다."

순유는 이런 말까지 했다. 이것을 전해 들은 조조는 낙담하면서도,

"그렇다면 순유도 순욱과 같은 꼴을 당하고 싶은 모양이군."

하고 씁쓸하게 대꾸했다.

순유는 이것을 알자, 슬픔에 사로잡혀 마침내 병이 났다. 그리고 얼마 뒤에 죽고 말았다. 그때 나이 58세였다.

위왕 문제는 결국 흐지부지되었으나, 그 파문이 뜻하지도 않은

여파를 불러 일으켰다. 조조가 위왕이 될지 모른다는 얘기를 들은 복황후는 자칫 한조가 망하는 것이 아닌가라고 여겨 친정아버지인 복완(伏完)에게 조조를 없애 줄 것을 당부한 것이다. 그러나 복황후의 밀지를 전달하던 사자가 조조에게 붙잡혀 그 머리칼 속에 감춘 복완의 답서를 빼앗김으로써 사건은 일파만파로 커지게 되었다.

강동의 손권과 파촉의 유비에게 연락을 취하고 우리가 안에서 내응하여 서로 힘을 합쳐 일어나면 조조를 무찌를 수 있을 것이다.

답서에는 대략 이런 의미의 글이 써 있었다.
강동의 손권이나 파촉의 유비라면 조조에게는 원수나 다름없다. 그런 그들과 손잡고 자신을 거세하겠다니 조조의 분노는 머리끝까지 솟구쳤다. 조조는 복완을 비롯하여 복씨 일족 전원을 붙잡아 감옥에 집어넣고 철저히 심문하는 한편, 궁중에 병사를 보내 복황후를 끌어내서는 사정없이 때리게 했다. 복황후는 울부짖으면서 숨이 끊어졌다. 복완과 그 일족도 결국에는 참수되었다. 이 사건은 황제의 외척이 외세에 의존하여 조조를 죽이려 했다는 점에서 허도의 조정이 유명무실해지는 단초를 제공했다고 할 수 있다.

조조는 황실을 철저히 감시하기 위해 자신의 딸을 황제에게 떠맡겨 황후로 삼았다. 건안 20년(215년) 1월의 일이었다. 이렇게 해서 조조는 국구(國舅), 즉 천자의 장인이라는 신분이 되었다.

그로부터 얼마 후, 한중의 장노 토벌에 나섰다. 한중은 파촉의 북부 지역으로 이곳을 공략하면 유비의 움직임을 봉쇄할 수가 있었다. 즉 유비를 견제해 둘 필요가 있었던 것이다.

조조군은 하후연과 장합*을 선봉으로 하여 한중 제1의 요충지인 양평관을 돌파하고, 장노의 본거지인 남정에 육박했다. 깜짝 놀란 장노는 전에 마초의 부하였던 방덕에게 1만 병사를 주어 조조를 맞아 싸우게 했다. 마초가 가맹관으로 향했을 때, 병환 때문에 혼자 뒤에 남았던 방덕은 마초가 유비에게 항복한 뒤에도 장노 밑에 머물러 있었던 것이다.

조조는 방덕의 무용을 아꼈다.

"방덕은 원래 서량의 용장이다. 장노와 같은 자의 밑에 있을 인물이 아니다. 이번 기회에 우리 편으로 만들면 커다란 힘이 될 것이다."

하고 대장들에게 적당히 상대하면서 싸우라고 명하고, 함정을 만들어 방덕을 사로잡자 적극적으로 항복을 권했다. 장노에게 불만을 느끼고 있던 방덕은 조조의 성의에 감복하여 충성을 맹세했다.

방덕이 항복하자 조조는 양송에게

"내응한다면 금을 한 수레 주겠다."

고 유인했다. 뇌물을 밝히는 양송은 조조에게 적극 협력하기로

장합
어떤 상황에도 대처할 수 있도록 군대를 잘 정비하고 전쟁의 상황과 지형을 정확히 파악하고 있어서 제갈량도 두려워했다고 한다. 원래는 원소의 부하였으나 관도싸움 때 조조에게 투항했고, 이후 사마의와 함께 제갈량의 공격을 여러 차례 막아 냈다. 기산에서 퇴각하는 제갈량을 추격하다가 목문도까지 유인당해 화살을 맞고 죽는다.

했다. 조조는 남정을 포위하고 맹렬한 공격을 가했다. 성의 함락은 시간문제가 되었다. 그때,

"어차피 이렇게 된 마당에 빨리 성에다 불을 질러 피하도록 하십시오."

하고 주위에서 권했는데 장노는 고개를 흔들었다.

"아니다. 내 본래 조정으로 돌아갈 뜻이 있었으나 뜻을 이루지 못했다. 그런데 성과 창고에 불까지 지르고 가는 것은 도리가 아니다. 이대로 두어 조정으로 돌려보내는 것이 옳다."

하며 모든 창고를 봉인한 후 부하들과 집안 식구들을 인솔하고 남문으로 빠져 파중으로 달아났다.

조조는 성안에 들어갔다. 그런데 살펴보니 모든 창고를 그대로 봉인하여 손실이 없도록 조처한 것이 눈에 띄었다. 조조는 사람을 파중으로 보내어 장노를 위로하고 정중하게 항복할 것을 권했다.

장노는 결국 항복하였고, 조조는 기뻐하며 창고를 봉인한 것을 가상히 여겨 장노를 죽이지 않고 진남장군으로 삼아 위로하면서 다른 장수들에게도 각각 처지에 따라 벼슬을 내렸다.

'내게는 더 높은 벼슬을 내릴 것이 틀림없다. 물론 황금 한 수레도 받을 테고……'

양송은 이렇게 짐작하며 혼자 즐거워하고 있었다. 그런데 조조는 양송만은 거리에 내다 목을 베라고 명령했다.

"저런 자는 살아 있을 까닭이 없다. 언젠가 또다시 남을 등치고

배신할 것이다."

"약속이 틀립니다. 황금을 한 수레 주기로 하셨는데······."

조조는 들은 척도 않고 양송의 목을 베어 거리에 내걸었다.

뇌물을 밝혀 배신을 일삼은 자.*

그러자 거리를 지나가는 백성들 모두가 조조의 처사를 기뻐하며 양송을 욕했다.

이때 주부(主簿) 벼슬의 사마의* 가,

"유비가 죽을 힘을 다해 서촉을 얻었으나 아직은 민심이 정돈되지 않았을 것입니다. 승상님께서는 이제 여세를 몰아 서촉을 공격하면 반드시 성도를 점령할 수 있을 것이니 때를 잃지 마십시오."

하고 권했다. 조조는 빙그레 웃으며 그 말을 물리쳤다.

"사람이라는 것은 만족을 하지 못하는 것인가 보오. 이미 한중을 얻었는데 또 서촉까지 바란다는 건 과욕이 아닌가?"

유엽이 옆에 있다가 사마의와 마찬가지로 서촉 정벌을 적극 권하

매주구영(賣主求榮)
'주군을 배반하여 개인의 영화를 얻는다.' 는 뜻으로 남정의 성문을 열어 조조군을 불러들인 양송을 조조가 죽이면서 한 말이다.

사마의(司馬懿)
젊어서부터 '총명 · 박학하여 큰 지략이 있다.' 는 평을 받았다. 벼슬에 나가지 않다가 조조가 여러 차례 출사할 것을 요구하자 가담하여 많은 공을 세웠다. 특히 제갈량의 북벌을 끝까지 막아내 제갈량을 죽음에 이르게 했다. 이후에 쿠데타를 일으켜 위나라의 정권을 장악하고 삼국을 통일한 진(晉)나라의 기틀을 세웠다.

였으나 조조는 고개를 가로저으며 철군 명령을 내렸다.

3

 이때 서촉 백성들은 조조가 장노를 정벌하고 한중 땅을 점령했으니 곧바로 서촉 땅으로 쳐들어올 것으로 여겨 두려워들 하니 공명은 곧 조조가 허도로 돌아갈 것이라는 소문을 내어 백성들을 안심시켰다. 하지만 공명 역시 조조의 침범이 있을 것이라 여겨 유비에게 말했다.
 "제가 계교를 써서 조조가 더 이상 진격하지 않고 물러가도록 하겠습니다."
 "어떠한 계교요?"
 "조조가 합비에 대병력을 두고 있는 까닭은 손권의 북진을 두려워하는 것입니다. 이제 사람을 보내어 형주 땅 3군을 손권에게 돌려주고 이해로 달래고 손권군으로 하여금 합비를 엄습하게 하면 조조가 자연적으로 합비 방면으로 이동할 수밖에 없습니다."
 "그러면 누가 손권에게 가야 되겠소?"
 하니 이적이 있다가,
 "소관이 강동으로 가서 이해로 타일러 이번 일을 반드시 성사시키겠습니다."
 하고 지원하고 나섰다.

유비는 기뻐하며 예물과 편지를 써 주며, 먼저 형주에 들러 관우에게 통지하고 건업(말릉)으로 가 손권을 만나도록 하였다. 이 무렵에 손권은 건업에 석두성을 쌓고 있었다.

형주를 거쳐 건업으로 들어간 이적은 손권을 만나 예를 갖추어 인사를 올리니 손권이 묻기를,

"그대는 어찌하여 온 것이오?"

하고 시큰둥하게 쳐다보았다.

"전에 형주 땅 3군을 돌려드리려 하였으나 그때 공명 군사께서 출타하시고 성도에 계시지 않았던 까닭에 돌려드리지 못하였기에 이제서야 돌려드립니다. 다만 형주, 남군, 영릉의 세 성은 관장군이 용신할 곳이 없으니 한중을 점령한 후 관장군의 임지를 그리로 옮기고 나서 돌려드릴 것입니다. 이번에 제가 온 것은 합비가 지금 무방비 상태나 마찬가지니 손장군님께서 치시면 조조는 병력을 돌려 남으로 올 것이고, 우리는 그 틈을 타서 한중을 취할 수 있게 됩니다. 그 후에 형주 땅 전부를 돌려드리려 하는 것입니다."

"그대는 객사에 나가 기다려라. 내 참모들과 상의한 후 곧 통지하겠다."

하고 이적을 내보낸 후 손권은 여러 모사를 모아 의견을 물었다.

장소가 말하기를,

"이는 조조가 파촉을 칠까 염려하여 내놓은 계교가 분명합니다. 그러나 조조가 한중에 있을 때 합비를 치는 것은 장차 우리를 위해

좋을 것입니다."

손권은 장소의 진언에 따라 이적에게 형주 3군을 받고, 합비성을 공격하겠다고 약속하여 돌려보낸 후 합비로 쳐들어갔다.

이때 노숙은 관우에게 가서 장사, 강하, 계양 등 3군을 인계받고, 여몽과 감녕은 완성을 공략하여 조조군의 군량미 보급을 막기 위해 출동했다. 손권은 여몽과 감녕을 선봉으로 하고, 자신은 주태와 서성 등을 거느리고 장강을 건너가 노강군의 완성을 급습했다. 여기서 합비로 군량이 보내지고 있기 때문이었다. 결국 감녕과 여몽의 활약에 의해 완성을 함락시켰다. 적의 보급로를 끊고, 이쪽은 군량까지 확보했으니 그야말로 일석이조의 승전이었다.

다음 날, 손권군은 용기백배하여 합비를 향해 진격했다. 합비는 적벽대전 이래, 장료(張遼)가 이전과 악진을 부대장으로 삼아 굳건히 지키고 있었다. 장료에게는 예전에 조조가 건네준 작은 상자가 하나 있었다. 적이 공격해 오면 열어 보도록 하라고 조조의 필체로 써 있었으며 봉해져 있었다.

그날, 손권이 대군을 이끌고 합비로 쳐들어온다는 보고를 받은 장료는 이전과 악진을 불러 함께 지켜보는 가운데 그 상자를 열었다. 안에는 조조의 명령이 들어 있었다.

적이 쳐들어오면 우선 성 밖으로 나가 한바탕 적군을 혼내 주고, 그런 연후에 농성하면서 방비를 굳건히 하라.

"장군의 생각은 어떻습니까?"

하고 악진이 물었다.

"그렇다면 즉각 출격하여 힘 닿는 데까지 싸워 적의 예봉을 꺾고, 후퇴해서 성에 틀어박혀 농성하자."

"적군의 수효가 10만이나 되니 성 밖에 나가 싸우면 우리가 절대적으로 불리합니다. 그것보다는 성문을 걸어 잠그고 싸우는 쪽이 좋을 것 같습니다만……."

악진은 반대했다. 이전은 잠자코 있었다.

"내 생각에 반대라면, 그대들은 좋을 대로 하라. 나는 승상님의 명령대로 지금부터 출격하겠다."

장료는 날카롭게 쏘아붙이고 두 사람을 내버려 둔 채 결사대를 이끌고 성 밖으로 나갔다.

그러자 악진이 벌떡 일어나서,

"그렇다. 이 중요한 때에 자신의 감정에 사로잡혀 있어서는 안 된다. 나도 장장군과 함께 가겠다."

하더니 장료의 뒤를 따랐다.

양군은 합비 근처에 있는 비수의 나루터 소요진에서 격돌했다. 우선 악진이 감녕과 여몽의 선봉군과 부딪쳐, 일부러 패한 체하면서 도망쳤다. 능통과 함께 중군(中軍 = 앞, 뒤의 부대 사이를 가는 부대로 총대장이 이끈다)을 이끌고 있던 손권은 선봉이 이겼다는 보고를 받고, 병사를 독려하며 앞으로 나아갔다. 그때 왼쪽에서 장료, 오른쪽에서 악진이 결사대를 이끌고 덤벼들었다.

뜻하지 않은 조조군의 역습에 손권의 중군은 큰 혼란에 빠졌다. 당황해서 우왕좌왕하고 있는 사이에 장료가 휘두르는 칼에 맞아 병사들이 픽픽 쓰러져갔다. 장료의 부하들은 결사대인 만큼 목숨을 걸고 싸웠다. 손권군은 차츰 패색이 짙어졌다. 더구나 장료는 손권을 노리고 달려들었다.

"주공님! 빨리 다리를 건너 저쪽 기슭으로 피신하십시오!"

장료의 공격을 필사적으로 막아 내면서 능통이 소리쳤다. 저쪽 기슭에서는 아군인 서성이 배를 띄워 놓고 기다리고 있었다.

손권은 정신없이 말을 달려 다리까지 왔다. 그러나 다리 중간이 끊어져 있었다. 손권은 말을 조금 뒤로 물러나게 했다가 날카롭게 채찍질을 했다. 그러자 말은 단숨에 도약하여 강을 건너 기슭으로 몸을 날렸다. 서성이 배를 저어 와서 손권을 부축해 올렸다.

능통은 손권이 무사히 피신한 것을 보자, 장료군 한가운데로 돌진해 들어갔다. 그곳에 감녕과 여몽이 구원하러 돌아왔다. 그러나 뒤쪽에서 악진이 공격을 막았기 때문에 태반의 병사들을 잃고 말았다. 능통의 병사들도 전멸하고, 여러 군데에 창상을 입은 능통은 혼자 강기슭으로 도망쳤다. 감녕과 여몽도 천신만고 끝에 건너편 기슭으로 도망쳐서 목숨을 건졌다.

이 싸움*은 결사대 천여 명이 십만 대군을 물리친 역사적인 전쟁으로 후세에까지 전해져 장료의 이름을 듣기만 해도 강동 사람들은 공포에 몸을 떨었고, 어린애는 울음을 뚝 그쳤다고 한다.

이 싸움에서 대패한 손권은 일단 유수구로 돌아갔다. 그리고 군사를 재정비하여 다시금 합비로 공격해 올 태세를 보였다.

한편, 장료는 손권이 다시 쳐들어온다는 보고를 받고 조조에게 구원을 청했다. 곧 조조가 대군을 이끌고 유수구로 왔다.

손권과 조조군은 한 달 가량을 유수구에서 대치했다. 손권은 처음부터 장료에게 대패한데다 진무와 동습 두 대장을 잃자 기력이 빠졌다.

"이대로 싸움을 계속해 봤자 병력만 잃을 뿐이고, 이기는 것은 무리입니다. 일단 화해를 하는 것이 좋을 것 같습니다."

장소가 권했다.

손권은 이를 받아들여 사자를 조조의 진영에 보내 매년 조공을 바치겠다고 제의했다. 조조도 손권이 항복한 것은 좋은 기회라고 여겨 이를 수락하고 철수했다. 손권은 형주 3군을 얻는 대신, 조조에게 치욕적인 패배를 당하고 장강을 내려가 말릉(건업)으로 돌아갔다.

장료위진소요진(張遼威震逍遙津)
조조의 장수 장료가 8백 명의 군사를 이끌고 합비를 공격하여 포위한 손권군의 배후 깊숙이 쳐들어가 커다란 타격을 입힌 사건. 이 전투로 그의 이름이 강동에 널리 퍼져 장료라는 이름만 들어도 울던 아이가 울음을 그쳤다고 한다.

위왕 조조

1

한편, 조조가 손권의 항복을 받고 조인과 장료를 합비에 남겨 방비하게 조치한 후 허도로 돌아가자, 조정에서는 공적을 기려 조조를 위왕(魏王)으로 삼자는 소리가 다시 높아져 그 이듬해인 건안 21년 (216년) 5월, 마침내 조조는 왕위에 올랐다.

동시에 업성*에서 위왕궁의 건설이 시작되고, 후계자를 정하기에 이르렀다.

조조에게는 원래 자식이 많았다. 기록에 밝혀진 바로 아들이 스물 다섯 명이 있었다. 그런데 본부인 정씨에게는 소생이 없었다. 그래서 유씨 소생의 앙을 장자로 삼았는데 장수와의 싸움에서 조조 대신에게 화살을 맞고 죽었으므로 이후 장자 대접을 받은 것은 변씨 소생의 비였다. 그 밑으로 창, 식, 웅 등이 변씨의 소생이었다.

조조가 이 가운데 가장 마음에 들어하던 아들은 붓을 잡으면 순식간에 시나 문장을 쓸 정도로 풍부한 재능을 가진 삼남 조식(曹植)이었다. 자신도 시인인 조조는 조식을 후계자로 염두에 두고 있었다.

불안을 느낀 장남 조비(曹丕)는,

"어떻게 하면 좋을 것이냐."

하고 참모들에게 방법을 물었다.

참모들은 조조가 출정할 때 그저 울면서 전송하라고 했다. 그러니까 젊은 아들이 나서서 적과 싸우지 못하고 부친에게 의지하는 것을 안타까워하라는 것이었다. 그때부터 조조가 원정을 떠날 때, 조식은 멋진 시나 문장으로 아버지를 칭송했으나, 조비는 눈에 눈물을 담고 그냥 묵묵히 전송을 할 뿐이었다.

그런 일이 되풀이될수록 시나 문장으로 화려하게 말을 장식하는 조식보다는 잠자코 전송하는 조비 쪽이 성실해 보이기 시작했고, 아버지를 깊이 사랑하는 것이 아닐까 하고 조조는 생각하게 되었다.

조조는 어느날 이 문제를 두고 가후에게 의논했다.

"저로서는 대답을 할 수가 없습니다. 다만 원씨와 유씨의 일을 생각하시는 것이 좋을 것이라고 생각합니다."

업성
매사에 검소했던 조조가 하북을 지배했던 원소를 제압한 후 경비를 아끼지 않고 재건했던 도읍. 한때 "진시황의 아방궁"에 비유될 정도로 크고 화려했던 곳이었다. 동작대(銅雀臺)가 세워진 곳이며, 문학을 꽃 피운 건안칠자(建安七子)의 활동 무대이기도 했다.

하고 가후는 대답했다.

원씨란 원소의 일, 유씨란 유표의 일로 어느 쪽이나 모두 장남에게 뒤를 계승시키지 않고 동생을 내세워 끝내는 형제간의 분쟁이 일어나 멸망했다.

"하하, 알았다. 더 이상 망설이지 않겠다!"

조조는 조비를 선택하기로 결심했다. 그런데 조조가 후계자를 정하는데 있어 이처럼 가후의 의견을 따른 데는 이유가 있었다. 조조가 오래전부터 후계 구도에 대해 얼마나 관심이 깊었는지를 알 수 있는 다음과 같은 일이 있다.

우선 충(沖)이라는 아들의 경우다.

조충은 어릴 때부터 영민하여 5, 6세에 이미 어른도 무색할 정도의 지력(知力)을 발휘하여 신동(神童)이라 했다.

충이 태어난 것은 건안 원년(196년)이니 조비보다 9살, 조식보다 4살 아래가 된다. 조충의 지혜를 전해 주는 일화가 여럿 있는데, 코끼리의 무게를 잰 일이 유명하다.

조충이 아직 10세가 되기 전에 회계태수에 임명된 손권이 조조에게 예물을 보냈는데 엄청나게 큰 코끼리였다. 조조는 코끼리의 몸무게를 알고 싶다고 하여 좌우 신하들에게 물었으나 아무도 대답하지 못했다. 그때 조충이 나서서 방법을 설명했다.

"우선 코끼리를 큰 배에다 태우고 흘수를 측정하여 배에 표를 했다가 나중에 그 선(線)까지 돌을 싣고 그 돌을 하나하나 무게를 재어 합계를 내시면 됩니다."

조조는 크게 기뻐하며 그 방법을 써서 코끼리의 무게를 재었다.

또 한번은 군수창고에 보관 중이었던 조조의 말안장을 쥐가 갉아먹었다. 창고 책임자는 죽음을 각오할 수밖에 없었다.

당시 조조의 군율이 매우 엄격해서 웬만한 물건을 잘못 간수해도 죽을 판이었는데 조조의 말안장을 잘못 간수했으니 죽음은 뻔한 일이었다. 책임자는 스스로 포박하여 자수하려고 하였다.

이것을 조충이 알고,

"사흘 동안 기다렸다 자수하시오."

하고는 자기 옷을 쥐가 갉아먹은 것처럼 꾸몄다. 그리고는 아주 우울한 얼굴로 지냈다.

이를 본 조조가 그 까닭을 물었다. 조충은,

"세상에서는 쥐가 옷을 갉아 먹으면 불길한 일이 옷 임자에게 생긴다고 하는데 쥐가 제 옷을 갉아먹었습니다. 그래서 걱정을 하고 있었습니다."

하고 대답했다. 그러자 조조가 위로했다.

"그런 건 미신이다. 걱정하지 말아라."

사흘 뒤에 창고 책임자가 자수하였다. 조조는 웃으면서,

"멀쩡한 아이의 옷도 쥐가 갉아 먹는데 창고 기둥에 걸어 놓은 말안장을 쥐가 갉아 먹는 건 당연한 일이다."

하고 창고 책임자를 처벌하지 않았다.

조충의 이런 일화는 수없이 전해지는데, 중요한 사실은 이 천재 소년이 13세에 죽고 말았다. 식음을 전폐하고 드러누운 조조에게 조비가 찾아가 위로하자 조조는 눈을 흘리며 말했다고 한다.

"이 애비에겐 크나 큰 슬픔이지만 너희에겐 경쟁자가 사라졌으니 얼마나 다행스런 일이냐?"

이 이야기를 통해 후계자를 세우는 문제에 조조가 얼마나 깊게 고민하고 있었는지를 알 수 있다.

아무튼 조조는 조비에게 마음을 두었다. 그러자 이번에는 조식의 측근들이 나서서 은밀한 공작을 펼쳤다. '조식은 소탈한 성품이고 따뜻한 심성의 소유자다.' 라는 소문을 퍼트린 것이다.

결과적으로 이런 공작은 무의미하게 되었지만 아무튼 조비를 후계자로 확정짓는 일을 뒤로 미루는 효과가 있었다.

후계 문제 외에도 위왕이 된 조조를 괴롭힌 일이 있었다. 좌자라는 방사(일종의 마술사이자 도인)에 얽힌 일이었다.

그해 10월, 마침내 업성에 위왕궁(魏王宮)이 완성되었다.

모든 신하들이 축하를 하고 각 지역에서 축하의 선물들이 속속 헌상되어 왔다. 그 가운데 손권이 헌상한 온주 귤이 있었다. 온주 귤은 조조가 좋아하는 과일이었다. 즉시 가져오게 했다. 큼직한 놈을 한 개 골라서 두 개로 쪼갰다. 그런데 속은 텅 비어 있고, 알맹이가 없었다. 다른 것을 계속하여 3개, 4개 쪼개 보았으나 모두 마찬가지였다.

"이것이 대체 어떻게 된 것이냐?"

조조는 운송을 감독한 관리를 불러다가 추궁했다.

"저, 저는 아, 아무것도 모릅니다. 다, 다만……."

관리는 벌벌 떨면서 지푸라기라도 붙잡듯이 도중에 있었던 일을 아뢰었다.

귤상자를 한 상자씩 40명의 인부에게 짊어지게 하고 업성 근처까지 왔을 때의 일이었다. 인부들이 지쳐 있어 한 산자락에서 휴식을 취하게 하고 있는데 머리에 하얀 등나무 덩굴관을 쓰고 푸른 옷을 입은 노인이 한쪽 다리를 질질 끌면서 나타났다.

"모두들 수고하는군. 어떠냐, 내가 대신 짊어져 줄까?"

노인은 사팔눈을 가늘게 뜨고 인부들에게 웃어 보였다.

"하하하! 할아버지가 대신 짊어져 준다면 우리야 고맙지요, 뭐!"

인부 중 한 사람이 농담으로 말하자 노인은 불쑥 상자에 손을 대고 어깨에 짊어지더니 힘도 안 들인 채 걸어가기 시작했다. 그 걸음걸이가 어찌나 빠른지 일동은 황급히 그 뒤를 쫓아갔다.

노인은 한 상자를 5리씩 지고 갔는데 이상하게도 노인이 짊어진 상자는 모두 가벼워져 있었다.

"나는 위왕하고는 어릴 적 친구인데 좌자(左慈)라고 하는 사람이다. 업성에 가거든 위왕에게 안부를 전해 주게나."

노인은 그렇게 말하고 사라졌다.

"좌자라고? 글쎄, 기억이 나지를 않는구나."
그때 궁문지기가 들어와
"방금 좌자라는 노인이 궁문 앞에 찾아와서 뵙기를 청하고 있습니다."
하고 아뢰었다.

2

조조가 승낙을 하자 하얀 등나무 덩굴관을 쓰고 푸른 옷을 입은 노인이 한쪽 다리를 절면서 방으로 들어왔다.
"앗, 이 사람입니다. 도중에서 만난 노인은!"
하고 관리가 소리쳤다.
"그대는 요상한 마술을 부려 나의 온주 귤을 전부 훔쳐 갔다면서?"
조조는 좌자를 노려보았다.
"하하하! 그런 짓은 하지 않았습니다."
좌자는 웃으면서 눈앞에 있던 쟁반에서 귤을 한 개 꺼내 두 개로 쪼개 보였다. 속에는 알맹이가 빽빽이 들어차 있고, 감미로운 귤향기가 주위로 퍼져 나갔다.

"보시는 바와 같습니다. 왕께서도 한 개 드시지요."

"음."

조조는 고개를 끄덕이고 귤을 집어 들었다. 조조가 잡은 것은 어느 것이나 전부 속이 비어 있었다.

"그대는 어떻게 그런 술법을 몸에 익혔는가?"

조조는 어처구니없어 하면서도 궁금증이 일어나 물었다.

"저는 아미산의 산 속에서 30년 동안 도술을 익혔습니다. 지금은 구름을 타고 하늘을 나르고, 바위를 부수고, 땅 속으로 기어 들어가고, 사람들의 눈에서 제 몸을 숨길 수도 있으며, 여러 가지 것으로 변신할 수도 있습니다. 위왕께서도 이미 신하의 몸으로서는 최고 위에 오르셨으니까, 이제는 물러나서 저와 함께 아미산으로 수행을 하러 가시는 것이 어떻겠습니까?"

"그것도 좋지만, 조정에는 아직도 나를 대신할 만한 자가 없어서 말일세."

"파촉 땅의 유현덕님은 한실의 핏줄을 타고나신 분이니까 깨끗이 현덕님에게 물려주시는 것이 좋지 않겠습니까?" "

"음, 이놈, 알고 보니까 유비의 첩자였구나!"

격노한 조조는 부하들에게 좌자를 포박하게 하고는 뜰로 끌어내 매를 심하게 때리게 했다. 그런데 아무리 때려도 좌자는 조금도 아파하지를 않고, 싱글벙글 웃고만 있었다.

조조는 점점 더 화가 나서 목에 항쇄(項鎖=죄인에게 씌우던 형틀)를 채우고 쇠사슬로 손발을 묶어 감옥에 가두게 했다. 그러나 한참 있다가 가 보니까 항쇄와 쇠사슬이 풀려 있고 좌자는 땅바닥에 드러누워 기분 좋게 코를 골면서 자고 있었다.

그렇다면 하고, 7일 동안 식사는커녕 물 한 방울도 주지 않고 내버려 두었다. 그런데 놀랍게도 좌자의 안색은 전보다 더 좋아져 있고, 피부도 매끈매끈 윤기가 돌고 있었다.

"나는 10년 동안 아무것도 먹지 않아도 아무렇지도 않고, 하루에 1천 마리의 양을 잡아먹어도 배가 부르지를 않습니다."

좌자는 그렇게 말하고 상황을 보러 온 조조를 놀려댔다.

그로부터 며칠 뒤 위왕궁에서 성대한 연회가 열렸다. 수많은 관리들과 대장들이 초대받아 산해진미에 입맛을 다시고 있으려니까 감옥 안에 있어야 될 좌자가 불쑥 나타났다.

"꽤 훌륭한 요리들이군요. 그런데 대왕님, 무엇인가 필요한 것이 있으면 제가 구해다 드리겠습니다."

"나는 용의 간으로 만든 국을 먹고 싶구나."

조조는 이번에야말로 이놈을 골탕 먹여야겠다고 결심했다.

"그거야 아주 손쉬운 일입니다."

좌자는 전혀 두려워하는 표정 없이 좌우에다 붓과 먹을 가져오게 하더니 흰 벽에 한 마리 용의 그림을 그렸다. 모두 그리고 나자 옷소매로 휙 하니 쓸어대니 용의 배 한 가운데가 갈라졌다. 좌자는 그곳에 손을 집어 넣어 피가 뚝뚝 흐르는 간을 끄집어내 보였다.

조조는 신기하여 또 주문했다.

"지금은 한중(寒中＝소한 초부터 대한 끝까지의 약 30일 간)이라서 초목은 모두 메말라 있다. 그러나 모란꽃이 있다면 몹시 아름다울 것이다."

"저도 그렇게 생각하고 있었습니다."

좌자는 화분을 가져오게 하더니, 탁상에 올려놓고 확하고 물을 뿌렸다. 그러자 순식간에 아무것도 없었던 화분에서 나무가 자라나 싹을 틔우고 슬슬 꽃망울을 맺더니 활짝 핀 모란꽃 한 송이가 나타나는 것이었다.

일동이 깜짝 놀라고 있는데 마침 생선회가 옮겨져 들어왔다. 그것을 보고 좌자가 말했다.

"회라면 송강의 농어가 일품이지요. 왜 그것을 가져오지 않는 것입니까?"

"1천 리나 떨어진 송강에서 어떻게 살아 있는 농어를 운반해 온단 말이냐?"

"별로 어려운 일도 아닙니다."

좌자는 자신만만하게 말하고는 낚시대를 가져오게 하더니 뜰 가운데에 있는 연못에 낚시줄을 드리웠다. 그리고 얼마 지나지 않았는데도 수십 마리의 농어를 낚아 올렸다.

"하하하! 바보 같은 짓을 하는구나. 그것은 모두 오래 전부터 이 연못에서 놓아기르던 것들이다."

조조가 웃자 좌자는 마주 웃어 보였다.

"농담을 하시는군요. 보통 농어는 아가미가 두 개지만 송강의 농어는 아가미가 네 개 있습니다. 잘 살펴보시지요."

일동이 확인해 보니까 분명히 그 농어에는 아가미가 네 개 있었다.

좌자는 탁상의 옥배를 집어 술을 가득 부어서 조조에게 권했다.

"어떻습니까, 대왕님? 이 술을 마시면 천 년 장수를 할 수가 있습니다. 드시지요."

"너부터 먼저 마셔 보라."

기분이 나빠서 조조가 퉁명스럽게 대꾸하니까 좌자는 관에서 옥비녀를 빼내 잔 속에 넣었다가 절반만 마시고 조조에게 내밀었다. 조조는 고개를 흔들었다.

"하하하! 천하의 대왕도 겁이 나는 모양이군요."

좌자는 휙 하니 옥배를 공중으로 던져 올렸다. 그러자 잔은 순식간에 한 마리의 흰 비둘기로 변하여 퍼덕거리면서 궁전 안을 날아다녔다. 일동이 어안이 벙벙해서 지켜보고 있는 사이에 좌자의 모습은 어느 틈엔가 사라지고 없었다.

얼마 뒤에 문지기에게서 연락이 왔다.

"방금 좌자가 궁 밖을 나갔습니다."

퍼뜩 정신을 차린 조조는,

"그놈을 붙잡아 끌고 오너라!"

하고 허저에게 명했다.

허저는 3백 기의 기마병을 데리고 즉각 성문까지 쫓아가 보았다. 보니까 좌자가 멀지 않은 앞쪽에 느릿느릿 걸어가고 있었다.

"저기 있다, 붙잡아라!"

허저는 부하들에게 호령하며 말의 배를 힘껏 찼다.

그러나 이상하게도 아무리 말을 달려도 천천히 걷고 있는 좌자를 따라잡을 수가 없었다. 드디어 산 속까지 왔다. 그러나 저쪽에서 한 사내아이가 양떼를 몰고 다가왔다. 좌자가 터벅터벅 양떼 속으로 들어갔기 때문에 허저는 화살을 쏘게 했다. 그 순간 좌자의 모습이 사라져 버렸다. 하는 수 없이 허저는 양을 한 마리도 남기지 않고 모조리 죽여 버리고 돌아갔다.

"우리 양들을 모두 죽여 버렸다구요."

사내아이가 엉엉 울고 있으려니까 좌자가 훌쩍 나타나 죽은 양들의 머리를 몸통에 붙여서 모두 살아나게 한 다음 어디론가 사라져 갔다.

조조는 좌자의 모습을 그리게 하여 각 지역에 나누어 주고 발견하는 대로 사로잡으라고 명했다. 3일 동안에 똑같은 모습을 한 좌자가 3, 4백 명이나 체포되어 왔다. 조조는 그자들을 왕궁 마당에 끌어내서 하나도 남김없이 목을 베어 버렸다.

그러자 땅에 떨어진 목구멍에서 연기가 피어오르는가 싶더니 하나로 합쳐져 좌자의 모습이 되었다. 좌자는 학을 한 마리 부르더니 등에 올라타고 지상의 인간들을 조소하면서 공중을 날아다녔다.

조조는 분노가 치밀어 대장들에게 화살을 쏘게 했다. 그 순간 심한 바람이 불기 시작하여 모래와 돌멩이를 날려 보내는가 싶더니 땅바닥에 누워 있던 시체들이 차례차례로 일어나서 목을 집어 들고 우르르 조조를 향해 달려 왔다.

조조는 악 하고 소리치며 그 자리에 쓰러져 정신을 잃고 말았다. 그러자 바람은 당장 멈추고 학에 탄 좌자는 사라지고, 그리고 시체들도 흔적도 없이 사라져 버렸다.

얼마 후에 조조는 의식을 회복했으나 몸이 떨리는 것은 계속 멈추지 않고, 그대로 그는 병상에 드러눕고 말았다. 오한이 나고, 머리가 무겁고, 약을 먹어도 좀처럼 좋아지지를 않았다.

3

위왕에 오른 뒤에도 조조는 자주 병석에 누웠다. 병은 겨울을 넘기고 봄을 맞이해도 낫지를 않았다. 많은 의원들이 치료해 보았으나 차도가 없자 신하들은 차츰 점술이나 푸닥거리에 의존하려 했다.

때마침 허도에서 천문관인 허지(許芝)가 병문안 차 찾아왔다. 허지는 점을 잘 쳤기 때문에 조조는 자신의 병을 점치게 하려고 했다. 그러자 허지가 말했다.

"저보다는 관로(管輅)라고 하는 점술의 명인이 있사오니 그에게 점을 치게 하는 것이 좋을 것입니다."

"어떤 자인가?"

"평원현의 태생으로 역술에 정통해서 관로에게 점을 쳐달라고 하면, 어떤 것이라도 딱 알아 맞춘다고 합니다. 관상도 잘 보지만, 특히 인간의 수명을 알아맞히는 것은 귀신 같다고 합니다."

그렇게 말하고 나서 허지는 이런 이야기를 했다.

언젠가 평원성 밖으로 산책을 나간 관로는 밭을 갈고 있는 젊은 이를 보았다. 그리고 자기도 모르게 중얼거리고 말았다.

"아아, 불쌍하도다. 미간에 죽을 상이 나타나 있구나. 앞으로 목숨이 3일밖에 안 남았다."

이 젊은이의 이름은 조안이었고, 그때 나이 19살이었다. 관로의 말을 들은 조안은 깜짝 놀라 관로를 붙들고 어떻게든 목숨을 살려 달라고 아버지와 함께 울며 매달렸다.

"타고난 수명이니까 어쩔 수 없다."

고 관로는 거절했지만, 조안이 외아들이라는 것을 알고는 불쌍히 여겨 방법을 가르쳐 주었다.

"너는 내일 좋은 술 한 항아리와 사슴고기 말린 것을 가지고 남쪽 산으로 가도록 하라. 산 속의 커다란 나무 밑에서 두 사람이 바둑을 두고 있는데, 한 사람은 남쪽을 향해 앉아 흰 옷을 입고 매우 못

생긴 얼굴을 하고 있다. 또 한 사람은 북쪽을 향해 앉아 붉은 옷을 입고 아름다운 얼굴 모습을 하고 있다. 너는 두 사람이 바둑에 열중해 있는 동안 술과 마른 고기를 권해라. 두 사람이 술을 마시고 고기를 모두 먹고 나거든, 수명을 연장시켜 달라고 간절히 애원해라. 그러면 반드시 들어 줄 것이다."

다음 날, 조안은 관로가 가르쳐 준 대로 술과 마른 고기를 준비해서 남쪽 산으로 올라갔다. 5,6리쯤 가니까 큰 나무 밑의 평평한 돌 위에서 두 사람이 바둑을 두고 있었다. 가까이 가도 몰라봤기 때문에, 조안은 옆자리에 무릎을 꿇고 앉아 두 사람에게 술과 마른 고기를 권했다. 바둑에 열중해 있던 두 사람은 어느 틈엔가 술을 마시고 마른 고기를 몽땅 먹어 버리고 말았다.

바둑이 끝날 무렵에 조안은 관로가 시킨 대로 수명을 연장시켜 달라고 그 자리에 엎드려 울음을 터뜨렸다. 두 사람은 깜짝 놀라 조안을 돌아다보았다.

"틀림없이 관로가 말해 준 모양이군."

붉은 옷을 입은 사람이 말했다.

그러자 흰 옷을 입은 사람이 고개를 끄덕이면서 옆에 놓여 있던 장부를 들고 책장을 획획 넘기더니 조안에게 말했다.

"너는 금년 19세에 죽기로 되어 있다. 그러나 그 위에 9자를 써 넣어 주겠다. 그러면 네 수명은 99세가 된다."

붉은 옷의 사람이 붓을 들고 글자를 써 넣자 '휙' 하니 바람이 불어 왔고, 두 사람은 순식간에 하얀 학이 되어서 날아가 버렸다.

조안이 돌아와 그 두 사람은 어떤 분이셨느냐고 물으니까 관로가 답했다.

"붉은 옷은 남두(南斗)이고, 흰 옷은 북두(北斗)다. 북두는 죽음을 관장하고 남두는 삶을 관장한다. 수명을 연장시켜 주었으니 이제 걱정할 것 없다."

이들 부자는 관로에게 예물을 내놓고 크게 감사했으나, 관로는 예물을 거들떠보지도 않고 하늘의 결정을 함부로 누설한 것을 후회했다. 그 이후부터 경솔하게 남을 위해 점을 치는 일을 그만두었다.

"재미있구나. 그자를 불러라."

허지의 얘기를 듣고 난 조조는 몹시 흥미를 느끼고 관로를 불러들이라고 명했다.

이윽고 관로가 위왕궁으로 왔다. 조조는 곧 점을 치게 했다.

그러자 관로가 대답했다.

"점을 칠 것까지도 없습니다. 곧 낫게 되십니다. 걱정하실 필요가 조금도 없습니다."

이 말을 듣고 조조는 마음이 가라앉는 것을 느꼈으며 순식간에 기분도 좋아졌다.

"나의 운세는 어떤가?"

이어서 조조가 물었다.

"대왕님은 신하로서 최고의 지위에 있으시니까 더 이상 싸움터에 나갈 필요가 없을 것입니다."

관로는 웃고 대답하지 않았다.

"그렇다면 손권과 유비에 대해서도 점을 쳐보라. 무엇인가 변화는 있는가?"

"손권 진영에서는 유력한 인물이 머지않아 사망하고, 유비는 병력을 움직여서 한중으로 쳐들어갈 것입니다."

관로는 그 자리에서 점을 치고 나서 말했다.

'설마 그런 것까지 알 수 있을 리가 없다.'

조조는 말하지는 않았으나 속으로 관로의 말을 의심했다. 그러나 그로부터 얼마 뒤, 합비에서 사자가 왔는데 강동군 총사령관 노숙이 사망했다는 보고였다.

한편, 한중으로부터는 파발마가 와서 유비 진영의 마초와 장비가 병력을 이끌고 한중의 관소들을 공격하고 있다고 전했다.

관로가 친 점 두 가지 모두가 적중했던 것이다.

조조는 즉각 대군을 이끌고 한중으로 달려가려고 했으나 관로한테 제지당했다.

"대왕님은 얼마 동안 움직이지 않는 것이 좋을 것입니다. 그리고 한중은 대왕님과 인연이 닿지 않습니다. 오히려 내년 봄에 허도에서 화재가 일어날 텐데 그 일에 대비하시는 것이 좋습니다."

이미 관로의 말을 의심하지 않게 된 조조는 조홍(曹洪)에게 5만 병력을 주어 한중을 지키는 하후연과 장합을 지원하도록 하고, 자신은 업성에 그대로 머물렀다.

이듬해 건안 23년(218년) 정월, 조조의 반대파 경기(耿紀)와 위황(韋晃)이라는 두 사람의 조신이, 옛날에 조조를 독살하려고 하다가 살해된 의사 길평의 자식들과 짜고 근위병의 숙소에 불을 지르고 반란을 일으켰다.

난은 곧 진압하고 불도 끌 수 있었으나, 조조는 관로의 예언이 너무나도 정확해서 혀를 내둘렀다.

"나를 섬기지 않겠느냐? 각별하게 써 줄 것이다."

하고 적극 권했으나, 관로는 완강히 거절하고 상도 받지 않은 채 다시 고향 평원현으로 돌아갔다.

4

한편 파촉에서는 유비를 주공으로 하는 체제 정비가 끝나고, 공명을 중심으로 본격적인 개발 사업이 시작되고 있었다.

지역마다 특산품을 지정하여 장려하고 철과 소금 등 국가 전매사업을 철저하게 관리하여 국고를 늘렸다.

그리고 서촉 지방의 전통적인 장원제도(큰 농장을 가진 호족이 노예를 부려 생산하는 일종의 집단 농장)를 크게 개선시켰다.

즉 생산력에 도움이 되는 제도는 보다 합리적으로 보완하고, 지나치게 비생산적인 부분들은 철폐했다. 특히 장원제도의 핵심인 노예를 해방하는 개혁은 지역의 토호세력* 과 상당한 마찰이 있었으나 그들에게 시대의 변화가 필요한 바를 납득시키고 오히려 경제적 성과를 거둔다는 사실을 증명함으로써 민심을 바꾸는 데 큰 몫을 했다.

이리하여 농업 생산력이 예전에 비해 서너 배 이상 늘어나는 효과를 거두었다.

그러면서도 공명은 조조의 움직임에 대해서 조금도 게을리하지 않고 관심을 기울였다. 이 당시 허도와 업성 등지에 비밀리 파견한 세작(간첩)만 해도 수십 명이 넘었다.

"이제 한중을 공격하여 조조의 코를 납작하게 만들 때입니다."

하고 법정이 자신 있게 보고했는데 이 역시 이들 허도의 세작뿐만 아니라 업성 등 여러 지역에 세작을 보내 조조 진영의 모든 움직임을 정탐하여 때가 왔음을 알고 있었기에 가능한 일이었다.

"요즘 조조가 병상에 누워 일어나지 못하고 있습니다. 우선 장비와 마초 등에게 틈을 노려 한중 일대의 조조군의 거점이나 주둔지를 공략하라는 명령을 내리시고, 10만 대군을 일으켜 조조와

토호세력(土豪勢力)
지방에서 대규모의 토지를 장악하고 동시에 지방장관과 결탁하여 마치 제후처럼 군림했던 각 지역의 호족 세력. 중앙 조정의 대신들과도 긴밀히 연결되어 백성을 착취하고 세도를 부렸다.

싸울 준비를 하시지요. 남쪽에 손권이 있으므로 조조도 예전처럼 몇 십만 병력을 일으켜 한중으로 올 수는 없을 것입니다."

"알았네."

유비는 예전과 달리, 크게 늘어난 자신의 힘을 믿고 처음으로 자신 있게 대답했다.

이것이 바로 한중을 겨냥한 유비군의 움직임이었는데 조조는 관로의 제지를 받아 대군을 동원하지 않았던 것이다.

아무튼 유비진영으로서는 참으로 다행스런 일이었다.

조조진영의 약점이라고 한다면 당시 북방의 업성, 중간의 낙양, 남쪽의 허도 등 도읍이라고 할 수 있는 곳이 세 곳으로 분산되어 있었고 대신들도 허도의 조정과 업성의 위왕궁으로 나누어져 인재들이 한 곳에 결집되지 못한 점을 들 수 있다.

그리고 여포 이후 최고의 기병사령관으로 꼽히는 장료가 손권을 견제하기 위해 남방의 합비성에 발이 묶여 있었고, 명장 조인도 남방을 지켜야 했다는 점이었다. 조조진영은 세력이 분산되어 있었고, 유비진영은 지금 한창 기세있게 뻗어나가는 시기였다. 결국 이러한 요소가 합쳐져 한중의 대격전 전야가 펼쳐지고 있었다.

조조가 후계자를 뽑을 때 우선시한 것

조조는 조식의 문학적 재능을 사랑해 그를 후계자로 세우려고 골똘히 생각한 적도 있다. 그런데 조식에게는 좋게 말하면 선천적으로 무슨 일에도 구애받지 않는 창의적이고 소탈한 면이 있었다. 나쁘게 말하면 천재적인 시인 기질의 인간에게서 볼 수 있는 방종과 무질서한 생활 태도였다.

"성품이 활달하며 위세를 부리지 않고 화려함을 좋아하지 않았다"는 것이 조식에 대한 진수(陳壽=233~297. 진(晉)나라의 역사가)의 평이다. 조식은 조조가 후계자 결단을 내리지 않으면 안 되는 결정적인 시기에도 여전히 자신의 성품 그대로 행동했다. 술을 마셔 실수가 잦았고 언행도 조심하지 않았다.

반면 조비는 행동에 실수와 빈틈이 없었다. 형에게 큰 결격 사유가 없는 한 우선순위인 것이 관례인 시대인 것도 한 몫을 했다고 할 수 있다. 하지만 다른 무엇보다 후계자 문제에 신중했던 조조가 가장 중점을 둔 것은 역시 건실한 성품이었다.

한중 공략전

1

조조는 관로의 제지로 출동하지 않았으나 한중 일대의 심상치 않은 기류를 느끼고 남정에 사령부를 설치한 조홍에게 추가로 5만 대군을 보내주면서 한중을 꼭 지키라고 엄명을 내렸다.

조홍이 조조의 지원 병력을 받아들였을 무렵, 무도군 하변 부근에 마초군이 정찰을 나왔다는 보고가 들어왔다.

"마초 놈부터 철저히 응징해라!"

조홍은 친히 본부군을 거느리고 공격하여 정찰을 나온 마초의 선봉을 격파했다. 그러자 마초는 후퇴하여 진지로 돌아가서는 경계를 할 뿐 더 이상 움직이지 않았기 때문에 조홍은 남정으로 돌아가 방비를 굳게 했다.

그런데 파서 지방에서 한중을 엿보고 있던 장비는 장합이 싸움을 걸자 즉각 공격에 나섰다. 장합은 3만 군세로 험준한 산골짜기에 3개의 성채를 마련하고 있었는데, 각 성채로부터 절반의 병력을 동원해서 장비에 맞섰다.

양군은 파서군 낭중에서 30리쯤 되는 곳에서 격돌했다. 장비와 장합이 맹렬히 싸움을 벌이고 있는데 장합군의 후미가 갑자기 술렁거리기 시작했다. 장비의 부하 뇌동(雷銅)이 배후로 돌아간 것이다. 앞뒤에서 협공을 당하자 장합은 견디지 못하고 성채로 도망쳤다.

장비와 뇌동은 장합의 성채가 있는 탕거산까지 밀고 갔으나 장합은 이후부터 싸울 생각은 않고 성채에 틀어박혔다.

"적은 겁을 집어먹고 있다. 단숨에 점령해라!"

뇌동이 병사들을 독려하여 성채를 향해 밀려갔다.

그 순간, 산 위에서 엄청난 통나무와 바위가 굴러 떨어져 병사들을 깔아뭉갰다. 황급히 퇴각하는 병사들 좌우에서 두 성채에 있던 장합의 병력이 치고 나와 덮치니 뇌동 부대는 참패를 당하고 말았다.

장비는 복수하려고 이튿날부터 맹렬히 공격을 가했으나, 장합은 또다시 꼼짝 않고 수비만 했다.

"제기랄! 이래서는 죽도 밥도 안 되겠다."

공격하다가 지친 장비는 산자락에 진을 쳤다. 그리고 장합군의 약을 올리느라 매일 병사들을 시켜 욕지거리를 퍼붓게 하고, 자신은 술을 퍼먹고 곤드레만드레 취해서 쓰러져 갔다.

마침 그곳에 유비로부터 진중 위문의 사자가 찾아왔다. 사자는 장비가 하루 종일 술을 퍼마시고 있는 것을 보고 놀라 성도로 돌아가 유비에게 자세한 내용을 보고했다.

"장비 녀석, 또 나쁜 버릇이 도졌구나."

유비는 미간을 찌푸리고, 공명에게 의논했다.

"꽤 잘 하고 있지 않습니까? 진중에는 맛있는 술도 없을 테니까 성도의 맛있는 술을 보내 주시지요."

공명은 위연에게 명해서 수레 3대에 50개의 항아리에 술을 싣게 하고 장비의 진에 실어다 주게 했다.

"오오, 역시 공명 군사로군. 감사하게 잘 마시겠다고 전해 주오!"

크게 기뻐한 장비는 위연과 뇌동에게 일단의 병력을 맡겨 은밀히 어디론가 떠나보낸 다음에, 술항아리를 영채 앞에 길게 늘어놓고 병사들에게 큰 북을 '둥둥' 치게 하고는 마음껏 마시도록 했다.

척후로부터 이런 모습을 보고 받은 장합은 산꼭대기에서 슬며시 내려다보았다. 분명히 장비가 영채 앞에 앉아서 두 병사에게 씨름을 하게 하면서 맛있는 듯이 술을 퍼마시고 있었다.

'이놈, 장비야, 나를 바보로 취급하느냐!'

장합은 이를 갈면서 분해했다.

'어떻게 해 주나 두고 봐라!'

그날 밤, 장합은 다른 2개의 성채와 연락을 취하여 장비의 영채에 야습하기로 했다. 그들은 희끄무리한 달빛에 몸을 숨기고 산을 내려와 장비의 영채로 곧장 쳐들어갔다. 장비는 그런 줄도 모르고 막사 안에서 여전히 술을 퍼마시고 있었다. 등불에 술잔을 기울이고 있는 그림자가 비쳐졌다.

'이제야 건방진 태도가 잘못되었음을 깨닫게 될 게다!'

장합은 제일 먼저 말을 도약시켜 영채 안으로 돌입하여 막사 안의 장비를 향해 창으로 푹 찔렀다. 창은 힘없이 장비의 배에 꽂혔다.

"아뿔싸!"

장합의 입에서 당황한 나머지 비명소리가 새어 나왔다. 자신이 창을 꽂은 것은 장비가 아니라 지푸라기 인형이었다.

"계략에 빠졌다! 후퇴하라!"

장합은 소리치면서 말머리를 돌리려고 했다. 그때 '탕탕' 하고 계속 석포 터지는 소리가 나는가 싶더니 대장 하나가 나타났다. 동그란 눈을 한껏 크게 뜨고, 호랑이수염을 곤두세운 진짜 장비였다. 술에 만취되어 있는 체하고 꾸민 것은 장합을 성채에서 나오게 하려는 유인책이었다.

"장합아! 어서 덤벼 보아라!"

덮쳐 오는 장팔사모를 필사적으로 막으며 장합은 2개의 성채에서 약속한 지원군이 오기를 학수고대하고 있었다. 그러나 2개의 성채는 이미 위연과 뇌동의 병력에게 점령당한 뒤였다.

그 사이에 산 위에서 불길이 치솟아 올랐다. 장비가 따로 보낸 병력이 장합의 본진을 공격해 불을 지른 것이다. 이제 장합의 주위에는 온통 적들뿐이었다. 장합은 죽을 힘을 다해서 활로를 열고, 와

구관으로 도망쳤다.

장비는 지체없이 지름길을 따라 공격해 들어가 와구관까지 점령했다. 장합은 목숨만 겨우 부지한 채 다시 도망쳐 남정에 도착했다. 그 뒤를 따르는 병사는 불과 100여 기에 지나지 않았다.

"3만 대군을 잃고 혼자서 잘도 돌아왔구나."

조홍은 격노하여 장합의 목을 베려고 했으나,

"장합은 위왕의 총애가 깊으니까 죽이는 것은 좋지 않습니다."

하고 말리는 부관의 말에 생각을 고쳐먹고 명을 내렸다.

"5천 병사를 줄 테니 가맹관을 빼앗아 실책을 만회하라."

가맹관은 맹달*이 지키고 있었는데 장합이 쳐들어온다는 보고를 받자 관소를 나와 마주 공격을 가했다. 장합을 우습게 보았던 것이다. 그러나 맹달로서는 장합에게 역부족으로 무참하게 패해 관소로 도망쳤다. 맹달이 대패했다는 소식이 성도로 전달되었다. 놀란 유비는 공명과 협의하여 대장들을 불러들였다.

"가맹관은 주요한 관소이다. 따라서 무슨 일이 있어도 지켜 내야 한다. 하지만 장합은 대단한 용장이다. 장비가 아니면 상대할 수 없을 것이다. 그래서 와구관으로부터 장비를 불러들이려 한다."

"그럴 필요 없소이다!"

큰소리로 외치면서 노장 황충이 나섰다.

"공명 군사는 무엇 때문에 이곳에 있는 우리들을 업신여기시오? 나에게 명해 주신다면, 장합의 목 따위는 당장 베어 오겠소이다."

"아니, 노장군의 무용은 익히 알고 있지만 70세에 가까운 그 나이로는 장합을 상대하기가 무리일 것입니다. 역시 장비를 부를 수밖에 없습니다."

"무슨 말씀을 그렇게 섭섭하게 하오? 아직도 무거운 철궁을 쏠 수 있으며 이 몸에는 천근의 힘이 있소이다."

황충은 얼굴이 붉으락 푸르락 하며 갑자기 뜰로 내려서서 칼을 들더니 풍차처럼 '윙윙' 돌려댔다. 뒤이어 벽에 걸어 놓았던 강궁(强弓)을 들어 한 번에 반으로 '뚝' 부러뜨려 보였다.

"과연 황충 장군이시군요. 그렇다면 장군에게 부탁을 하겠습니다. 부대장은 누가 좋을까요?"

"엄안(嚴顔)은 같은 나이 또래니까 엄안과 함께 가고 싶소."

"좋습니다."

공명은 유비의 허락을 받아 황충과 엄안에게 출진을 명했다. 불만을 터뜨린 것은 조운을 위시한 다른 대장들이었다. 중요한 관소에 지원부대를 보내는데 저런 노장군 두 사람을 택하는 이유가 뭐냐고 공명에게 따지고 들었다.

그러나 공명은,

맹달(孟達)
원래 유장의 부하였지만 법정과 함께 유비가 파촉을 차지하는 데 공헌했다. 관우가 여몽의 공격을 받아 구원을 요청했을 때 거부했고, 처벌을 두려워해 위나라에 투항했다. 자신을 아끼던 위문제 조비가 죽자 제갈량의 제의를 받아들여 다시 촉에 가담했다.

"그대들은 걱정할 것 없소. 저 두 노장군의 활약으로 한중은 우리의 것이 될 것이오."

하고 단언하면서 상대하지 않았다.

황충과 엄안은 이윽고 가맹관에 도착했다. 맹달은 뭐라고 말하지 않았으나 늙은 장수 두 사람을 보내 온 공명의 조치를 비웃었다.

아군뿐만 아니라, 적인 장합조차 말을 타고 나온 황충을 보고 어처구니없어 했다.

"오호! 그 나이로 잘도 뻔뻔스럽게 싸움터에 나왔구나. 창피한 줄을 좀 알아라!"

"그래, 확실히 나는 나이를 먹었지만 나의 이 칼은 나이를 먹지 않았다!"

말이 떨어지자마자 황충은 장합에게 덤벼들었다. 20합 가량 싸우는 사이에 지름길로 해서 배후로 돌아간 엄안이 장합의 뒤를 기습했기 때문에 장합군은 무너져서 8, 90리나 패주해 버렸다.

"하하하하! 이놈들아, 노인을 얕잡아 봐서는 안 되지!"

황충과 엄안은 마주 보며 한바탕 웃고 그곳에 영채를 세웠다.

한편, 장합이 패한 것을 안 조홍은 부하 하후상과 한호에게 5천 병력을 주어 장합을 도와 가맹관을 치러 가게 했다.

황충은 하후상과 한호가 새로운 병력을 이끌고 합세하러 왔다는 것을 알고는 곧 마주 치고 나왔다. 그러나 이번에는 사정이 여의치 않은지, 연전연패를 거듭하여 빼앗았던 영채를 차례차례로 내주고는 드디어 가맹관으로 도망쳐 버렸다.

'그러니까 내가 뭐라고 했느냔 말이다.'

맹달은 처음부터 노장군 기용이 마음에 들지 않았던지라 성도로 파발마를 보내 황충의 패전 상황을 과장해서 보고했다. 유비는 놀라 양자인 유봉에게 병력을 주어 가맹관으로 급히 달려가게 했다.

그런데 황충은 유봉이 도착하자,

"계속 패한 것은 적을 방심케 하려는 계략의 한 부분이네.* 그러나 기왕 왔으니 나의 싸우는 모습이나 구경하고 가시게."

하며 자신만만하게 웃었다.

그날 밤, 황충은 관문을 열고 5천 병력을 이끌고 일제히 공격해 들어갔다. 하후상과 한호의 군사들은 연전연승을 했기 때문에 방심하고 있었다. 아무런 경계도 하지 않고 깊이 잠들어 있는 영채를 황충이 맹렬히 공격하니 당황한 나머지 허둥지둥대다가 갑옷을 걸치고 말에 올라 탈 겨를도 없이 '픽픽' 칼에 맞고 쓰러져 갔다.

황충은 날이 밝을 때까지 그 동안에 잃었던 영채를 모조리 되찾고, 적이 버리고 도망친 엄청난 양의 무기와 말들을 관소로 운반하게 했다. 한편으로는 병사들을 독려해서 계속 추격하게 하여 하후상

교병지계(驕兵之計)
적이 교만심에 빠지게 하여 격파하는 계략이다. 황충이 가맹관에서 하후상과 한호에게 연일 패하며 퇴각한 것은 바로 교병지계로 교만해져 방심한 적을 단 한번에 무찌르겠다는 계략이었다. 장담한 대로 황충은 하룻밤 사이에 적을 패퇴시킨다.

과 한호가 장합과 함께 천탕산으로 도망쳐 올라갈 때까지 숨돌릴 새도 없이 밀어붙였다.

천탕산에는 하후상의 형 하후덕이 방비를 굳게 하고 있었다.

"늙다리 놈, 감히 어디까지 들어오느냐?"

황충을 얕잡아 본 하후덕은 한호에게 병력을 주어 치게 했다.

그러나 황충은 말을 달려 단 한 칼에 한호를 베어 버리고 산꼭대기를 향해 공격해 올라갔다. 그러자 돌연 산 그늘에서 맹렬하게 불길이 솟구쳐 올랐다. 황충과 미리 짜고 병사들을 산 속에 매복시켰던 엄안이 풀숲에 불을 지른 것이다.

깜짝 놀라 불을 끄러 뛰어나온 하후덕은 엄안의 기습 공격을 받고 단칼에 죽어 버렸다. 하후상과 장합의 처지도 비슷했다. 황충과 엄안에게 앞, 뒤에서 협공을 당해 도저히 버틸 수가 없게 되자, 천탕산을 포기하고 하후연이 지키는 정군산을 향해 도망치기 바빴다.

2

황충이 천탕산을 점령했다는 소식이 성도에 전해졌다. 유비는 대장들을 모아 놓고 축하 연회를 열었다. 법정(法正)이 말했다.

"장합이 패하여 천탕산을 버린 이 기회를 놓치지 말고 지난번에 말씀드린 대로 황숙님께서 직접 10만 대군을 이끌고 출격하신다면,

한중을 손에 넣는 것이 용이합니다. 한중을 손에 넣으신 다음에는 군량을 비축하고, 병력을 양성하여 서서히 중원으로 진출하시는 것이 좋으라 생각합니다."

유비는 고개를 끄덕이고는 준비한 10만 병력을 소집하여 한중을 향해 출발했다.

가맹관에 도착한 유비는 황충과 엄안을 천탕산으로부터 불러들여 은상을 내리고 이렇게 물었다.

"정군산은 한중의 중심인 남정의 외곽 방어진지로 중요한 곳이다. 그곳을 점령하면 우리에게 단연 유리해진다. 이제 다시 정군산을 공략할 뜻은 없는가?"

황충은 쾌히 받아들여 그날로 병사들을 재정비하여 출발하려고 했다. 그러자 공명이 말렸다.

"잠깐 기다리십시오. 하후연*은 조조가 군사를 일으켰을 때부터 함께 싸워 온 용장이오. 그 무용은 장합 따위가 발밑에도 미치지 못합니다. 상대가 될 수 있는 것은 관우장군 정도이니 즉시 형주로 사람을 보내서 관장군을 불러 오는 것이 좋겠습니다."

이 말을 듣자 황충은 화가 치밀어서,

"하후연 따위는 안중에도 없소. 무엇 때문에 관장군을 부를 필요가 있소? 나 혼자서 3천 병사 놈의 목을 베어다 바치겠소."

하고 어디까지나 자신이 가겠다고 우겨댔다.

공명은 좀처럼 승낙을 하지 않았으나 가까스로 법정과 함께 가는 것을 조건으로 허락했다.

"노장 황충은 자극을 주어 기력을 돋구어 줄 필요가 있습니다."

황충이 법정과 함께 출발한 뒤에, 공명은 유비에게 말했다.

그리고 조운, 유봉, 맹달 등에게 지원을 명하고, 다시 하변에 사람을 보내 마초에게 몇 가지 계책을 전했다. 또 엄안을 파서로 보내 장비와 교대시키고, 위연을 딸려 한중 공략을 하도록 했다.

한편, 정군산의 하후연은 장합과 하후상으로부터 천탕산을 유비군에게 빼앗겼다는 보고를 받자 사자를 보내 남정의 조홍에게 이 사실을 알렸다. 조홍은 즉시 허도로 파발마를 보냈다. 조조는 크게 놀라 10만 대군을 동원하여 자신이 직접 출전했다. 건안 23년(218년) 7월의 일이었다.

그런데 정군산의 산자락에 도달한 황충이 싸움을 걸었으나 하후연은 요새에 틀어박혀 나오지를 않았다. 법정이 방법을 바꿨다.

"정군산 너머 험준한 산이 솟아 있는데, 그 산의 정상에서 정군산의 모습이 손바닥을 보듯이 환하게 보일 것입니다. 우선 그 산부터 점령하십시오."

법정의 지시에 따라 황충은 그 산을 공격하면서 올라갔다. 산에

하후연(夏侯淵)
용맹함이 누구에게도 뒤지지 않았던 장수로 장노를 패퇴시키고 한중을 평정하자 한중의 수비를 맡았다. 후에 한중을 공격한 유비군과 맞서 싸우다 황충에게 죽음을 당하는데 이는 전에 관로가 점을 치면서 예언했던 것이다.

는 하후연의 별동대 수백 명이 지키고 있었으나, 황충의 병력이 무서운 기세로 올라오는 것을 보고 도망쳤다.

산꼭대기에 올라가 보니, 그곳은 좁은 평지로 되어 있으나 그야말로 한눈에 정군산의 조조군 영채나 배치 전모를 내려다볼 수가 있었다. 법정이 말했다.

"노장군께서는 산 중턱에 머물러 주십시오. 저는 정상에 있으면서 하후연이 공격해 오면 깃발로 신호를 하겠습니다. 백색 기는 '좀 더 기다려라', 붉은 기는 '즉시 공격하라'는 의미입니다. 이렇게 하면 승리는 확실합니다."

황충은 병사들을 산 중턱에 매복시키고 기회를 엿보았다.

한편, 하후연은 도망쳐 온 부하들로부터 건너 편의 높은 산을 빼앗겼다는 것을 보고 받자, 즉시 출동하려고 했다.

"이것은 법정의 계략입니다. 진격하는 것보다는 방비를 굳건히 해야 합니다."

하고 장합이 재삼 만류했으나 하후연은 병력을 좌우로 나누어 치고 나가 건너편 산을 에워싸고는 병사들 모두에게 욕지거리를 퍼붓게 하며 싸움을 걸었다.

법정은 산꼭대기에서 하후연의 병력이 움직이는 상황을 손바닥 보듯이 하며 백색 기를 흔들었다. 황충은 꼼짝하지 않고 기다렸다.

이윽고 정오가 되니, 아침부터 산자락을 포위하고 있던 하후연의 병사들에게 피로가 밀려오고 점심시간이 되자 하품을 하는 자, 꾸벅

꾸벅 조는 자, 말에서 내려 쉬는 자 등등 태만한 모습이 역력했다.

'지금이다!'

법정은 붉은 기를 찢어져라 흔들어댔다.

그러자 징과 북소리가 천둥처럼 울려 퍼지고, 황충의 병력이 사방에서 함성을 지르며 일시에 산사태처럼 덮쳤다. 맨 앞에 선 황충은 칼을 치켜들며 당황해하는 하후연에게 육박해 가더니, 머리부터 어깨까지 두 동강이를 내버렸다.

기세가 오른 황충은 대장을 잃은 하후연의 병사들을 무찌르면서 정군산을 향해 계속 공격을 가했다. 장합이 맞서 싸웠으나 견뎌 내지 못하고 패주하는 곳에 조운이 달려들어 도주로를 차단했다. 그때, 이미 정군산의 조조군 본진은 유봉과 맹달에게 점령되어 있었다.

장합은 할 수 없이 패잔병을 이끌고 후퇴했다. 그곳에서 일단 한숨을 돌리고 남정으로 파발마를 보냈다.

하후연의 전사 이 소식을 들은 조조는 한동안 목놓아 울더니, 더 이상 참을 수 없다며 10만 대군을 일으켜 한중으로 향했다. 이제 조조의 대군과 유비의 대군이 한중에서 격돌하게 된 것이다.

서황에게 선봉을 명하고, 조조는 10만 대군을 이끌고 곧바로 하후연의 복수를 위해 정군산으로 달려갔다.

그 무렵, 가맹관에서는 하후연을 무찌른 황충을 맞이하여 축하연이 열리고 있었다. 그곳에 황충의 부하가 뛰어 들어왔다.

"조조가 직접 대군을 이끌고 하후연의 복수전을 하러 출진해 왔습니다. 한수 기슭에서 장합과 합류하여 지금은 미창산에 비축해 두었던 군량을 한강 북쪽 기슭의 산으로 다시 옮기고 있는 중입니다."

"조조는 대군을 이끌고 오기는 했으나 군량이나 여물이 부족할까 봐 걱정이 되는 모양이군."

하고 공명이 좌우를 돌아보며 말했다.

"누군가 적지로 깊숙이 치고 들어가서 조조군의 군량과 여물을 불태워 버리고 올 자 없는가?"

그 말이 끝나기도 전에 황충이 한걸음 앞으로 나왔다.

"나를 보내 주시오."

"그렇다면 조운과 함께 가도록 하시지요."

강에 면한 성채에 도착하자 황충과 조운은 누가 먼저 공격할 것인가를 제비뽑기로 정했다. 뽑힌 쪽은 황충이었다. 조운은 내일 정오까지 시한부를 약조하고 선봉을 황충에게 양보했다.

다음 날 새벽, 황충은 은밀히 강을 건넜다. 북쪽 산의 산자락에 도착했을 때에는 동녘 하늘이 밝아지기 시작했다. 둘러보니 조조군의 군량과 여물이 산더미처럼 쌓여 있었다. 보초들이 몇 명 안 되었기 때문에 황충의 병력을 보자 앞을 다투어 도망쳐 버렸다.

황충은 병사들에게 가지고 온 잡목을 군량 주위에 잔뜩 쌓게 했다.

"불을 붙여라!"

하고 명령했으나 그럴 틈이 없었다. 장합이 병사들을 이끌고 공격해 온 것이다.

"병사들아, 죽을 각오로 싸우라!"

황충은 즉각 응전했다. 치열한 전투가 벌어졌다. 그곳에 또 서황이 가세를 하러 달려와 황충의 병력을 에워쌌다.

3

한편, 조운은 정오가 되어도 황충이 돌아오지 않았기 때문에 부하에게 뒤를 맡기고 3천기를 이끌고 강을 건넜다. 말을 달리며 창을 휘둘러서 앞을 가로막는 조조군의 무장들을 닥치는 대로 무찌르고 북쪽 산자락으로 쇄도했다.

보니까, 황충은 장합과 서황의 병사들에게 포위되어 필사적으로 싸우고 있었다. 몇 시간에 걸친 치열한 전투로 인해서 병사들은 지칠 대로 지쳐 있었다. 전멸당하는 것은 시간문제였다.

"비켜라, 비켜! 상산 조자룡의 창에 찔려 죽고 싶지 않으면 어서 비켜라!"

조운은 소리치면서 포위망 속으로 뛰어 들었다. 번뜩번뜩하고 창 끝이 햇빛에 빛날 때마다 피보라를 일으키면서 조조군이 쓰러져 갔다.

"조장군이 구하러 와 주셨다!"

황충의 병사들은 죽었다가 다시 살아난 것처럼 용기백배했다.

반대로 조조군 병사들은 조운의 이름을 듣고 몸을 덜덜 떨었다.

장합도 서황도 감히 대항하려고 하지 않았다.

조운은 무인지경(無人之境)을 달려가듯이 말을 달리며 좌우로 창을 휘둘러 포위망을 돌파하여 황충을 구해 냈다.

이때, 조조는 가까운 언덕 위에서 싸움 상황을 보게 되었다. 누구 한 사람 가로막는 자도 없이, 유유히 싸움터를 달려 돌아다니고 있는 무장을 보았다.

"그러고 보니까 조운이었구나. 마치 당양의 장판파에서 싸우던 모습을 다시 보는 것 같구나."

감탄하며 조운에게 경솔하게 덤비지 말라고 전군에 지시했다.

이렇게 해서 황충을 무사히 구출한 조운은 진지로 돌아갔다.

이튿날이 되자 조조군이 몰려왔다. 조운은 궁수(弓手)를 성 앞 해자에 매복시켜 놓고, 깃발이나 창 등도 모두 눕혀 놓고, 징과 북도 울리지 말도록 했다. 그리고는 혼자서 창을 옆구리에 끼고 성문 앞에 섰다.

이윽고 장합과 서황이 앞장서서 달려왔다. 얼마 안 있으면 날이 저물 시각이었는데, 성채는 기다란 그림자를 떨구고 쥐 죽은 듯이 조용하기만 했다. 병사들의 술렁거림도 들리지 않았다. 조운이 혼자 활짝 열어 젖힌 성문 앞에 서 있을 뿐이었다.

"거참 이상하다. 뭔가 흉계가 있는 것이 아닐까?"

"섣불리 나가지 말라."

장합과 서황은 병사들을 제지하고 상황을 살폈다.

그러자 후방에서 전령이 달려왔다. 조조의 본진이 따라 붙었기 때문에 빨리 전진하라고 재촉하러 온 것이었다.

장합과 서황은 곧 돌격을 명했다. 병사들은 함성을 지르면서 해자 앞까지 진격해 들어갔다. 그것을 보고 조운이 창을 한번 휘둘렀다. 그러자 해자 안에서 활과 석궁이 일제히 발사되었다. 무수한 화살이 창처럼 지면과 평행으로 날아 왔다. 조조군의 병사들과 말들이 지푸라기 인형처럼 쓰러져 갔다.

"물러나라! 후퇴하라!"

장합과 서황은 황급히 말머리를 돌렸다. 그러자 배후에서 '와아' 하는 함성이 터져 나오고 황충의 병사들이 쏟아져 나왔다.

조조군은 어찌할 바를 몰라 허둥거리고 자기편끼리 아귀다툼을 벌이면서 강 기슭까지 도망쳐 왔으나, 건너쪽 기슭으로 건너갈 때까지 엄청난 수의 병사들이 물에 빠져 죽었다.

조운과 황충은 휘하의 병사들을 이끌고 추격을 계속했다.

한편, 공명의 지시에 따라 미창산의 지름길을 따라 공격한 유봉과 맹달의 병사들이 군량에 불을 질렀다. 조조는 하는 수 없이 남정으로 후퇴했다.

계륵의 숨은 뜻

1

조조를 상대로 싸워 뜻하지 않은 대승을 거두었기 때문에 유비의 기쁨은 하늘에 오를 듯이 컸다. 또 조운의 대담무쌍한 싸움 솜씨에 대해서는 혀를 내둘렀다.

"자룡의 간덩이는 얼마나 크기에 그렇게 잘 싸우나?"*

그러나 패배했다고는 하지만 조조가 이대로 물러날 리가 없다고 생각한 유비는 계속 조조군의 동향을 탐지하고 있었는데 조조가 또 다시 대군을 정비하여 진격해 온다는 정보가 들어왔다.

유비는 강 서쪽에 진을 치고 조조를 맞서 싸우기로 했다.

조조는 정군산 북쪽에 본진을 설치하고, 서황을 선봉으로 삼아 지리에 밝은 왕평(王平)을 부대장으로 하여 앞장서게 했다.

그때 선봉인 서황이,

"적진이 있는 건너편 강가에 진을 쳐라."

하고 지시하자 왕평이 만류했다.

"위험합니다. 적이 공격해 오면 도망칠 곳이 없어져서 자칫 전멸할 수도 있습니다."

"그런 소극적인 태도로 싸움에 이길 수 있겠는가? 싫다면 자네는 여기서 기다리고 있게."

서황은 왕평의 만류를 듣지 않고 휘하의 병사들을 이끌고 강을 건너, 강을 등지고 진을 치고 나서 유비군의 진영에 공격을 가했다.

그런데 아침부터 저녁 때까지 계속 공격을 했으나 유비군의 병사들은 전혀 치고 나오지를 않았다. 공격하다가 지친 서황은 궁수를 앞세워 화살을 쏘아대면서 후퇴했다.

그 기회를 놓치지 않고 오른쪽에서 조운, 왼쪽에서는 황충이 치고 나왔다. 후퇴하기 시작하던 서황군은 태세를 갖출 틈이 없었다. 뒤로 밀리다 강물에 빠져 죽은 병사가 헤아릴 수 없이 많았다.

서황은 겨우 빠져 나와 왕평이 지키는 진지까지 후퇴해 왔다.

"아군이 위험에 빠져 있는데 왜 병사들을 내보내 돕지 않았는가? 패한 것은 전부 자네 탓이다."

자룡일신 도시담야(子龍一身 都是膽也)
'조운의 몸 전체가 간덩어리다.' 라는 뜻으로 조운이 단기필마로 조조의 대군과 싸웠다는 말을 듣고 유비가 한 말이다.

서황은 왕평을 심하게 나무랐다.

"제가 치고 나갔더라면 이 진지도 적에게 빼앗겼을 것입니다. 패한 것은 대장님이 물을 등에 지고 싸운 잘못 때문입니다."

"이놈, 대장인 나를 비난하느냐!"

왕평의 대꾸에 화가 치민 서황은 허리에서 칼을 뽑으려 했다. 그것을 보고 왕평도 물러서지 않았다. 주위 사람들이 두 사람을 황급히 뜯어말렸다.

그날 밤, 서황에게 죽임을 당하기 전에 도망쳐야겠다고 생각한 왕평은 진지에 불을 지르고 강을 건너 유비군에게 항복해 버렸다. 그리고 부근의 지리와 조조군의 상황을 상세히 얘기해 주어 유비를 기쁘게 했다.

한편, 조조는 서황으로부터 왕평에 대한 보고를 듣자 화가 치밀어 전군을 이끌고 진격했다. 양군은 강을 사이에 두고 대치했다.

공명은 유비와 함께 주위의 지형을 살피면서 돌아 보고 진지에 돌아오자 조운을 불렀다.

"강상류에 몇 개의 민둥산이 늘어서 있다. 징이나 큰북을 휴대한 병사 500명을 데리고 산자락에 숨어 있도록 하라. 우리 진지에서 불화살이 쏘아 오르거든 시간에 상관없이 일제히 징과 큰 북을 울려대면서 소리를 질러라. 다만 절대로 치고 나와서는 안 된다."

조운은 지시받은 대로 500여 명의 병사를 이끌고 강 상류의 민둥산 산자락에 매복했다.

이튿날 조조군이 쳐들어왔다. 유비군은 영채 속에서 숨을 죽인 채 아무도 치고 나오는 자가 없었다. 조조군은 계속 도발하다가 힘이 빠져 그냥 돌아갔다. 그날 밤 늦게 조조군의 진영에 불이 꺼지고, 병사들이 잠이 든 때를 노려 공명은 불화살을 쏘아 올렸다.

그 순간, 어둠을 뒤흔들기라도 하듯이 징과 북소리가 조용한 밤하늘에 울려 퍼지고, 함성소리가 터져 나왔다.

"야습이다!"

"일어나라!"

조조군 진영은 큰 소동이 벌어졌으나, 밖으로 뛰어나가 보니 적은 어디에도 없었다. 징과 큰 북과 함성소리도 어느 틈엔가 멈추었다. 여우에 홀린 것 같은 기분으로 진지로 돌아와 다시 잠을 청하려고 하는 순간, 불화살 소리와 함께 또다시 징과 북소리가 어둠을 떨게 하고, 함성소리가 산과 골짜기에 메아리쳤다. 그날 밤, 조조군은 거의 잠을 자지 못하고 새벽을 맞이했다.

이런 일이 사흘 밤낮이나 계속되었다. 병사들을 위시해 대장들의 짜증이 늘어나고 피로의 기색이 짙어져만 갔다.

'싸우기 전부터 이런 상태의 병사들을 가지고는 어떻게 해볼 도리가 없다.'

불안해진 조조는 30리 가량 후퇴하여 본진을 설치했다.

"조조가 겁을 먹은 모양이군."

공명은 웃으면서 유비군을 진격시켜 강을 건너 강기슭에 진을 치도록 지시했다.

유비군이 강을 건너 배수진을 치자 조조가 놀랐다.

"결사의 각오를 나타낸 것인가, 아니면 다른 속셈인가?"

판단이 서지 않는 조조는 여하튼 유비군의 다음 행동을 떠보려고 사자를 보내 도전장을 전하게 했다.

유비가 이에 응해 다음 날, 양군은 중간 지점에 되는 오계산 산자락에 진을 쳤다. 조조가 좌우에 깃발을 늘어세우고, 북소리와 함께 말을 타고 앞으로 나오자, 유비도 유봉과 맹달을 위시한 대장들을 거느리고 말을 몰아 나갔다.

"유현덕, 그대는 옛날의 은혜를 저버리고 조정에 거역하는 역적이 되었구나. 내가 하늘을 대신하여 목을 쳐주겠다!"

조조가 욕설을 퍼붓자 유비가 응수했다.

"무슨 소리를 하는가? 너야말로 자기 멋대로 왕위에 올라 천자를 업신여기는 역적이다. 나는 한실의 일문으로서 조칙을 받자와 역적을 정벌하러 왔다."

"이놈, 입만 살아 떠드는 놈. 두 번 다시 그 입을 열지 못하도록 해 주겠다!"

조조는 전군에 일제히 돌격을 명했다.

조조군이 땅을 흔들어대면서 돌진했다. 그러자 유비군은 견디지를 못하고 진을 버리고 도망치기 시작했다.

"쫓아가라! 유비를 사로잡은 자에게는 파촉 땅을 주겠다!"

조조가 목청이 터져라 소리치자, 전군은 용기백배하여 맹렬히 추격했다. 유비군 병사들은 말을 버리고 무기를 내던지고 죽어라 강을 향해서 도망쳤다.

"멈춰라! 쫓는 것을 그만둬라!"

돌연 조조가 징을 쳐서 진격을 중지시켰다.

"왜 그러십니까? 왜 중지시키시는 겁니까?"

"조금만 더 쫓아가면 유비를 사로잡을 수 있었는데요."

조조는 고개를 흔들었다.

"아니다. 일부러 강을 등지고 진을 친 것하며, 말이나 무기를 마구 버리고 가는 것하며 아무래도 이상하다. 이대로 쫓아가다가는 함정에 빠질지도 모른다. 어쨌든 일단 퇴각했다가 다시 공격을 하는 것이 좋겠다."

이렇게 해서 조조군은 말머리를 돌려 되돌아가기 시작했다. 그러자 그것을 기다리고 있었다는 듯이 공명이 '획' 하니 신호의 깃발을 흔들었다. 그러자 유비가 중군을 이끌고 치고 나오고, 왼쪽에서는 황충, 오른쪽에서는 조운이 맹렬한 기세로 공격해 왔다. 순식간에 조조군은 무너지기 시작했다.

공명은 숨 돌릴 틈도 없이 거세게 공격을 계속했다. 조조는 더 이상 버티지 못하고 남정으로 후퇴를 명했다. 그러나 앞길에서는 불길이 치솟아 오르고 있었다. 장비와 위연이 남정으로 먼저 돌아가 점령하고 있었던 것이다. 하는 수 없이 조조는 양평관을 향해 갔다.

유비는 조조를 쫓아 남정에서 포중까지 공격하여 손에 넣었다. 완승이었다. 그렇기는 하지만 조조의 싸우는 모습에는 여느 때와는 달리 끈기가 없었다. 이렇게 맥없이 패한 데는 어떤 원인이 있을까 하고 유비는 고개를 갸웃거리면서 궁리를 했다.

"조조는 혼자 씨름을 한 것입니다."

하고 공명은 웃었다.

"조조는 의심이 많은 성격입니다. 그래서 일부러 배수진을 쳐 보인 것입니다. 조조는 우리 쪽이 무엇인가 책략을 꾸미고 있다고 의심하여 맹렬히 공격을 하다가 중단하고, 우리 쪽이 예측한 대로 행동한 것입니다."*

"이 다음에는 어떻게 공격을 하면 좋겠소?"

"그것은 이미 생각해 두었습니다."

공명은 장비, 위연, 황충, 조운의 네 대장에게 각각 계책을 일러 주고 출발시켰다.

그로부터 며칠 뒤, 양평관에 틀어박혀 있던 조조에게 군량을 운반하고 있는 수송대의 부대장으로부터 연락이 왔다. 장비와 위연이 가로막고 있으니 구원병을 파견해 달라는 것이었다.

조조는 대장들을 둘러 보았다.

"저에게 맡겨 주십시오."

허저가 자원하고 나섰다.

"그대라면 좋다."

조조는 허저에게 정병 1천을 내주었다.

"설마 장군님께서 와 주실 줄은 꿈에도 생각지 못했습니다!"

허저를 맞이한 수송대의 부대장은 뛸 듯이 기뻐하면서 수레에서 술과 고기를 꺼내 허저를 대접했다.

허저는 술을 실컷 마시고 완전히 취해 버렸다.

"그럼, 가자. 수레를 출발시켜라."

이윽고 허저는 휘청거리면서 일어섰다.

"이미 해가 저물고 이 앞은 험준한 산길이라서 위험합니다."

부대장은 만류했으나 술에 취한 허저는 그 말을 들을 생각도 하지 않고 앞장서서 말을 몰았다.

"이 허저가 있는 이상 누가 덤벼들건 두려워할 것 없다."

2

군량을 실은 수레를 한 줄로 죽 늘어세우고 앞, 뒤로 허저의 병력이 호위를 맡은 수송대는 자정을 앞둔 시각에 포중의 경계에 도달

의즉다패(疑卽多敗)
'의심이 많으면 패배할 경우가 많다.'는 뜻으로 유비군이 힘 없이 패배하는 것을 보고도 조조는 승기를 스스로 놓아 버리고 퇴각한다. 이에 유비가 그 이유를 묻자 공명이 조조는 의심이 많아 패배할 경우가 많다고 말한다.

했다. 한참을 가니까 갑자기 징과 큰 북소리가 산골짜기에 울려 퍼지고, 일단의 병력이 앞길을 가로막았다. 맨앞에 서 있는 대장은 다름 아닌 장비였다.

"오오, 허저로구나. 내 장팔사모를 받아 보아라!"

달빛으로 재빨리 허저를 알아본 장비가 덤벼들었다.

"뭐야, 감히 이 놈이!"

허저도 칼을 휘두르면서 응전했으나 술에 취해 있어서 칼끝이 무뎠다. 당장 장비의 장팔사모의 일격을 어깨에 맞고 말에서 거꾸로 굴러 떨어지고 말았다.

부하들이 서둘러 달려가 구해 냈는데 마침 장비가 군량을 빼앗는 것을 우선시했기 때문에 허저는 겨우 살아 돌아갈 수 있었다.

장비에게 군량을 빼앗긴 허저는 부하의 부축을 받으며 양평관으로 돌아왔다.

"임무를 다하지 못해서 송구스럽습니다."

허저는 조조 앞에 나아가 머리를 조아렸으나, 조조는 잘못을 추궁하지 않고 의사에게 치료를 받고 휴양하도록 명했다.

그러나 허저는 느긋하게 휴양을 하고 있을 수가 없었다. 다음 날 유비군이 다시 쳐들어온 것이다. 유비군은 사방의 성문에 불을 지르고, 함성을 올리고, 큰 북을 울려대면서 맹공을 가했다. 조조는 더 이상 견딜 수가 없어 양평관을 버리고 후퇴했다.

사곡까지 후퇴해 왔을 때, 이번에는 마초가 달려들었다.

조조는 사곡 입구까지 병력을 물리고 그곳에 진을 쳤다. 패전이 계속되어서 병사들의 사기는 완전히 땅에 떨어져 있었다. 이래서는 안 되겠다고 싶어 치고 나가면 마초에게 두들겨 맞게 된다. 그렇다고 해서 철수시키면 손 한 번 써보지 못하고 유비에게 한중을 빼앗기고 말 것이다. 공격할 것이냐, 물러나느냐, 조조는 혼자 고민에 빠져 있었다.

그러던 어느 날, 저녁 식사에 닭곰탕이 나왔다. 사발 안에는 닭갈비가 들어 있었다. 조조는 갈비를 찔러 대면서 생각에 잠겨 있었다. 거기에 하후돈이 들어왔다.

"오늘 밤의 암구호는 무엇으로 할까요?"

하후돈이 물었다. 매일 밤 조조는 직접 진중에 암구호를 내려, 유비군의 기습에 대비하고 있었던 것이다.

"계륵(鷄肋=닭갈비)은 먹거리는 못 되나 버리기도 아깝다."

조조는 자기도 모르게 중얼거렸다.

"네, 계륵입니까?"

어떤 의미인지는 알 수가 없었으나, 하후돈은 위왕이 말씀하시는 것이므로 부하들에게 알렸다.

"오늘 밤의 암구호는 계륵이다, 계륵!"

이 말을 들은 양수(楊修)가 빙긋이 웃더니,

"오늘밤으로 짐을 꾸려 철수 준비를 하도록 하라."

하고 자신의 종자들에게 명했다.

이것을 안 하후돈이 양수를 불러 어째서 철수 준비를 하느냐고 물었다.

"왜냐하면 오늘 밤의 암구호는 '계륵'이라고 들었기 때문입니다. 닭갈비는 먹으려고 해도 살이 없습니다. 하지만 맛이 있어 버리기는 아깝습니다. 우리 군의 현재 상황은 바로 이 계륵과 같습니다. 진격하려면 마초군에게 저지당하고, 물러나면 한중을 잃게 됩니다. 그러나 계륵은 최후에는 버려지고 맙니다. 위왕은 그 점을 생각하시어 이 암구호를 내리신 것이라고 생각합니다. 내일 틀림없이 철수 명령이 떨어질 것입니다. 그래서 미리 준비를 시킨 것입니다."

"과연. 자네는 위왕의 심정을 잘도 꿰뚫어 보는구나."

하후돈은 고개를 끄덕이고 자신도 철수 준비를 하기 시작했다. 다른 대장들도 그것을 알고 서둘러 짐을 챙기기 시작했다.

그날 밤, 조조는 잠이 오지를 않아 진중 시찰을 나섰는데, 여기저기 병사들의 막사에서 철수 준비를 하고 있는 것을 보고 깜짝 놀랐다. 본진으로 돌아오자 하후돈을 불러 그 까닭을 따져 물었다.

"양수로부터 대왕님의 마음을 전해 들었습니다."

하고 하후돈이 대답했다.

조조가 양수를 불러다가 다시 한번 물어보니 양수는 득의양양하게 '계륵'의 의미를 설명해 보였다.

"네 놈이 쓸데없는 말을 해서 병사들을 현혹시켰구나!"

격노한 조조는 양수를 참수하고 그 목을 진문에 매달아 놓았다.

3

 이 양수라는 인물은 재능이 넘치는 명문가의 후예였으나 자신의 재능을 너무 지나치게 과시했기 때문에 오히려 조조에게 미움을 샀고, 끝내는 처형당했다고 할 수 있다.

 예를 들면 이런 일이 있었다.

 언젠가 조조가 정원을 만들게 한 적이 있었다. 완성된 정원을 보러온 조조는 아무 말도 하지 않고 붓을 들어 문에 '활(活)'이라는 글자를 쓰고 돌아갔다. 영문을 알 수가 없어 사람들이 난처해하고 있는 것을 보고 양수가 설명했다.

 "승상님은 지나치게 넓다고 말씀하고 계시는 것입니다. 문(門) 안에 활(活)을 집어넣으면 넓을 활(闊)자가 되기 때문입니다."

 그래서 사람들은 손을 보아 조금 작게 만드니까 조조는 마음에 들어 누가 자신이 낸 수수께끼를 풀었느냐고 물었다. 양수라는 것을 알자, 입으로는 칭찬했으나 내심 껄끄럽게 생각했다.

 하지만 이때만 해도 조조는 양수의 재주를 높이 평가하고 있었다. 결정적인 사건은 조식을 부추긴 일이었다.

 얼마 전 조조는 조비와 조식 두 아들의 결단력을 시험하고자 우선 조비를 불러,

 "성 밖에 가서 이러이러한 일을 처리하고 돌아 오너라."

 하고 지시를 내렸다. 이에 앞서 수문장을 불러서는 누구도 성문

출입을 금지시키라고 단단히 명령해 두었다. 조비는 수문장이 위왕의 명령이라고 하자 성문을 나서지 못하고 돌아왔다.

조조는 다음에 조식을 불러 똑같이 지시했다. 조식은 양수를 찾아가 자문을 구했다.

"칼을 차고 나가십시오. 수문장이 막으면 감히 왕명을 받았는데 무엄하게 앞을 가로막는다고 호령한 후 베어 버리십시오. 지금 위왕께서는 결단력을 시험하고 계신 겁니다."

양수는 방법까지 자세히 말해 주었다.

이 일로 조식은 조조로부터 칭찬을 받았는데 나중에 이것이 양수의 꾀였다는 것을 알게 된 조조는 왕가의 집안일에 끼어들어 간계를 부리는 놈이라고 양수를 욕하고 몹시 미워했다.

'계륵' 건에서 조조는 자신의 마음속을 손바닥 들여다보듯이 꿰뚫어 보는 양수의 재치에 미움이 폭발한 것이었다.

다음 날, 양수의 계륵 풀이에 반발이라도 하듯이 조조는 전군에 총공격을 명하고 사곡에서 치고 나갔다.

먼저 위연의 군세가 앞길을 가로막았다. 방덕이 뛰어나가 위연과 맹렬히 싸웠다. 그러는 사이에 후방에서 불길이 치솟아 올랐다. 마초가 배후로 돌아가 본진에 불을 질렀던 것이다. 조조군은 대혼란에 빠지고 무너지기 시작했다.

"여기서 물러서는 자는 대장이라도 목을 베겠다!"

조조는 칼을 빼들고 목청껏 외쳐댔다. 그래서 대장도 병사들도 필사적으로 전진했다.

그때, 화살 하나가 날아와 조조의 안면에 꽂혔다. 조조는 '앗!' 하고 소리치면서 말에서 떨어졌다. 위연을 물리친 방덕이 달려와 구해 냈으나 조조는 입 안이 피투성이가 되어 있었다. 앞니가 2개나 부러졌다.

결국 조조는 장안까지 후퇴하여 한숨을 돌렸다.

한편, 조조가 후퇴한 것을 알고 한중의 다른 지역에서도 속속 유비에게 항복을 했다. 이리하여 유비는 한중을 중심으로 하는 동천과 성도를 중심으로 하는 서천의 두 지역을 지배하게 되었고, 중원의 조조, 강동의 손권과 함께 천하를 거의 3등분하는 형태가 되었다.

한중을 점령하고 성도로 돌아온 공명은 대장들과 의논하여 방침을 정한 후, 법정을 데리고 유비 앞으로 나갔다.

"황숙님께서는 이 세상의 혼란을 바로잡기 위해 나선 지 30년 가까이 되었으며, 역적을 응징하고 백성들로부터 흠모받고, 그 이름이 천하에 널리 알려져 있습니다. 그 위에 지금은 동서 양천(兩川=동천과 서천)을 거느리게 되었으니 왕위에 오르셔서 한실 부흥을 위해 노력하심이 어떨까 하고 생각합니다."

공명의 말에 유비는 고개를 흔들었다.

"무슨 말을 하는가? 제멋대로 왕위에 오른다면 나도 조조와 똑같은 사람이 되어 버리지 않는가? 그런 일은 할 수 없다."

"그것은 잘못 생각하시는 것입니다. 황숙님께서는 한실의 일문이기 때문에 조조하고는 입장이 다릅니다. 왕위에 오르신다고 해도 아무도 잘못이라고 할 수 없습니다. 또한 왕위에 오르는 것은 위왕 조조를 명색뿐인 왕으로 만드는 의미도 있으므로 사양하시면 안 됩니다."

법정도 적극적으로 유비에게 왕위에 오를 것을 권했다.

마침내 유비는 더 이상 사양하지 않고 이를 승낙했다.

"그대들이 정 그렇게 말한다면 어쩔 수 없지."

이렇게 해서 건안 24년(219년) 7월, 유비는 한중왕(漢中王)이 되었다. 유선(劉禪=아명은 아두)을 태자로 삼고, 법정을 상서령에 공명을 군사로, 관우, 장비, 조운, 마초, 황충을 5호대장(五虎大將)으로, 위연을 한중태수로 각각 임명하고, 그 밖의 사람들에게도 공적에 따라서 지위를 주었다.

유비는 한중왕에 오른 것을 문서로 적어 사자를 허도에 보내 조정에 보고했다.

관을 짜게 한 무장

1

"그 돗자리 장사꾼놈이 한중왕이 되었다고? 분수를 모르는 것도 정도가 있지. 내가 따끔한 맛을 보여 줘야겠다!"

이 무렵, 업성으로 돌아와 있던 조조는 유비가 한중왕에 올랐다는 것을 알고 크게 노한 나머지 명령을 내렸다.

"전군을 동원해서 파촉으로 쳐들어가 유비를 멸망시켜 버려라!"

그러자 사마의가 나서서 말렸다.

"기다려 주십시오, 대왕님. 일시적인 노여움에 사로잡혀 무익한 싸움을 할 필요는 없습니다. 제게 계책이 하나 있습니다. 단 한 개의 화살을 쏘지 않고 유비를 골탕 먹여 보겠습니다."

사마의는 자를 중달(仲達)이라고 하고, 하내군 온현 태생으로 어렸을 때부터 수재로 이름이 높았다. 처음에는 사무적인 직무를 맡고 있었으나 차츰 재능을 인정받아 순욱이 죽은 뒤에는 조조 측근의 중심 책사로 활약하고 있었다.

"사마의냐? 병사를 움직이지 않고 유비를 무찌를 수 있다면, 그 이상 어디 있겠느냐. 계책을 들어 보자."

"실은 손권이 누이동생을 유비에게 시집을 보냈으나 그 뒤 다시 데려갔습니다. 한편, 유비는 형주의 일부를 돌려주었다고는 하지만 지금까지 형주의 중심부를 차지하고 있습니다. 그런 일 때문에 표면으로는 어떻든 간에 마음속으로는 유비와 손권이 서로 미워하고 있을 것입니다. 그러므로 손권에게 사자를 보내 형주를 공략하도록 설득하는 것입니다. 그러면 유비는 형주를 구하기 위해 병력을 이끌고 달려 갈 것입니다. 그 틈에 대왕님께서 한중으로 쳐들어가면 앞뒤로부터 적을 맞이한 유비는 속수무책이 될 것입니다."

사마의의 설명은 명쾌했다. 조조는 고개를 끄덕여 납득하고는 손권에게 사자를 보내기로 했다.

사자는 만총(滿寵)이 선발되었다. 만총은 강동으로 건너가 손권을 면회하고 조조의 편지를 바치며 말했다.

"손권님과 우리는 본래 적대적이 아니었습니다. 모든 것은 공명의 책략을 쓴 유비 때문에 싸우는 사이가 되어 버린 것입니다. 그래서 위왕은 저를 보내 서로의 감정의 앙금을 풀려고 하시는 것입니다. 장군님께서 형주를 공격해 주시면 위왕은 한중으로 출병합니다. 유비를 협공하여 멸망시킨 다음에는 그 영토를 나누어 갖자고 하십니다."

만총의 말을 듣고 조조의 편지를 읽은 손권은 중신들을 불러 협의했다. 조조의 제의를 받아들이느냐, 아니면 현 상태대로 가느냐, 의견은 둘로 갈라져서 좀처럼 합의점에 이르지 못했다.

제갈근이 하나의 안을 내놓았다.

"들리는 바에 의하면, 관우는 형주에서 아내를 얻어 아들과 딸을 두었다고 합니다. 딸은 혼기를 맞이했다고 하니까 제가 형주로 가서 그 딸과 장군님의 아드님 혼담을 청하고 오겠습니다. 관우가 승낙하면 힘을 합쳐 조조와 대결하고, 승낙하지 않으면 조조의 제의대로 하면 좋을 것입니다."

"과연 그렇다. 어느 쪽이든 간에 우리에게 손해될 것이 없다."

손권은 제갈근의 의견을 받아들였다. 일단 만총을 돌려보내고 제갈근을 사자로 삼아 형주로 보냈다.

그런데 관우는 제갈근으로부터 자신의 딸과 손권의 아들 혼담 얘기를 듣자 얼굴색이 싹 달라져서,

"호랑이 딸을 강아지 새끼에게 주는 자가 어디 있는가?"*

하고 화를 버럭내며 제갈근을 꾸짖으며 쫓아 보냈다.

제갈근은 하는 수 없이 돌아와 있는 그대로 손권에게 보고했다.

"이놈, 수염이 긴 쌍놈 같으니라구. 용서할 수 없다!"

화가 머리끝까지 치민 손권은 형주로 쳐들어가려고 했으나 참모인 보질이 간했다.

"우리가 단독으로 형주에 쳐들어가 관우를 쓰러뜨리는 것은 어려

울 것입니다. 조조군부터 움직이게 해야 합니다. 지금 양양과 번성은 조인이 지키고 있는데 급히 조조에게 사자를 보내 조인에게 형주를 공격하게 하도록 부탁하는 것입니다. 조인이 공격해 주면 관우가 맞서 싸울 테니 그 틈을 노려 우리가 관우의 배후를 공격하면 관우를 무찔러 원한을 갚고, 우리의 오랜 숙원인 형주를 찾아올 수가 있습니다."

손권은 보질의 제안대로 허도에 사자를 보내 조인에게 형주를 공격하도록 부탁했다. 조조는 이것을 받아들여 만총을 사자로 번성의 조인에게 보내 형주를 치라고 명했다.

이러한 조조와 손권의 움직임은 즉시 첩자에 의해 성도의 유비에게 전해졌다. 유비는 공명에게 의논하고 형주의 관우에게 이런 사실을 알리기로 했다.

성도로부터 관우에게 사자가 왔다. 사자는 관우를 형주의 총독으로 삼는다는 한중왕 유비의 명을 전했다.

"축하드립니다!"

관평을 비롯하여 여러 대장들은 제각기 축하의 말을 했다. 그러나 그 다음 사자는,

호녀가견자(虎女嫁犬子)
제갈근이 손권의 사자로 와 관우의 딸을 손권의 아들과 혼인시키자고 제의하자 관우가 화를 내며 소리친 말이다.
'호녀가견자'는 '호랑이 딸이 강아지에게 시집간다.'라는 의미다.

"번성의 조인이 형주로 쳐들어온다는 정보가 들어와 있습니다. 장군께서는 이에 철저히 대비하시기를 한중왕은 바라고 계십니다."

하고 말하자 분위기는 무거워졌다. 그런데 관우는,

"오오, 그것이야말로 내가 바라는 바다."

하고 기뻐하면서 즉시 전군에 소집령을 내렸다.

"번성의 조인을 친다!"

관우는 날을 정해 미명에 출진하기로 결정되었는데, 출진이 결정된 전날 밤 9시쯤에 성 밖의 진에서 불길이 솟아올랐다.

깜짝 놀라 관우가 달려가 보니, 부사인과 미방의 부하 병사들이 허술한 불 단속으로 창고에 불이 붙어서 큰 불이 되었다는 것을 알았다.

불은 새벽녘이 되어서야 겨우 끌 수 있었다. 몇 사람의 희생자가 생겼고, 무기와 군량이 상당수 타 버렸다.

"출진하기 전부터 병사들을 잃고 무기와 군량을 태워 버리다니, 이게 무슨 일인가? 이는 마음가짐이 해이해져 있기 때문이다."

관우는 책임을 물어 두 사람의 목을 베라고 명했으나, 주위에서 극구 만류하여 두 사람의 등을 몽둥이로 40대 때리게 하고 미방은 남군, 부사인은 공안의 수비를 맡는 것으로 결말을 지었다.

"잘 들거라. 내가 조인을 무찌르고 돌아왔을 때 조금이라도 맡은 임무를 소홀했다가는 참수를 면치 못하리라."

두 사람에게 엄하게 경고를 내린 후 관우는 요화를 선봉으로 삼고 관평을 부대장으로, 이적과 마량을 참모로 삼아 출진했다.

한편, 번성의 조인은 먼저 공격하려 했는데 관우가 앞서 대군을 이끌고 쳐들어온다는 것을 보고 받자, 기회가 왔다고 여겨 번성을 나와 강을 건너 양양에서 관우를 맞서 싸웠다. 그러나 관우군의 기세를 멈추게 할 수가 없었다. 일방적으로 당한 끝에 조인은 번성으로 도망쳐 들어갔다.

손쉽게 양양을 점령한 관우는 병사들의 노고를 위로하고 주민들을 안정시켰다. 그러자 부관 왕보(王甫)가 나섰다.

"대승을 축하드립니다. 조조군들은 아마 간담이 서늘했을 것입니다. 여기서 마음에 걸리는 것은 강동의 움직임입니다. 육구에서는 여몽*이 형주를 호시탐탐 엿보고 있습니다. 그 대비를 하셔야 합니다."

"음, 그 일은 나도 생각하고 있었다."

관우는 고개를 끄덕였다.

"수고스럽지만 그대가 가서 장강 기슭에 20리, 30리 정도의 간격으로 봉화대를 만들어라. 하나의 봉화대마다 50명의 병사를 두어 지키게 하고, 손권의 병력이 장강을 건너 쳐들어오면 밤에는 불, 낮에는 연기를 피워 올려 신호를 하도록 한다. 그 신호가 차례차례로 전해져 형주성에 도달하면 나에게 파발마가 달려오도록 하라."

여몽(呂蒙)
무예만 뛰어난 장수였으나 손권이 학문을 권하자 열심히 공부하여 지략도 빼어난 장수로 거듭났다. 노숙이 죽자 오나라의 병권을 이어받았다.

"과연 그렇습니다. 봉화대라면 안심할 수 있겠습니다."

왕보는 납득을 하고 봉화대를 설치하러 출발했다.

"이제 후방의 근심은 없어졌다."

관우는 자신만만하게 소리치고 관평에게 배를 준비시켜 강을 건너 번성으로 쳐들어갔다.

2

"관우가 양양을 점령하고, 번성을 에워싸고 있습니다. 구원병을 속히 보내 주십시오!"

조인으로부터 구원을 청하는 사자가 조조에게 달려갔다.

조조는 급히 우금을 대장으로 삼아 번성의 구원을 위해 파견하려고 했다. 선봉에는 자원한 방덕(龐德)을 임명했다.

그날 밤, 우금*이 조조를 찾아와 호소했다.

"방덕은 뛰어난 무용의 소유자이지만 근본을 따져 보면 지금 유비 휘하에 있는 마초의 부하였습니다. 그러한 것을 감안한다면 방덕에게 선봉을 맡기는 것은 현명하지 않다고 생각됩니다."

그 말을 듣고 조조도 약간은 걱정이 되는지라 방덕을 불러 그 이유를 설명하고 나서 선봉을 취소했다.

"제게 그런 의심을 하시다니 참으로 섭섭합니다."

조조로부터 사정을 들은 방덕은 이마를 바닥에 찧으며 호소했다.

"마초는 병든 저를 장노 밑에 버려두고 멋대로 유비에게 항복해 버린 사람입니다. 말하자면 저는 마초에게 버림을 받은 것입니다. 이미 마초에 대한 은의도 없고 의리도 없습니다. 지금은 오로지 은혜를 베푼 대왕님을 위해 목숨을 바쳐 싸울 것만을 생각하고 있습니다."

조조는 방덕의 손을 잡아 일으켜 세웠다.

"그대의 충의에 가득찬 마음은 잘 알았다. 의심해서 미안하다. 다시 선봉으로 삼을 테니 마음껏 활약해 주기 바란다."

"목숨을 걸고 최선을 다하겠습니다!"

방덕은 이마에서 피를 '뚝뚝' 흘리며 맹세했다.

집에 돌아오자 방덕은 목수를 불러 관을 하나 만들게 했다. 완성되자 부하들을 모아 놓고,

"이제부터 나는 관우와 목숨을 건 싸움에 임한다. 내가 관우에게 패한다면 내 시체를 이 관에 넣어라. 운 좋게 관우를 이길 수 있으면 그 목을 이 관에 넣어서 대왕님께 헌상하겠다."

하고 결사의 각오를 보였다.

"우리들도 힘 닿는 데까지 열심히 싸우겠습니다!"

우금(于禁)
오랫동안 조조 밑에서 일을 하며 신뢰를 쌓았다. 그러나 관우와 싸울 때 방덕이 공을 세우는 것을 시기했고, 관우에게 패하여 항복했다. 이후 조비로부터 투항한 장수라고 놀림을 받아 불우한 말년을 보냈다.

부하들은 감동하여 일제히 소리쳤다.

이렇게 해서 선봉장 방덕의 부대는 관을 앞세우고 용감하게 번성을 향해 달려 갔다.

한편, 번성을 에워싸고 있는 관우의 본진에 속속 척후의 보고가 들어왔다.

"조조가 번성을 구원하러 우금을 총대장으로 하는 대군을 파견했습니다."

"선봉인 방덕은 관을 끌고 진격하면서 관우의 목을 여기에 넣겠다고 큰소리를 치고 있습니다."

'방덕 녀석, 나를 무엇으로 보는 거냐!'

척후의 보고에 관우는 얼굴색이 변하고 수염이 부르르 떨렸다. 전군을 동원해 방덕을 초전부터 박살내려고 했으나 관평이 만류했다.

"아버님은 한중왕으로부터 형주를 책임지고 있는 막중한 몸입니다. 방덕 따위를 상대하실 필요가 없습니다. 제가 아버님을 대신해서 상대하겠습니다."

"음, 그럼 우선 너부터 솜씨를 시험해 보겠느냐?"

관우가 승낙했다.

"아무쪼록 방심하지 말거라."

얼마 후 본진으로 연락이 왔다. 관평이 방덕과 일대 일로 맹렬하게 싸우고 있는데, 50합 가량을 치고받았는데도 승부가 나지 않아 두 사람 모두 일단 진지로 돌아가 쉬고 있다는 것이었다.

관평을 염려한 관우는 요화에게 번성의 감시를 맡기고 관평의 진지로 찾아갔다.

"뒤는 애비에게 맡겨라."

마중 나온 관평에게 그렇게 말하고 관우는 청룡언월도를 손에 들고 적토마를 타고 달려 나갔다.

"방덕은 어디 있느냐? 관운장이 여기에 있다!"

큰소리로 불러대자 방덕도 말을 타고 나갔다.

"관우냐? 어서 그 목을 내놓아라!"

"네 놈에게 목을 건네줄 정도로 아직 늙지 않았다."

말이 떨어지기 무섭게 관우는 청룡언월도를 휘두르면서 방덕에게 덤벼들었다. 방덕도 큰 칼을 풍차처럼 휘두르며 맞받았다.

관우와 방덕은 말을 도약시키고, 흙먼지를 일으키면서 100여 합을 싸웠다.

그런데도 두 사람 모두 피로의 기색을 보이지 않았고, 점점 더 활력에 넘쳐 계속 싸웠다.

그때 조조군 진영에서 퇴각하라는 징소리가 울렸다. 동시에 부친을 염려한 관평이 퇴각하는 징을 울렸다. 두 사람은 갈라져 각자의 진지로 돌아갔다.

"관우, 관우 하고 모두들 그 무용을 칭찬하는데 그 이유를 오늘에야 비로소 알았다. 이 정도의 용자와 승부를 겨루는 일이라면 죽어도 후회가 없다."

진지로 돌아온 방덕은 부하들에게 침이 마르도록 칭찬했다.

한편, 관우도 관평과 부하들에게,

"방덕은 정말 대단한 녀석이다."

하고 고개를 절레절레 흔들며 감탄했다.

이튿날 관우와 방덕은 또다시 말을 타고 나와 싸움을 시작했다. 50합 가량 말도 없이 결투를 벌인 다음 방덕이 말머리를 돌려 도망치기 시작했다.

"비겁한 놈, 기다리지 못하겠느냐?"

일부러 그러는 것을 알고 있었으나 관우는 서슴지 않고 뒤쫓아갔다. 그 뒤를 따라 관평이 부친을 염려하여 쫓아갔다. 방덕은 도망치면서 슬그머니 활을 꺼내 화살을 메겨 시위를 당겼다. 관평이 이를 재빨리 발견하고 소리쳤다.

"아버님, 위험해요!"

그 소리에 관우가 움찔한 순간, 관우의 얼굴을 향해 화살이 날아왔다. 본능적으로 관우는 왼쪽 팔꿈치를 들어 막았다. 화살은 팔뚝에 박혔다. 그리고 관우의 몸이 휘청하니 한쪽으로 기울어졌다. 관평이 달려와 끌어안고 낙마하는 것을 막았다.

그 순간, 조조군 본진에서 퇴각하라는 징을 요란스럽게 울렸다. 방덕은 깜짝 놀라 말을 돌렸다. 그 사이에 관평은 관우를 부축해 진지로 돌아갔다.

"그 징소리는 무엇입니까? 무슨 일이 있었습니까?"

방덕은 본진으로 돌아오자 우금에게 물었다.

"아니, 관우는 상당한 지략가라고 들었기 때문에 화살을 맞았어도 뭔가 흉계가 있지 않을까 해서 징을 친 것이다."

하고 우금은 대답했다.

사실은 방덕이 관우에게 화살을 쏘아 맞춘 것을 보고 이대로 가다가는 전공을 방덕에게 빼앗길 것이라고 여겨 일부러 징을 치게 했던 것이었다.

"그 징만 울리지 않았더라면 관우를 죽일 수 있었는데……."

"뭘 그러나? 놈을 죽일 기회는 얼마든지 있다. 그렇게 너무 서두를 필요 없다."*

못내 분해하는 방덕을 우금은 시치미를 뚝 떼며 위로했다.

한편, 관우의 상처는 대단한 것은 아니었다. 그러나 관평을 위시한 대장들은 얼마 동안 출진을 그만두도록 설득시키고, 다음 날부터 싸움을 걸어오는 방덕을 상대하지 않도록 했다.

방덕은 10일 가까이 싸움을 걸어도 상대가 응해 오지 않았기 때문에 우금에게 말했다.

"틀림없이 관우의 상처가 심각하기 때문일 것입니다. 총공격을 가해 번성의 포위를 풀도록 하는 것이 어떻겠습니까?"

그러나 우금은 고개를 흔들었다.

"관우를 얕잡아 보아서는 안 된다. 일부러 상처가 무거운 것처럼 보이게 하고 있는 것이 틀림없다. 병력을 움직이면 놈의 함정에 빠질 뿐이다."

우금은 관우를 두려워하고 있었다. 그러나 그 이상으로 방덕이 전공을 세우는 것을 두려워하고 있었다. 방덕이 병력을 움직이도록 몇 번씩 부탁해도 듣지를 않고, 전군을 번성의 북쪽 10리 되는 곳으로 옮기고는, 자신은 산을 등지고 가도를 지키면서 방덕은 골짜기 안쪽에 진을 치게 하여 공을 세우지 못하도록 해 버렸다.

그 무렵, 상처가 완전히 나은 관우는 관평으로부터 조조군이 진지를 옮겼다는 보고를 받자, 적토마를 타고 높은 언덕 위로 올라갔다.

우선 번성쪽 상황을 살펴보았다. 성벽의 깃발들이 넘어져 있거나 비스듬히 서 있거나 했다. 바로잡을 기력도 없는 것이리라. 조인군 병사들도 불안한 모습으로 우왕좌왕하고 있었다. 우금의 진지로 눈을 돌리니 북쪽 10리 부근의 산골짜기에 본진을 두고 있는 것이 보였다. 그 너머에 하얗게 빛나고 있는 것은 강줄기였다.

'우금 녀석, 스스로 그물에 걸려들었구나.'

주위의 지형을 대충 둘러본 관우는 싱긋이 웃더니 언덕을 내려와 진지로 돌아갔다. 그리고는 관평에게 명하여 병사들을 이끌고 강의

긴행무호보(緊行無好步)
'서두르는 길에 좋은 걸음이 없다.'라는 뜻으로 방덕이 관우와 싸우며 큰 공을 세울 것 같자 이를 시기한 우금이 급히 방덕을 불러들여 한 말이다.

상류로 가서 둑을 쌓게 하고, 또 다른 대장들에게 배와 뗏목을 많이 만들도록 지시했다.

그로부터 며칠 뒤 비가 심하게 내리기 시작했다. 비는 전혀 멈출 기미를 보이지 않고 며칠 동안이나 계속 내렸다.

그때, 우금의 진영에서 부장 성하(成何)가 강물의 양이 불어나 넘치게 되면 이곳은 위험하니까 진지를 다른 곳으로 옮기자고 충고를 했으나 우금은 들어주지 않았다.

성하는 방덕의 진으로 찾아가 같은 내용을 호소했다. 방덕은 우금과 달리 위험을 알아차렸다.

"자네 말이 맞다. 우금장군이 옮기지 않는다면 우리들만이라도 내일 높은 곳으로 진을 옮기겠다."

그런데 그날 밤은 비바람이 더욱 강해졌다. 한밤중 무렵에 방덕은 무수한 말발굽 소리와 함께 천지를 뒤흔들어 놓는 듯한 요란한 북소리를 듣고 잠을 깼다.

"야습이다!"

깜짝 놀라 벌떡 일어나 말에 올라탔다. 그러나 밀어닥친 것은 관우의 병력이 아니라 거센 급류였다. 탁류가 마치 계곡을 휩쓸듯이 사방팔방에서 쏟아져 내려오기 시작했다.

순식간에 진지는 탁류에 뒤덮였다. 깃발과 막사와 병사와 말들이 눈 깜짝할 사이에 휩쓸려 떠내려갔다. 방덕이 다른 대장들과 살아남은 병사들을 이끌고 여기저기의 산으로 올라가 피난했다. 우금도 마찬가지였다. 그곳에 날이 밝는 것과 동시에 관우가 병사들을 이끌고 배와 뗏목을 총동원하여 공격을 가해 왔다.

3

"헛된 저항은 그만둬라. 항복하면 살려 주겠다!"

뱃전에 서서 관우가 사방에 대고 큰소리로 외쳤다.

그러자 우금은 도저히 도망갈 수 없다고 생각하여 항복해 버렸다. 다른 대장들도 차례로 우금을 따랐다. 그런데 방덕만은 항복하지 않았다.

"오늘이야말로 나의 최후의 날이다. 그대들도 각오를 하고 함께 싸워 주기 바란다."

하고 병사들을 독려하며 관우의 병사들을 맞서 싸웠다.

그러나 몰려드는 배나 뗏목에서 화살을 비처럼 쏘아대자 피할 길이 없는 병사들이 하나, 둘씩 계속 죽어 갔다. 마침내 방덕 한 사람만 남았다. 그래도 방덕은 굴하지 않고 가까이 저어온 작은 배에 뛰어 올라 관우의 병사 10여 명을 베어 버리고 번성을 향해 노를 젖기 시작했다.

그곳에 한 척의 뗏목이 다가오는가 싶더니 방덕이 탄 작은 배를 받아서 전복시켰다. 방덕은 물 속으로 떨어졌다. 뗏목에 탄 대장은 기회가 왔다는 듯이 몸을 날려 물 속으로 뛰어들더니 방덕을 사로잡아 배로 올라 왔다. 그는 주창(周倉)이었다.

이윽고 언덕에 진을 친 관우 앞에 방덕이 새끼줄에 묶여 끌려 나왔다. 관우는 방덕을 살려 주고 싶었다. 그래서 항복을 권하는데 조금도 굴하지 않고,

"내가 무릎을 꿇는 분은 천하에 위왕(조조) 밖에 없다."

하고 관우의 호의를 거절하고는 스스로 목을 내밀어 참수당했다.

관우는 방덕의 충의심을 가상하게 여겨 정중하게 장사지냈다. 우금이나 그 밖의 대장들은 살려 주고 싶지는 않았으나 장차 이용할 데가 있으리라 여겨 형주로 보내 감옥에 가두어 두도록 명했다.

한편, 물에 잠긴 번성에서는 성벽이 조금씩 무너져 내리기 시작했다. 필사적으로 벽돌과 흙을 날라다 수리했으나 물을 막는 것은 불가능했다. 조인은 배를 마련하여 성을 떠나려고 했으나 만총이 만류했다.

"지금 성을 버리는 것은 적이 바라는 바입니다. 이 물은 일시적인 것으로 얼마 지나면 모두 빠집니다. 부디 성을 굳게 지켜 위왕의 신뢰에 부응해 주십시오."

조인은 만총의 충고를 받아들여 자신의 나약함을 부끄러워했다. 곧 성벽 위에 활과 석궁을 빈틈없이 늘어세우고 성을 끝까지 지킬 결심을 보였다.

결과는 만총이 말한 대로 물은 10일이 채 안 되어서 빠지기 시작했다. 그때 관우가 공격을 해 왔다. 조인은 모든 궁수들에게 관우

를 겨냥해서 화살을 쏘게 했다. 관우는 비처럼 쏟아지는 화살을 피하려고 얼른 말머리를 돌리려고 했으나, 화살 하나가 오른쪽 팔뚝에 꽂혀 공중제비를 하면서 말에서 떨어졌다.

"지금이야말로 관우를 무찌를 기회다!"

조인은 즉각 병사를 이끌고 치고 나갔다. 그러자 관평이 맞받아 치고 나와 관우를 부축하여 진지로 돌아갔다.

관우는 팔꿈치에서 화살을 뽑아냈다. 화살촉에 독이 칠해져 있었는지 팔꿈치는 곧 푸르게 부풀어 올랐다. 그 때문에 관우는 오른팔을 움직일 수가 없었다. 놀란 관평과 대장들은 일단 형주로 돌아가 치료받기를 강력히 권했으나 관우는 받아들이지 않았다.

"일각이라도 빨리 번성을 함락시켜 한중왕의 기대에 보답하지 않으면 안 된다."

관평은 하는 수 없이 각 지역에 사람을 보내 의사를 찾았다. 어느 날 강동에서 작은 배를 타고 의사 한 사람이 찾아왔다.

"천하의 영웅, 관우 장군께서 독화살을 맞았다는 소문을 듣고 치료를 해 드리려 찾아왔습니다."

이름을 물으니 화타* 라고 대답했기 때문에 관평은 소스라쳐 놀랐

화타(華陀)
삼국시대의 명의. 조조와는 동향 출신. 번성에서 조인과 싸울 때 오른쪽 팔에 화살에 맞아 부상을 입어 관우를 치료해 준다. 조조가 두통에 시달리자 '두개골을 갈라내어 병원 근원을 제거하면 낫는다.'고 말하여 노여움을 사고 결국 감옥에 갇혀 죽고 만다.

다. 화타는 명의로 널리 알려져 있는 인물이었다.

관평은 즉시 화타를 관우에게 안내했다.

"이것은 독으로 인한 상처입니다. 이미 뼈까지 스며들어가 있기 때문에 빨리 수술을 하지 않으면 팔을 쓸 수 없게 될 것입니다."

화타는 관우의 오른쪽 팔뚝을 보고 미간을 찌푸렸다.

"어떤 식으로 치료하는가?"

관우는 그때 마량과 바둑을 두고 있었는데 돌아다보며 물었다.

"작은 칼로 팔뚝의 살을 찢고 뼈에 묻은 독을 깨끗이 긁어내는 것입니다. 그리고 약을 바르고 다시 꿰매면 괜찮을 것입니다. 다만 너무나 고통스러운 치료이기 때문에 방 안에 기둥을 세우고 그곳에 쇠고리를 달아 팔을 집어넣고 단단히 묶은 연후가 아니면 수술을 할 수 없습니다. 너무나 고통스러워서 난동을 부리기 때문에 말입니다."

"하하하! 그 정도의 일로 나는 난동을 부리지 않는다. 기둥은 필요 없다. 이대로 수술해 주게."

관우는 웃으며 팔을 내밀더니 다시 바둑을 두기 시작했다.

"그러십니까? 그럼……."

화타는 고개를 끄덕였다. 종자에게 커다란 쟁반을 관우의 팔뚝 밑에 집어넣어서 피를 받으라고 지시했다.

준비가 갖추어지자 화타는 날카로운 작은 칼을 꺼내 관우의 팔뚝 살을 조심스럽게 째기 시작했다. 피가 쟁반에 '뚝뚝' 소리를 내면서 흘러내리고 독으로 검푸르게 된 뼈가 드러났다. 화타는 뼈를 '빡빡'

깎아내기 시작했다. 관평을 위시한 주위에 늘어선 사람들은 뼈를 깎는 소리에 새파랗게 질려서 얼굴을 돌렸으나 정작 관우는 태연스런 얼굴로 바둑을 계속 두고 있었다.*

화타는 뼈에 스며든 독을 모두 긁어내자, 약을 바르고 칼로 찢어낸 살을 다시 실로 꿰매기 시작했다.

"끝났습니다."

화타는 안도한 듯이 이마의 땀을 닦았다.

관우는 일어나서 가볍게 오른 팔을 흔들어 보았다.

"오! 아무 통증 없이 움직이는구나. 참으로 선생은 명의시오."

"저도 오랫동안 의사를 해 오고 있었지만, 장군님 같은 환자는 처음입니다. 참으로 대단하십니다."

두 사람은 얼굴을 서로 바라보고 웃었다.

"그런데 본래 대로 회복되려면 시간이 한참 걸립니다. 그때까지는 화를 내거나 조바심을 치거나 하지 않도록 주의하여 주십시오. 흥분하면 안 됩니다."

화타는 관우가 내민 수고비도 받지 않은 채 바르는 약을 한 봉지 내놓고는 왔을 때와 마찬가지로 종자를 데리고 어디론가 가 버렸다.

관운장팔골요독(關雲長刮骨療毒)
관우가 번성을 공격하다 조인군이 쏜 독화살에 맞아 오른팔에 입은 상처를 명의 화타가 살을 가르고 뼈까지 스며든 독을 칼로 긁어내어 치료한 사건. 이때 관우는 마량과 태연히 바둑을 두며 술을 마시고 고기를 먹었다.

적토마가 불쌍하구나

1

우금이 관우에게 항복하고, 방덕은 마지막까지 싸우다가 죽었다는 소식이 조조에게 전해졌다.

"관우의 지혜와 용기는 오래전부터 알고 있었지만 우금을 사로잡고 방덕을 잡아 처형했다니 참으로 무서운 인물이다."

조조는 대장들을 모아 놓고 의논했다.

"이 기세로 번성을 함락시키고 허도로 쳐들어올 것이 틀림없다. 나는 도읍을 좀 먼 곳으로 옮겨 관우의 내습을 피할 작정이다. 어떻게들 생각하는가?"

"그럴 필요까지는 없습니다."

하고 사마의가 대답했다.

"관우가 더 이상 세력을 넓히는 것을 손권이 좋아할 리가 없습니다. 대왕님께서 손권에게 사자를 보내 관우의 배후를 찌르도록 하면 번성의 위기는 머지않아 사라질 것입니다."

다른 참모와 대장들도 사마의의 의견에 찬성했다. 그래서 조조는 곧 손권에게 사자를 보내는 동시에 서황에게 5만 병력을 주어 출진시키고, 손권군이 움직이면 함께 관우를 공격하도록 명했다.

이때 손권은 조조가 보낸 사자를 맞이하여 조조측의 요구를 듣자 참모들과 의논했다. 본래 손권측은 관우가 조인을 공격하면 그 틈에 형주로 공격해 들어갈 예정이었으나 다른 의견도 나와서 좀처럼 방침을 정할 수가 없었으나 육구를 지키고 있던 여몽(呂蒙)이 적극적인 형주 공략을 건의해 왔다.

"지금 관우를 치고 형주를 공략하지 않으면, 형주를 손에 넣을 기회는 두 번 다시 오지 않을 것입니다. 공격 명령을 내려 주십시오."

"좋다. 형주를 취하겠다!"

손권은 여몽의 편지를 읽고 결단을 내렸다.

손권 진영은 형주 공략을 준비했다. 곧 소집령이 내려졌다.

한편, 여몽은 형주의 상황을 염탐하고 있었는데 뜻하지 않은 사실이 밝혀졌다. 장강을 따라서 20리, 30리 간격으로 봉화대가 만들어져 있어 이변이 있으면 곧장 관우에게 연락을 하도록 준비되어 있었던 것이다.

'그런 대비를 하고 있다면 형주를 공략하는 것은 어렵다. 주공님에게 형주 공략을 권했는데 어떻게 하면 좋을까……'

여몽은 여러 가지로 궁리해 보았으나 좋은 대책이 떠오르지 않아 병을 칭하고 관사에 틀어박혀 버렸다.

얼마 뒤에 건업에서 육손(陸遜)이 찾아왔다. 적벽 싸움에 부장으로 참가했던 육손은 나이가 어렸지만 재능이 뛰어나 장래가 기대되는 인물이었으나 아직 이름은 그다지 알려져 있지 않았다.

"주공님께서 여장군님이 병에 걸렸다는 소식을 들으시고 저를 병문안차 보내셨습니다."

하고 육손은 여몽을 만나자 안부를 전하고 형주 공략의 꾀를 내놓았다.

"장군님을 만나뵙기 전에 잠시 알아보았는데 관우가 배후를 대비하여 봉화대를 설치했다고 하더군요. 그 때문에 장군님이 병이라 칭하고 고심하는 것이 아닌가 하고 짐작했습니다."

"정말이지 자네 말 대로일세. 자네의 그 날카로운 관찰력에는 두 손 들었네. 무엇인가 좋은 방법이 없겠는가?"

"있습니다. 관우에게 눈엣가시는 장군님입니다. 그래서 장군님이 병을 이유로 뒤로 물러나고, 그 대신에 무명의 대장을 임명한다면, 관우는 방심하고 형주의 병력을 번성 공격으로 돌릴 것입니다. 그러면 봉화대를 점령하는 것도 쉬워질 것입니다."

"아, 그것 참 좋은 계책이다!"

기뻐한 여몽은 사직서를 내고, 육손은 건업으로 돌아가 손권에게 이 계략을 자세히 설명했다.

"좋다! 서둘러 시행하라!"

손권도 동의하고, 여몽을 건업으로 불러들였다.

육구의 사령관에는 여몽이 강력히 추천했기 때문에 육손이 임명되었다. 육손은 우선 번성을 포위하고 있는 관우에게 인사 편지와 공물을 지닌 사자를 보냈다.

육구를 지키고 있던 여몽 장군이 급한 병으로 건업으로 돌아가고 많은 것이 부족한 저 육손이 방비를 맡았습니다.

공물을 받고 편지를 읽은 관우는 주위의 대장들을 돌아다보았다.

"육손이라고? 들어보지 못한 이름이다. 아직 젊은 것 같은데 그대들이 알고 있는 건 무엇인가?"

대장들은 일제히 고개를 좌우로 흔들었다.

"그대들 모두가 모른다고 하면 대단한 녀석은 아닐 것이다. 이것으로 형주의 방비가 훨씬 편해지겠구나."

관우는 자신 있게 고개를 끄덕였다.

육손은 관우를 방심시키기 위해 일부러 육구의 방비를 느슨하게 하고 매사를 게을리했다. 그 한편으로 첩자를 보내 관우의 움직임과 형주 사정을 면밀히 탐색하게 했다.

얼마 안 있으니까 첩자로부터 보고가 들어왔다.

"관우는 육구의 방비가 허술해진 것을 보고, 형주 군사의 대부분을 번성을 에워싼 본진으로 옮겼습니다. 그리고 관우의 상처가 낫기를 기다렸다가 총공격으로 나설 모양입니다."

'좋아. 이것을 기다리고 있었다.'

육손은 즉시 손권에게 이 사실을 알리고 진격을 촉구했다.

"육손에게서 연락이 왔다. 때가 무르익은 것 같다. 그대에게 전권을 맡기겠으니 반드시 성공하도록 하라."

손권은 여몽을 대도독에 임명하고 형주로 진격을 명했다.

"반드시 형주를 빼앗아 보겠습니다."

여몽은 용기백배하여 3만의 정병과 속력이 빠른 배 80척을 갖추었다. 배에는 갖가지 물건을 실어 상인들의 교역선으로 보이도록 위장했다. 배 젓는 병사들에게도 상인의 옷차림을 하게 했다.*

대장으로는 한당, 장흠, 주연, 반장, 주태, 서성, 정봉 등 역전의 용장 7명을 선발했다. 모두들 수많은 싸움을 경험한 장수들이었다. 여몽은 동시에 조조에게 사자를 보내 형주 공략전에 나섰음을 알리고 관우의 배후를 찌르도록 요청했다.

"자아, 출진이다!"

여몽의 호령과 함께 80척의 배가 일제히 아침 해가 떠오르는 장강으로 저어 나갔다. 강 중앙의 흐름을 타자 돛을 올리고 미끄러지듯이 상류로 달려갔다. 그 모습은 어디에서 보나 장강을 왕래하는 상선으로 밖에 보이지 않았다. 하지만 배 한 척마다 밑바닥에는 1척당 100여명 가까운 병사들이 숨어 있었다.

80척의 선대는 밤낮으로 장강을 거슬러 올라가 이윽고 육구 부근에서 형주 쪽의 기슭으로 접근해 갔다. 그곳에 첫 봉화대가 있었다.

"너희들은 누구냐? 어디로 가느냐?"

강기슭으로 다가오는 선대를 보고 수비병들이 달려왔다.

배에서 상인으로 변장한 병사 가운데 나이가 지긋한 몇 명이 내려서 응대했다.

"저희들은 장강을 오고가는 장사치입니다. 실은 육구에 화물을 부릴 예정이었으나 공교롭게도 맞바람이라서 접근을 못하고 이쪽 기슭으로 댈 수밖에 없었습니다. 바람이 잘 때까지 이곳에 좀 머물게 해 주십시오."

교묘하게 말을 꾸며대며 술과 고기를 내밀고 게다가 수비병들의 손에 뇌물도 얼마간 쥐어 주었다.

"그러냐? 그럼 바람이 자거든 즉시 기슭에서 떠나야 한다."

수비병들은 의심하지도 않고 내민 물건을 받아들고 돌아갔다.

그날 밤 어둠이 깔리자 배 밑바닥에 숨어 있던 병사들이 속속 상륙하여 봉화대를 습격하여 자고 있던 수비대장 이하 전원을 묶어 배

여자명백의도강(呂子明白衣渡江)
자명(子明)은 여몽의 자. 군사를 상인으로 변장시켜 관우군을 속이고 강을 건넌 후 관우의 배후를 급습하여 점령한 사건. 백의(白衣)는 평범한 백성을 뜻한다. 이로 인해 관우는 근거지를 잃고 쫓기다가 붙잡혀 처형당한다.

안에 가두었다.

　같은 방식으로 연안을 따라 배치되어 있는 봉화대를 차례차례로 함락시켜 갔다. 봉화대의 수비 병사들을 한 사람도 빠짐없이 생포했기 때문에 손권군의 선대가 형주에 접근할 때까지 봉화는 한 개도 오르지 않았다.

　"너희들이 우리를 위해 애써 준다면 목숨을 살려 주고 게다가 은상까지 후하게 주겠다."

　형주 근처까지 가자, 여몽은 사로잡은 봉화대의 수비병들을 설득했다.

　"기꺼이 도와드리겠습니다."

　붙잡힌 수비병들은 두말없이 승낙했다.

　한밤중이 되어 형주에 도착하자, 여몽은 내응을 약속한 그들을 선두에 세우고 성 아래로 다가갔다.

　"내가 시킨 대로 해라!"

　여몽은 수비병들에게 행동 요령을 가르쳐 줬다.

　봉화대 수비병들은 고개를 끄덕이고 일제히 성문으로 달려가더니 어서 성문을 열어 달라고 제각기 큰소리로 외쳤다.

　성루에서 보니 자기편 병사들인지라 문지기는 조금도 의심하지 않고 성문을 열어 주었다. 그 순간, 수비병들은 와르르 성안으로 달려들어가 도처에 불을 질렀다.

　성안에서 타오른 불길을 신호로 손권군은 함성을 지르며 공격해 들어갔다. 봉화가 오르지 않았기 때문에 아무런 경계도 하지 않았던 형주성 수비대는 허를 찔려 당황해서 우왕좌왕하고 있었다. 더군다나 대다수 병사들이 번성 공격에 투입해 버렸기 때문에 수효도 적었다. 그래서 여몽에게 저항 한 번 변변히 해보지도 못하고 항복했다. 이로써 형주성은 손권군에게 함락되고 말았다.

2

　형주성을 점령한 여몽은 손권에게 보고하는 한편, 관우의 가족을 정중하게 다른 집으로 옮기고 호위를 붙여 지키게 했다. 또 형주성 관원들을 본래 대로의 직책에 앉게 하고, 사람들을 죽이거나 주민들의 재물을 단 하나라도 빼앗은 자는 참수한다고 전군에 지시하여 형주 백성들을 안심시켰다.
　며칠 후, 손권이 형주에 도착하여 여몽의 마중을 받았다.
　"이것으로 형주는 나의 것이 되었다. 이 모두 그대의 덕분이다."
　오랜 동안의 숙원이 이루어져서 손권은 뛸 듯이 기뻐했다. 축하연을 열고 여몽을 비롯하여 육손 등을 거듭 치하했다.
　"그러나 아직 공안에는 부사인, 남군에는 미방이 남아 있다. 이 두 사람을 어떻게 하면 좋겠는가?"
　그러자 우번이 앞으로 나왔다.

"저는 부사인과는 어릴 적부터의 친구입니다. 제가 항복하도록 설득하고 오겠습니다."

"좋다, 한 번 해보라."

손권은 우번의 제안을 허락하고, 병사 500명을 주어 공안으로 가게 했다.

우번의 설득은 성공을 거두었다.

부사인은 형주가 함락되었다는 것을 알고 불안해하고 있었다. 번성을 향해 출진할 때 관우가 한 말을 떠올렸던 것이다.

'설사 관우가 형주를 되찾더라도 나는 손권군의 침공을 허용한 책임을 지고 참수당할 것이 틀림없다. 그렇다면 손권에게 항복해서 목숨을 부지하는 편이 더 낫다.'

그렇게 생각하고, 부사인은 우번의 설득에 응한 것이었다.

여몽은 항복해 온 부사인에게 미방의 설득을 맡기도록 손권에게 권했다. 손권은 그 권유에 따라 부사인을 남군으로 보냈다.

부사인이 남군에 도착하여 미방을 설득하고 있는데 때마침 관우로부터 사자가 도착했다. 사자는 군량이 부족하니 남군과 공안에서 군량 10만석을 각각 마련하여 즉시 운반해 오라는 관우의 명령을 전했다.

"형주가 손권에게 점령당한 지금에 그런 엄청난 군량을 어떻게 모으고 운반해 간단 말인가……."

미방이 어찌할 바를 몰라 당황해 하고 있는데 사자가 갑자기 피를 뿜으며 비명을 지르고 쓰러졌다. 부사인이 칼을 빼서 벤 것이었다.

"아니, 자네, 지금 무슨 짓을 한 것인가?"

깜짝 놀라는 미방에게 부사인은 날카롭게 다그쳤다.

"관우는 도저히 할 수 없는 일을 자네에게 강요하여 죄에 빠뜨리려고 하고 있네. 손권에게 항복하지 않으면 반드시 관우한테 죽임을 당하고 말 걸세!"

그때, 여몽의 병사들이 성 아래로 다가오고 있다는 보고가 올라왔다. 미방은 더 이상 어쩔 수가 없다고 판단하여 항복해 버렸다.

이렇게 해서 남군도 손권의 손에 들어갔다.

이보다 조금 앞서 허도의 조조에게 여몽의 편지가 전해졌다. 펴 보니 지금부터 형주를 공격할 테니 조조 진영에서도 병력을 보내 관우의 배후를 공격해 달라고 써 있었다.

조조는 즉시 서황에게 사람을 보내 공격하라고 명하고, 스스로 대군을 이끌고 지원하기 위해 양능성으로 출진했다.

한편, 관우는 관평과 요화에게 전방 영채를 맡기고 자신은 본진에 있으면서 화살의 상처가 낫기를 기다리고 있었다. 형주가 함락된 것도, 부사인이나 미방이 항복한 것도 관우의 귀에는 아직 들어가지 않았다.

"조금만 더 있으면 상처가 아물 것이다. 그때야말로 번성을……."

하고 관우는 성급해지는 마음을 억누르고 있었다.

그런데 갑자기 진지 밖에서 말발굽 소리와 병사들의 아우성 소리가 들려왔다. '무슨 일일까' 하고 궁금해하는데 전선의 진지를 지키고 있어야 할 관평과 요화가 지친 얼굴로 뛰어 들어왔다.

"죄송합니다. 서황이 구원군을 거느리고 와 나가 맞서 싸웠으나 역부족이어서 패하고 말았습니다."

관평은 입술을 깨물고 관우 앞에 무릎을 꿇었다. 요화도 고개를 떨구고 있었다.

"서황* 뿐만 아니라 조조도 대군을 이끌고 번성을 구원하러 오고 있다고 합니다. 또 형주가 여몽에게 점령당했다는 소문도 나돌고 있습니다."

"말도 안 된다. 그런 일이 어떻게 있을 수 있는가!"

관우는 자기도 모르게 고함을 쳤다.

"그것은 우리 군의 사기를 떨어뜨리려는 적의 모략이다. 여몽은 병에 걸려 건업에 가 있고, 육구에는 육손이라는 애송이가 지키고 있다. 그리고 봉화대도 있잖으냐? 그럴 리 없다."

"서황의 군사가 본진 가까이 왔습니다!"

척후가 보고해 온 것은 관우가 이렇게 단언한 직후였다.

"서황하고는 허도에 있을 때 친하게 지내던 사이다. 인사를 해야겠다."

관우는 갑옷을 입고 청룡언월도를 들더니 적토마에 올라타고 유유히 영채를 나섰다.

"서황! 왔는가?"

큰소리로 부르자, 밀어닥친 조조군 가운데서 서황이 말을 달려 나왔다.

"관장군님, 오래간만입니다."

서황은 관우 앞에서 말을 멈추고 몸을 구부려 인사를 했다.

"헤어지고 나서 10여 년 가까이 되었습니다만 장군님의 머리칼과 수염이 이처럼 하얗게 되어 있으리라고는 생각도 못했습니다. 그러나 용맹함은 아직도 천하에 울려 퍼지고 장군님의 이름을 듣고 두려워하지 않는 자가 하나도 없습니다. 항상 감탄하고 있습니다."

"그대는 옛날에 나하고 그처럼 친하게 지냈으면서 무엇 때문에 아들 녀석을 호되게 몰아 붙였는가?"

"위왕을 모시는 몸으로 사사로운 정에 이끌릴 수는 없습니다. 관우 장군님도 마찬가지일 것입니다. 어서 나오십시오."

서황은 즉시 큰 도끼를 휘두르며 관우에게 덤벼들었다.

"오! 그대라면 상대로 부족함이 없지."

관우는 청룡언월도를 들어 서황의 공격을 막았다.

그로부터 80합 가량 치열한 싸움이 계속되었다. 그러나 아직 독

서황(徐晃)
큰 도끼를 자유자재로 사용했던 조조 휘하의 명장. 번성을 구원할 때 친분이 있었던 관우에게 '사사로운 일로 국사를 망칠 수 없다.'고 말한 후 관우와 싸워 물리친다. 그 후 다시 촉에 가담하려는 상용성의 맹달을 치다가 화살에 맞고 죽는다.

화살의 상처가 완전히 낫지 않은 관우는 여느 때의 관우가 아니었다. 오른쪽 팔뚝이 차츰 힘을 쓸 수 없어져 서황의 큰 도끼를 두 번, 세 번, 제대로 피하지를 못했다. 다행히 얕은 상처였지만 관평은 부친의 몸을 걱정해 서둘러 징을 쳐댔다.

관우가 말머리를 돌리려고 하는 바로 그때였다.

사방에서 커다란 함성소리가 터져 나오더니 수많은 조조군이 밀려 들어왔다. 조인은 성 위에서 이를 보자 병사들을 모두 이끌고 달려 나왔다. 중과부적에 기세까지 꺾인 형주 병사들은 앞을 다투어 도망쳤다.

대패한 관우는 대장들을 이끌고 강을 건너 양양으로 향했다. 그러나 상황을 탐색하러 보낸 척후가 돌아와 양양과 형주는 이미 여몽에게 빼앗겼다고 보고하는 것이었다. 깜짝 놀란 관우는 양양을 포기하고 공안으로 향했다. 그러나 도중에 파발마가 달려와 부사인이 손권에게 항복하고, 또한 남군의 미방도 항복했다는 것을 전했다.

여몽과 육손의 교대 계략도, 봉화대에 대한 일도, 파발마의 보고에 의해 모든 것이 명백해졌다.

"이놈, 여몽아, 육손아, 잘도 나를 속였구나!"

관우는 격한 나머지 '으음' 하고 신음소리를 내더니 말 위에서 그만 정신을 잃고 말았다. 더구나 아직 완전히 아물지 않은 팔뚝의 상처가 노여움 때문에 찢어져 피가 줄줄 흘러내리기 시작했다.

한참 후에야 관우는 대장들의 간호를 받고 의식을 되찾았다.

"이렇게 된 이상 여몽과 육손 놈을 죽이고 형주를 되찾지 않으면 한중왕을 만나 뵐 면목이 없다."

비장한 결의를 굳힌 관우는 마량과 이적을 성도로 보내 구원을 청함과 동시에 병력을 쪼개 관평과 요화를 후진에 남겨 두고 나머지 병사들을 이끌고 형주로 향했다.

병사들을 독촉하면서 진군해 가니 앞길에 손권 진영의 대장, 장흠(蔣欽)이 병력을 이끌고 가로막았다.

"이 관우를 막을 수 있다면 어디 한번 막아 보아라!"

관우는 앞뒤도 가리지 않고 돌진해 갔다. 장흠은 3합도 싸우지 않고 도망갔다. 그 기세를 타고 20리 가량 쫓아가니까 '와아' 하고 함성이 터져 나오고, 왼쪽 산골짜기에서 주태, 오른쪽 산골짜기에서 한당이 치고 나왔다. 그것을 보고 장흠도 되돌아 공격해 왔다.

삼면에서 공격을 받은 관우는 도저히 당할 수 없는지라 서둘러 병사들을 되돌렸다. 몇 리 가량 후퇴하니까 남쪽의 작은 언덕에 많은 사람들이 모여 '형주 백성들'이라고 쓴 흰 깃발을 흔들면서 제각기 큰소리로 외치고 있었다.

"어이, 장가는 어디 있느냐?"

"여몽님은 친절한 분이시다!"

"너희들의 부모와 형제도 무사히 잘 있다."

"아무것도 걱정하지 말고 모두 항복해서 돌아와라!"

사람들이 외치는 소리를 듣고, 병사들 사이에 동요가 일어났다.

'이것도 여몽의 간사한 짓이구나!'

관우는 망연자실했다. 이미 여몽은 형주 사람들의 마음을 사로잡고 있는 것 같았다.

그때 좌우의 산그늘에서 정봉과 서성의 두 대장이 공격을 가해 왔고, 뒤를 쫓아온 장흠과 주태의 병력에 가담하여 관우군을 철저히 에워싸기 시작했다. 함성소리가 땅을 뒤흔들고, 징과 북소리가 하늘 높이 울려 퍼졌다. 동시에 사방에서 들려왔다.

"형주 병사들은 돌아오면 용서하겠다!"

관우는 병사들에게 현혹되지 말라고 당부하며 청룡언월도를 휘둘러대면서 주위가 어두워질 때까지 필사적으로 싸웠다. 그러나 여러 대장과 병사들이 차례차례로 쓰러져 갔다. 더구나 주위의 언덕이나 산골짜기에서 서로를 부르며 찾고 대답하는 목소리에 응해 무기를 버리고 도망가는 병사들이 계속 늘어났다.

마침내 관우 주위에 남은 것은 불과 300명 남짓이었다. 그런데 갑자기 손권군의 일각이 무너졌다. 관평과 요화가 병사들을 이끌고 달려온 것이다. 두 사람은 포위망을 뚫고 들어와 관우를 구해 냈다.

3

관평과 요화에게 구출된 관우가 상처를 입거나 지칠 대로 지친 병사들을 이끌고 도달한 곳은 당양의 동남쪽 5리 지점에 있는 맥성(麥城)이었다. 오래된 낡은 성채였다.

성채에 들어가기는 했으나 숨 돌릴 사이도 없이 손권군이 밀려와 주위를 물샐틈 없이 에워쌌다.

맥성에서 가장 가까운 곳에 있는 아군은 상용(上庸)을 지키고 있는 유봉과 맹달이었다. 관우는 서둘러 구원을 부탁하기 위해 요화를 사자로 삼아 상용으로 보내기로 했다.

그날 밤, 관평이 포위망을 뚫고 요화를 성채 밖으로 내보냈다. 요화는 잠시도 쉬지 않고 채찍이 부러질 정도로 말의 엉덩이를 때리면서 상용성으로 향했다.

"관우장군이 위태롭습니다. 서둘러 구원병을 내주십시오."

유봉(劉封)은 요화의 얘기를 듣자 맹달(孟達)과 의논했다. 맹달은 구원병 보내는 것을 반대했다.

"듣자 하니 형주는 이미 여몽에게 빼앗기고 지금도 속속 후속군이 투입되고 있다고 합니다. 더구나 조조가 대군을 이끌고 양능성에서 마파로 진출하여 진을 치고 있다고 하잖습니까? 우리들이 얼마 안 되는 병사들을 가지고 덤벼들어 봤자 도저히 승산이 없습니다. 일부러 죽으러 가는 것이나 같습니다."

"하지만 이대로 두면 숙부님을 죽게 내버려 두는 셈이 된다."

안절부절하는 유봉에게 맹달은 반박했다.

"당신이 숙부라고 생각하고 있어도 관우는 당신을 조카라고는 생각하고 있지 않을 겁니다."

"……."

"한중왕이 당신을 양자로 삼으려고 했을 때 관우장군이 반대했다고 하잖습니까? 그것을 생각한다면 의리 같은 것은 필요없지요."

원래 맹달은 유장 밑에 있을 때부터 배신의 경력이 많았다.

"우리 병사들 수가 적다. 그래서 병력을 쪼개면 이곳의 방비도 허술해진다. 도저히 구원하러 갈 수가 없다."

맹달이 소리치자 깜짝 놀란 요화는 무릎을 꿇고 구원병을 보내주도록 울면서 간청했다. 그러나 유봉은 얼굴을 돌리고 맹달과 함께 안으로 들어가 버렸다.

이제는 멀리 성도에 있는 한중왕에게 구원을 청할 수밖에 도리가 없다고 생각한 요화는 상용성을 뒤로하고 성도를 향해 말을 달렸다.

한편, 맥성의 관우는 아무리 기다려도 상용으로부터 원군이 오지를 않는데다가 군량도 바닥이 나기 시작했다. 성채를 에워싸고 있는 손권군은 자멸하기를 기다리고 있는지 공격을 해오지 않았다. 오히려 성채 밖에서 안의 병사들을 향해 계속 투항하라고 소리쳤다. 그것에 응해 매일 밤 5명씩, 10명씩 병사들이 도망쳤다. 성채에 들어갔을 때는 관평과 요화가 이끌고 있던 병사들을 합쳐서 천여 명 정도 있었으나, 지금은 이미 200명도 되지 않았다.

"상용에서 원군은 기대할 수 없습니다. 이제 장군님만이라도 이곳을 빠져나가 성도로 피신했다가 병력을 정비하여 형주를 되찾으러 오시는 것이 낫겠습니다."

부관 왕보가 울면서 호소했다.

관우도 그 방법 밖에 없다는 것을 알고 있었다. 지형을 조사해 보니 북쪽문에서 산 속으로 오솔길이 통하고 그곳을 더듬어 가면 성도로 빠져나갈 수 있을 것 같았다.

맥성에 들어온 지 10일째 되던 날 밤, 관우는 탈출 준비를 갖추고 성채에는 왕보와 주창 두 사람에게 약간의 병사를 남겨 주었다.

"부디 도중에 무사하기를 빕니다. 저희들은 목숨을 걸고 이곳을 끝까지 지키면서 장군님께서 돌아오시기를 기다리고 있겠습니다."

왕보와 주창은 울면서 전송을 하고 관우도 눈물을 흘리면서 작별한 후, 관평을 위시한 몇 명의 대장들과 몇 십 명 남짓한 병사들을 이끌고 북쪽문으로 빠져 나갔다.

다행히 성채의 북쪽은 경계가 허술하고 관우의 모습을 보자 손권군 병사들은 싸울 생각을 버리고 사방으로 도망쳤다.

좋은 징조라고 생각하고 그대로 20리 달려 가량 갔을 때였다. 돌연 산골짜기에 북소리가 울려 퍼지고 함성을 지르면서 대장 주연(朱然)이 병력을 이끌고 나타났다.

관우는 싸우지 않고 옆길로 피해 달아났다. 그러나 얼마 가지 못해 또다시 함성이 터져 나오고 횃불을 치켜든 반장(潘璋)의 병사들이 앞을 가로막았다.

관우가 북쪽문으로 틀림없이 탈출할 것이라고 짐작한 여몽이 매복을 하고 기다리게 했던 것이다.

뒤에서 맹추격해 온 주연과, 앞길을 가로막은 반장을 상대로 관우는 필사적으로 싸웠다. 가까스로 그곳을 빠져나와 지름길로 들어갔다. 뒤를 따르는 자는 이제 대여섯 명 밖에 없었다.

날이 밝기 시작하여 주위가 어슴푸레 밝아졌다. 양쪽에서 산이 좁혀 오고, 수목이 울창하게 우거져 있는 오솔길을 가는 사이에 갑자기 좌우에서 손권군이 숨어 있다가 갈퀴를 휘둘러 말의 다리를 걸어서 넘어뜨렸다. 공중제비를 돌면서 땅에 떨어진 관우와 병사들을 반장의 부하 병사들이 한 사람에 몇 명씩 덤벼들어 새끼줄로 꽁꽁 묶었다. 결국 관우와 관평은 주연에게 사로잡혔다.

날이 밝았을 때, 손권은 관우 부자를 붙잡았다는 보고를 듣고 크게 기뻐하면서 대장들을 불러 모으고 본진에서 기다리고 있었다.

이윽고 마충이 꽁꽁 묶인 관우를 손권 앞으로 끌고 왔다. 손권은 부드러운 어조로 관우에게 말을 걸었다.

"나는 전부터 장군의 무용과 인품을 흠모하여 장군의 딸을 며느리로 삼아서 친하게 지내려고 생각하고 있었다. 그런데 어째서 나의 부탁을 들어 주지 않았느냐?"

"잘난 체하지 말아라. 푸른 눈의 쥐새끼 같은 놈아. 유황숙님과 나는 도원에서 의형제 인연을 맺고 한실을 돕고 이 세상의 혼란을 바로잡으려고 굳게 맹세한 터, 너 같이 한실에 거역하는 역적과 한통속이 될 리가 있겠느냐? 쓸데 없는 말은 집어 치우고 빨리 죽여라!"

관우는 이렇게 말하고는 입을 다물고 눈을 지긋이 감았다.

손권은 옆에 배석해 있는 대장들을 돌아다보았다.

"관우는 천하의 영웅이다. 어떻게 해서든 나를 섬기게 만들고 싶다. 좋은 방도가 없는가?"

그러자 측근인 좌함(左咸)이 고개를 좌우로 흔들었다.

"관우를 항복시켜서 주공님을 섬기게 하려고 해봤자 무리입니다. 그만두십시오."

"왜 그러느냐?"

"옛날에 관우를 사로잡은 조조도 주공님과 같은 생각을 했습니다. 한수정후(漢壽亭侯)라는 작위를 주고 거의 매일 연회를 열어 대접하고, 금은보화 뿐만 아니라 미녀 10명을 주어 관우의 마음을 자신에게 돌려 보려고 했습니다만 끝내 허도에 머물게 하지를 못했고, 관우는 5관문을 통과하면서 6명의 대장의 목을 베고 유비에게 돌아갔습니다. 그 때문에 조조는 오늘날, 천도를 생각해야 할 정도로 공격을 받아온 것입니다. 관우를 살려 두면 두고두고 화근의 씨앗이 될 뿐입니다."*

손권은 머리를 떨구고 한참 동안 깊은 생각에 잠겨 있었으나, 이윽고 결연히 얼굴을 쳐들었다. 그리고 체념한 듯이 외쳤다.

"끌어내 목을 쳐라!"

이렇게 해서 관우는 관평과 함께 야산 기슭에서 목이 잘렸다. 그날 맥성 주변은 구름이 낮게 깔리고 을씨년스런 바람이 휘몰아치고 있었다. 건안 24년(219년) 12월, 관우의 나이 58세였다.

관우가 타고 있던 적토마는 관우를 사로잡은 은상으로 마충에게 내려졌으나 적토마는 여물을 한 입도 먹지 않고 얼마 후에 굶어죽고 말았다.

한편, 맥성의 왕보와 주창은 관우의 죽음이 전해지자 왕보는 성채의 가장 높은 곳에서 투신하여 머리가 박살나 죽었고, 주창은 스스로 목을 찔러 죽었다.

관공우해(關公遇害)
관우를 사로잡은 손권은 관우를 자신의 밑에 두고 싶어 설득하려고 하는데 좌함이 관우를 참수해야 한다고 주장한다. 예전 조조도 관우를 자신의 곁에 두려 했지만 결국은 장수들의 목을 베고 유비에게 갔으니 살려두면 반드시 해가 된다는 것이었다. 결국 관우는 참수되어 머리는 조조에게 보내진다.

조조, 숨을 거두다

1

관우가 죽은 뒤, 여러 가지로 이상한 일이 일어났다. 형주의 당양현에 있는 옥천산에 암자를 짓고 한 늙은 스님이 살고 있었다. 이름은 보정(普淨)이었다. 본래 기수관의 진국사에 있다가 관우가 유비에게 가는 도중 기수관을 지키고 있던 변희라는 대장의 음모에 걸려 죽을 뻔했을 때 위험을 알려 준 일이 있었다. 그 뒤, 보정은 진국사를 떠나 각지를 돌아다니다가 당양에 왔고, 이 산이 마음에 들어 암자를 짓고 살고 있었다. 한겨울답지 않게 밝은 달이 비치는 밤이었다. 뜰에서 좌선을 하고 있으려니 돌연 공중에서 외침소리가 들렸다.

"내 목을 돌려다오!"

올려다 보니 적토마에 올라타고 청룡언월도를 손에 든 관우가 왼쪽에 관평, 오른쪽에 주창을 거느리고 구름 속에서 옥천산 정상을 향해 내려오고 있었다.

"관우장군, 어디 가시오?"

"……"

"나를 잊으셨소? 보정이요."

"오오, 스님이구려."

관우는 '획' 하니 바람을 일으키면서 암자 앞에 내려서더니 말에서 내려 무릎을 꿇었다.

"그때의 은혜는 잊을 수가 없습니다. 하지만 나는 여몽의 계략에 넘어가 그만 목숨을 잃었습니다. 하도 억울해서 이 원한을 풀기 전에는 구천으로 돌아갈 수가 없습니다."

하고 하소연했다. 보정스님은 순간적으로 관우의 혼령임을 깨닫고 타이르듯이 말하기를,

"그것은 생각을 잘못하시는 것이오. 그렇다면 백마의 들판에서 장군에게 죽은 안량과 문추, 또한 장군의 손에 죽어간 공수나 한복을 비롯해서 오관문의 여섯 명의 대장들 원한은 누가 풀어 준단 말이오?"

하고 말하자 관우는 무엇을 깨달았는지 고개를 끄덕이고는 홀연히 연기처럼 사라졌다.

또 이런 일도 있었다.

손권은 관우를 참수하고 형주성에서 성대한 축하연을 열었다.

"이번에 전공은 여몽 그대의 덕택이다. 그대의 공적은 적벽에서 조조를 무찌른 주유나 그 뒤를 이은 노숙의 활약에 절대로 모자라는

것이 아니다!"*

하고 손권은 여몽의 공적을 치하하고, 잔에 손수 술을 따라 주었다.

"모두 주공님의 복이십니다."

여몽은 황송해하면서 술잔을 받아 술을 마시려고 하더니 갑자기 잔을 바닥에 내던지고,

"푸른 눈의 쥐새끼 같은 놈아! 나를 누구라고 생각하느냐!"

하고 큰소리로 외치며 손권의 멱살을 움켜잡아 내던지고는 그 자리에 털썩 주저앉았다. 그리고 눈썹을 치켜올려 일동을 노려보았다.

"나는 황건적을 물리치고서부터 지금까지 천하를 누비고 다니기를 30여 년이나 했다. 이번에 네놈 때문에 목숨을 잃었으나, 혼백은 이 세상에 머물면서 너희 놈들을 멸망시킬 때까지 온갖 재앙을 내리겠다. 나야말로 한수정후 관우로다!"

여몽은 그 자리에 쓰러지더니 몸의 7개 구멍으로 피를 흘리면서 죽어 버렸다. 손권은 그 일에 기겁을 해서 놀라고 불안해졌다.

'관우의 혼백이 정말로 앙화를 내릴까?'

그때에 건업으로부터 장소가 도착하여,

"관우 부자를 죽인 것은 우리에게 큰 화가 될지도 모릅니다."

하고 다음과 같이 지적했다.

"관우는 유비와 의형제의 인연을 맺고 생사를 함께 하자고 서로 맹세한 사이입니다. 관우가 우리에게 죽임을 당했다는 것을 알게 되면, 유비는 반드시 복수를 하러 쳐들어올 것입니다. 지금 유비는 파

촉 땅을 손에 넣고 공명의 지모와 장비, 조운, 마초, 황충의 무용을 갖추고 있습니다. 그들이 전력을 다해서 공격해 온다면 우리도 적잖은 피해를 입을 수밖에 없습니다."

손권은 유비의 복수라는 말에 얼굴색이 싹 달라졌다. 관우의 앙화란 바로 그것인가 보다 하고 생각했다.

"어떻게 하면 좋겠는가?"

"일단 관우의 목을 조조에게 보내는 것이 좋을 것입니다. 즉, 관우를 죽인 것은 조조의 지시였던 것처럼 보이게 만드는 것입니다. 그렇게 하면 유비의 원한을 조조에게 돌릴 수가 있습니다. 우리들은 조조와 유비의 싸움을 구경하고 있다가 양쪽의 전력이 소모되었을 때 단숨에 무찔러 버리면 되는 것입니다."

손권은 장소가 권하는 대로 했다. 관우의 목을 상자에 넣어 사자에게 들려 조조에게 보냈다. 조조는 그때 낙양에 있었다. 손권에게서 관우의 목을 보내 왔다는 보고를 받자 크게 기뻐했다.

"이것으로 나도 베개를 높이고 잘 수 있게 되었구나!"

그러자 사마의가 정색을 하며 나섰다.

"대왕님, 기뻐해서는 안 됩니다. 이것은 손권의 책략입니다."

괄목상대(刮目相對)
'눈을 비비고 상대를 본다.'는 뜻으로 무식했던 사람이 갑자기 유식하고 똑똑해졌을 때 쓴다. 용맹하기는 했지만 지략이 없었던 여몽이 손권의 권유로 학문에 정진하여 강동에서 식견이 높았던 노숙을 깜짝 놀라게 한 일에서 비롯된 고사.

"무슨 말이냐?"

"손권은 유비의 보복이 두려운 것입니다. 그래서 관우의 목을 대왕님에게 보내서 유비의 원한을 우리 쪽으로 돌리는 것입니다. 우리가 유비와 싸우면 득을 보는 것은 손권밖에 없습니다."

사마의는 손권의 의도를 꿰뚫어 보고 있었다. 조조는 깊이 생각해 보았다. 분명히 사마의가 말하는 대로였다. 하지만 체면도 있고 해서 관우의 목을 되돌려 보낼 수는 없다.

"걱정하실 필요없습니다."

궁리에 빠져 있는 조조에게 사마의가 한가지 방도를 내놓았다.

"관우의 목에 향나무로 새겨 만든 몸을 붙여서 제후의 예를 갖추어 정중하게 장사지내 주면 유비로부터 원한을 사지 않게 됩니다."

"아, 그렇겠구나."

조조는 곧 손권의 사자를 불러들였다. 관우의 목을 넣은 상자의 뚜껑을 여니 마치 살아 있는 것 같은 관우의 얼굴이 보였다.

"관공, 그동안 무고하셨는가?"

자기도 모르게 조조는 그 얼굴에 미소 지으며 안부를 묻고는,

"관우는 참으로 신(神) 같은 인물이다."

하고 일동을 돌아보며 말했다.

조조는 관우를 제후의 예로 낙양의 남문 밖에 매장하고, 형왕이라는 시호를 추서했다.*

한편, 이보다 얼마 전의 일이었다. 형주에서 성도로 찾아온 자가 공명에게 형님인 제갈근이 관우를 찾아가 손권의 아들과 혼담을 제의했는데 관우가 매정하게 거절했다는 얘기를 전했다.

이 얘기를 듣고 공명은 불안한 표정으로 말했다.

"관우 장군의 강직함은 자칫 불같은 성격의 손권에게 미움을 살 가능성이 크다. 그렇게 되면 형주가 위태로워진다."

공명은 유비를 찾아가 관우를 형주에서 소환할 것을 의논했다.

그 뒤 관우가 조인의 공격을 기다리지 않고 선제 공격을 퍼부어 양양을 점령하고 번성을 포위하는 등 차례차례로 승리했다는 소식이 들어왔다. 그리고 관우는 장강을 따라 봉화대를 설치하고, 손권에 대한 경계를 게을리 하지 않는다는 보고도 들어왔다. 이것으로 유비와 공명은 완전히 마음을 놓고 있었다. 그런 어느 날 밤이었다. 유비가 왕궁에 있는 자신의 방에서 책을 읽고 있다가 책상 위에 엎드린 채 깜빡 잠이 들었는데 갑자기 온몸에 오한을 느꼈다. 차가운 바람이 방 안을 불어 지나가고 등불이 깜박거리고 있었다. 어디서 바람이 들어오는가 하고 이상하게 여겨 주위를 둘러보니 방 한쪽 구석의 등불 그림자에 누군가가 엎드려 있는 것이 보였다.

관제묘(關帝廟)
관우가 죽자 중국인들은 곳곳에 관제묘를 세워 의리를 무엇보다 소중하게 여긴 그를 황제처럼 모시고 그 뜻을 기렸다. 이후 관우는 신격화되었으며 재물을 생기게 하는 신으로 받들어지기도 한다.

"누구냐? 지금 이런 야심한 시간에 찾아온 것은?"

나무라듯이 물으니 천천히 드는 얼굴은 형주에 있을 관우였다.

"관우 아우인가! 언제 형주에서 돌아왔는가? 무엇 때문에 이런 밤 늦은 시간에 찾아왔는가? 형주에서 무슨 일이 있었는가? 왜 그런 슬픈 얼굴을 하고 있는가?"

유비는 소스라쳐 놀라며 한꺼번에 여러 가지를 물었다. 관우는 아무 대꾸도 하지 않은 채 눈물을 뚝뚝 흘리더니 다시 양손을 짚고 절을 하는가 하는 순간 그 몸이 쑥 하고 눈앞에서 사라졌다. 동시에 차가운 바람이 불어 유비를 스치고 지나갔다. 그때, 유비는 잠에서 깨 고개를 번쩍 쳐드니 자신이 책상 위에 엎드려 있었다.

'꿈을 꾼 것인가?'

멀리서 3경을 알리는 북소리가 은은히 들려왔다.

'이상한 꿈도 다 있구나.'

유비는 마음이 불안해져서 곧바로 시종을 시켜 공명을 불렀다. 오래지 않아 공명이 왔다. 유비는 꿈 얘기를 자세히 말하고 그 의미를 물었다. 공명은 처음에 몸을 움찔했다. 사실 그날 밤 천문을 보며 점치고 있을 때 장성(將星=대장을 나타내는 별)이 형주 방향에 떨어지는 것을 보고, 관우의 몸에 좋지 않은 일이 일어났음에 틀림없다고 걱정하고 있었던 참이었던 것이다.

"그것은 대왕님이 언제나 관장군을 생각하고 계시니 그런 꿈을 꾸시는 것입니다."

공명은 유비를 걱정시키지 않으려고 대충 대답했다.

"그럴까? 관우의 몸에 무슨 일이 일어난 것은 아닌지 마음이 답답하오."

유비는 안심하지 못하고 초조한 기색이었으나 공명이 여러 가지 말로 위로를 해 주었기 때문에 가까스로 평정을 되찾았다. 공명은 겨우 유비를 안심시키고 돌아가려 했을 때 마량과 이적이 도착했다고 알려 왔다. 두 사람은 형주가 함락되고, 관우가 패하여 맥성에 의지하는데 서둘러 구원을 청하고 있다는 것을 자세히 보고했다. 유비와 공명이 놀라고 대책을 협의하는데 어느새 새벽이 되었다. 그때 이번에는 요화가 도착했다는 보고가 들어왔다.

뛰어 달려들어오는 요화는 형편없는 모습을 하고 있었다. 머리칼과 수염이 덥수룩하게 자라고, 얼굴이 온통 먼지투성이에다가 입고 있는 것은 누더기가 되어 있었다. 요화는 유비 앞에서 울음을 터뜨리며 관우는 맥성에 피신해 있었고, 자신은 유봉과 맹달에게 구원을 청하기 위해 상용으로 달려갔으나 둘 다 구원을 거절했다는 것을 아뢰었다.

"그렇다면 관우 아우가 살아날 수 없겠구나!"

"어쨌든 제가 일군을 거느리고 즉시 맥성으로 가 보겠습니다. 너무 심려하지 마십시오."

비통해하는 유비에게 공명이 말했다.

"아니, 내가 병사들을 이끌고 장비와 함께 구원하러 가겠다."

유비는 결연히 소리치고는 파서군의 낭중을 지키고 있는 장비에게 즉시 성도로 올라오도록 사람을 보내고, 병력을 준비하도록 명했다.

잠시 후, 형주 방면에서 파발마가 도착했다. 관우가 손권에게 붙잡혀 목이 잘렸다는 보고였다.

"아—악!"

유비는 그 말을 듣자 외마디 소리를 지르며 그 자리에 쓰러졌다.

2

그로부터 3일 동안 유비는 아무도 만나지 않고 방에 틀어박혀 식사도 하지 않고 물도 마시지 않고 계속 울기만 했다. 한편, 장비는 유비의 연락을 받고 낭중을 떠나 성도로 올라오고 있었다.

"잠시만 기다리고 있게나, 관우형. 내가 반드시 구해 줄 테니까."

말에 채찍을 가해 날듯이 달리고 있으려니 귓가를 스치는 바람 소리에 섞여 울먹이는 목소리가 들렸다.

"장비야, 장비야, 형님을 잘 부탁한다!"

그것은 틀림없는 관우의 목소리였다.

"아, 관우형!"

장비는 놀라 말을 세우고 주위를 둘러보았다. 사람의 그림자를 하나도 찾아볼 수가 없었다. 잘못 들었나 생각하고 말에 채찍을 가하려는데 다시 한번 똑똑히 들려 왔다.

"형님을 잘 부탁한다, 장비야."

장비는 그 소리에 부르르 몸을 떨었다.

'어쩌면 관우형이 이미…….'

불길한 예감이 들었지만, 장비는 애써 머리를 흔들며 서둘러 말에 채찍을 가해 성도로 향해 무섭게 달려갔다. 한편, 유비는 3일째 저녁에서야 겨우 공명을 부르더니 움푹 패인 뺨에 눈물을 흘리면서,

"나는 관우, 장비와 함께 도원에서 의형제 인연을 맺고 태어났을 때는 각각이었으나 죽을 때는 함께 하자고 서로 맹세했소. 지금 관우가 죽었는데 이렇게 왕노릇을 하며 살아 있을 수 있겠소? 지금 즉시 군사를 일으켜 강동으로 쳐들어가 손권의 목을 끊어 관우의 한을 풀어 줄 생각이오."

하고 단호하게 말했다.

"대왕님의 그 심정은 알겠습니다만 그것은 아직 시기상조입니다."

하고 공명은 고개를 흔들어 반대의 뜻을 표시했다.

"지금 우리가 손권 진영으로 쳐들어가면 손권은 반드시 조조에게 도움을 청할 것입니다. 손권과 조조가 연합한다면 우리 힘으로는 도저히 승산이 없습니다. 여기서는 차분하게 대처해서 병사들을 움직이지 말고 손권과 조조 사이가 나빠지기를 기다렸다가 틈을 보아 쳐들어가 관우장군의 원수를 갚는 것이 상책입니다."

유비는 공명의 의견을 좀처럼 받아들이지 않았으나 다른 참모나 대장들도 모두 공명의 뜻과 같이 말했기 때문에 간신히 납득을 했다.

이윽고 모두 복상하라는 포고를 내린 유비는 왕궁의 남문에 단을 쌓고, 관우의 혼을 불러서 제사지냈다.

그날 밤 유비는 낭중에서 달려 온 장비와 함께 부둥켜안고 밤새 울었다. 그 무렵 조조는 낙양에 머물러 있었으나 관우를 장사지낸 후부터 매일 밤 꿈자리가 뒤숭숭하여 몹시 의기소침해져 있었다.

"그것은 오래된 궁전에서 사는 마물(魔物 = 요망하고 간사한 귀신) 탓일 것입니다. 새로 궁전을 지으시는 것이 좋지 않겠습니까?"

측근들이 권했다.

조조도 그런 마음이 들어 새로운 궁전에 쓸 재목을 구해 오라고 사방에 사람을 보냈다. 그때 좋은 대들보 감이 있다는 보고가 들어왔다. 성 밖 30리 되는 곳에 있는 약룡담이라는 연못에 높이가 10장 가량 되는 큰 배나무가 있다는 것이었다. 조조는 곧 인부를 보내 그 배나무를 자르게 했다. 그런데 톱으로 잘라도, 도끼로 찍어도 소용이 없었다.

"그런 말도 안 되는 일이 있을 수 있는가?"

조조는 믿지 않았다. 자신이 직접 시험해 보겠다며 수행원들을 데리고 약룡담으로 갔다. 분명히 커다란 나무였다. 가지를 우산처럼 펼치고 하늘에라도 닿을 것처럼 높이 우뚝 서 있었다.

"이 나무는 수백 년 된 고목으로, 신(神)이 살고 계십니다. 제발 자르시지 말기를 간청드립니다."

마을 노인들이 나와서 일제히 무릎을 꿇고 탄원했다.

"나에게 거역하는 신 같은 것은 용서하지 않겠다!"

화가 난 조조는 칼을 빼 들고 배나무를 힘껏 내리쳤다. 쨍그랑하는 소리를 내면서 칼이 배나무에 박혔다. 그러자 칼날을 타고 수액이 줄줄 흘러내리는데 마치 핏물이 흘러내리는 것 같았다. 얼굴이 창백해진 조조는 칼을 그대로 두고 말에 올라타고는 궁전으로 돌아왔다.

그날 밤부터 조조는 머리가 몹시 아프고 높은 열에 시달리게 되었다. 갑자기 눈을 부릅뜨고는,

"배나무 귀신이 찾아와서 나를 죽이려고 한다!"

"애들아, 나와서 저 놈을 베어 버려라!"

하고 악을 썼다. 각지의 명의를 다 불러다가 치료를 시켰으나 전혀 호전되지를 않았다.

그러던 어느 날, 화흠(華歆)이 의원 한 사람을 데리고 나왔다.

"누구냐, 그 자는?"

"화타(華陀)라고 하는 명의입니다. 들으신 적 없으십니까?"

"이름은 알고 있다. 난치병을 잘 고친다는 소문이던데……."

"그렇습니다. 좀처럼 머물러 있는 곳을 알 수가 없었으나 간신히 데리고 왔습니다. 한 번 진찰을 시켜 보는 것이 어떻겠습니까?"

"이 두통을 고쳐 준다면 누구라도 좋다. 화타라고 했지? 빨리 좀 진찰해 주게."

조조는 수척한 얼굴을 화타 쪽으로 돌렸다.

3

화타는 조조의 맥을 짚어 보고 눈을 살펴보고, 신중하게 진찰한 연후에 천천히 진단을 내렸다.

"병의 뿌리는 대왕님의 머릿속에 있습니다. 그렇기 때문에 어떤 약을 드실지라도 효험이 없습니다. 다만 두개골을 자르고 안에 있는 병의 뿌리를 끄집어내면 깨끗하게 낫습니다."

"두개골을 가른다고? 네 이놈, 나를 죽일 생각이냐?"

"천만의 말씀이옵니다. 제 솜씨를 믿어 주십시오. 그리고 마취약을 드시면 그다지 아픔을 느끼지 않을 것입니다. 지금은 이 세상에 없는 관우장군이 독화살로 오른쪽 팔뚝을 다쳤을 때 제가 가서 팔뚝을 째고 뼈를 깎아내서 고쳐드린 일이 있습니다. 그것에 비하면 대왕님의 머리를 수술하는 쪽이 훨씬 더 쉬운 일입니다."

"무슨 소리를 하는 것이냐? 그러고 보니까 네 놈은 관우와 친했던 놈이구나. 이 기회에 관우의 원수를 갚아 주려고 하는 속셈이지?"

격노한 조조는 부하들에게 명해 화타를 감옥에 가두고 고문을 하게 했다. 화타는 고문을 견디다 못해 죽었다. 조조는 원래 의심이 많은 성격 때문에 병을 고칠 기회를 스스로 잃어버리고만 것이다.

화타가 죽고 나자 조조의 병은 점점 더 악화되어 갔다. 어느 날 밤, 조조가 침실에서 누워 있는데 갑자기 자지러지는 듯한 비명소리가 들려 왔다. 깜짝 놀라 벌떡 일어나 주위를 둘러보니 을씨년스러

운 구름이 길게 뻗쳐 있었고, 그 안에 복황후, 동귀비, 복완, 동승, 길평 등 20여 명이 피투성이 모습으로 서 있었다. 모두 조조의 목숨을 노렸기 때문에 죽임을 당한 자들이었다.

"목숨을 돌려다오!"

"누가 나를 이런 모습으로 만들었냐!"

원한을 품은 울음소리가 조조의 귀에 메아리쳤다.

"네 이놈 귀신들아!"

조조는 소리치는 동시에 옆에 있는 칼을 들고 힘껏 베였다. 그 순간 '우르르 콰쾅' 하는 큰 소리와 함께 궁전의 서쪽 구석 모퉁이가 무너져 내리고 조조는 정신을 잃고 말았다. 측근들에게 부축을 받고 겨우 일어난 조조는 별채로 옮겨졌으나 그 얼굴색이 완전히 흑색이었다.

"이제 내 목숨도 얼마 남지 않았을 것이다. 말해 주고 싶은 것이 있으니까 조홍 등을 불러라."

조조는 좌우에 분부를 내렸다. 조홍, 진군, 가후, 사마의 네 사람이 조조의 베개맡으로 달려왔다. 조조는 지긋이 감고 있던 눈을 떴다.

"모두 모였느냐? 지금 옛날의 일을 생각해 내고 있던 참이다. 여남에 허소(許邵)라고 하는 사람이 있었는데 사람 보는 눈이 밝아 상당히 날카로운 인물 비평을 하는 것으로 널리 알려져 있었다."

네 사람은 무슨 말을 꺼내려고 하는가 하고, 긴장된 표정으로 조조를 바라다보고 있었다.

"나는 장래의 일을 물어보려고 허소를 찾아갔다. 허소는 좀처럼 대답을 해 주지 않았는데 거듭 물으니까, '너는 평화로운 세상에서는 치세의 능신(能臣)이 될 것이고, 세상이 어지럽게 되면 간웅(姦雄)이 될 것이다' 하고 말했다. 나는 기뻐했다. 당시에 아직 20세 정도였으나 이렇게 어지러운 난세를 다스리는 것은 나라고 생각했기 때문이다. 그러고 나서 40여 년 가까이 나는 앞만 보고 달려왔다. 많은 군웅을 멸망시키고 남은 것은 손권과 유비뿐이다. 후세 사람들은 허소가 말한 것처럼 나를 '간웅'이라고 볼 것이다. 그러나 내가 없었다면 난세가 이렇게까지 자리를 잡지 못했을 것은 확실하지 않은가? 그것이 나의 자랑이다. 손권이나 유비가 무엇을 할 수 있겠는가? 여기서 죽는 것이 서운하다만 그 다음은 젊은이들에게 맡기자. 비, 창, 식, 웅의 네 아들 가운데 내가 가장 사랑했던 것은 식이었지만, 성실함이 없고 변덕스러운 처신이 많기 때문에 후계자로는 삼지 않겠다. 창은 무용은 뛰어나지만 단순하고 사려가 부족하다. 웅은 병약하다. 비는 치밀한 성격인데다가 재능이 있으니 그대들은 비를 도와 제구실을 하게 해 주기 바란다. 부탁한다."

여기까지 말하고 나서 조조는 입을 다물고 한숨을 길게 내쉬었다. 네 사람은 아직도 계속할 말이 있는가 하고, 머리를 떨어뜨리고 잠자코 기다리고 있었다. 그러나 한참을 기다려도 조조가 아무 말도 하지 않아 얼굴을 들어 바라보았다. 조조는 이미 숨이 끊어져 있었다. 때는 건안 25년(220년) 정월로 조조의 나이 66세였다.

칠보시의 형제

1

조조가 죽었다는 소식이 조비, 조창, 조식, 조웅의 네 아들에게 전해졌다. 위대한 부친의 죽음은 형제들에게 큰 영향을 미쳤다.

그때 장남인 조비(曹丕)*는 업성에 있었다. 그는 이 소식을 듣자 소리내어 울었다. 그리고 낙양에서 운구되어 온 조조의 관을 성 밖 30리 되는 곳까지 마중나가 관을 지키며 돌아왔다.

조비는 조조의 관을 위왕궁에 안치하고 나서 슬픔에 잠긴 나머지 오로지 눈물만 흘리고 있었다.

"태자님, 언제까지나 슬퍼만 하고 있어서는 안 됩니다."

그 모습을 보고 사마부(司馬孚)가 진언했다.

"대왕님이 돌아가셔서 천하는 동요하고 있습니다. 일각이라도 빨리 위왕의 대를 이으셔서 불안을 제거하지 않으면 안 됩니다."

"그러나 왕위를 이으려면 천자의 허락이 있어야 한다."

"천자의 허락 따위는 나중에 받으면 되는 것입니다. 즉시 왕위에 오르셔야 합니다."

사마부가 조비의 왕위 계승을 강하게 권하고 있었는데 화흠이 허도에서 왔다는 연락이 들어왔다.

화흠은 왕궁에 들어오자마자,

"천자로부터 태자님께서 위왕의 대를 잇도록 하라는 조칙을 받아 가지고 왔습니다!"

하고 말하며 품 안에서 헌제의 조칙을 꺼내 큰소리로 낭독했다.

화흠은 조조 사후에 일차적인 업무가 위왕의 대를 잇는 것이라 여겨 조칙을 챙겨 달려온 것이었다. 물론 화흠은 조칙의 초고를 자신이 작성하여 조비를 기쁘게 했다.

이것으로 형식이 갖추어졌다.

조비는 위왕의 자리에 오르고 승상으로서 조조와 똑같이 나라의 정치를 관장하게 되었다.

차남 조창(曹彰)이 10만 병사를 이끌고 장안으로부터 업성 교외에 도착한 것은 조비가 즉위식을 마치고 신하들로부터 인사를 받

조비(曹丕)
조조와 변부인 사이에서 태어난 큰아들. 조조가 죽자 헌제로부터 황제의 자리를 넘겨받아 위문제(魏文帝)가 된다. 문무(文武)에 모두 뛰어났고 특히 문학에서 뛰어난 실력을 발휘하여 『전론(典論)』이란 평론집을 저술했다.

고 있는 도중이었다.

"병력을 이끌고 온 이상 나하고 왕위를 다툴 생각임에 틀림없다. 그 녀석은 성질이 거친데다가 무용도 뛰어나다. 어떻게 하면 좋겠는가?"

"저에게 맡겨 주십시오."

고문관인 가규(賈逵)가 나섰다.

"동생 분을 만나서 설득하고 오겠습니다."

"오오, 그래, 부탁한다."

가규는 성 밖으로 나가 조창을 맞이했다.

"위왕의 인수(印綬=신분이나 지위의 정표로 몸에 걸치는 끈)는 어디에 있는가?"

조창은 가규를 보자마자 물었다.

"그것은 내가 물려받아야 하는 것이다. 나에게 건네주지 않겠는가?"

"무슨 말씀을 하십니까!"

가규는 두려워하는 기색없이 꾸짖었다.

"이미 선왕께서는 장남 조비님을 후계자로 정하셨습니다. 조창님이 위왕의 인수를 이러쿵저러쿵할 입장이 아닙니다."

"……."

조창은 말문이 막혀 잠자코 있었다.

"애당초 조창님이 이곳에 오신 것은 부왕의 장례식 때문입니까?

아니면 형제분 사이에 왕위를 다투기 위해서 오신 것입니까?"

가규는 날카롭게 따지고 물었다.

"장례를 지내기 위해서 오신 것이라면 기특한 효자라고 칭찬을 받을 수 있겠지만 왕위를 다투신다면 대역 죄인으로 세상 사람들의 지탄을 받을 것입니다!"

"장례식을 치루기 위해서 왔다."

무용에 있어 뛰어나기는 했으나 단순하고 이치에 약한 조창은 할 수 없이 그렇게 대답했다.

"그렇다면 의심을 사기 전에 즉시 병력을 철수시키십시오."

가규의 말에 따라 조창은 병력을 철수시켰다. 그리고 혼자 성문을 걸어 들어와 조비와 대면했다. 두 형제는 끌어안고 울었다.

이렇게 하여 조비의 위왕 지위는 안정이 되었다. 조비는 조조의 장례식이 끝나자, 무왕(武王)이라고 시호를 올리고 업성의 서쪽에 있는 고릉에 매장했다.

조비는 장례식을 끝낸 뒤, 조창에게 장안으로 돌아가 방비를 굳건히 하도록 하라고 위왕으로서 명했다.

남아 있는 두 동생, 조식과 조웅은 조조의 장례식에 오지 않았다.

"부왕의 장례식에도 얼굴을 내밀지 않다니 괘씸하다. 그냥 내버려 둘 수 없다."

조비는 두 동생에게 죄를 묻는 사자를 보냈다.

먼저 돌아온 것은 조웅에게 보낸 사자였다. 사자는 조웅은 병 때문에 장례식에 참석하지 못했었으나 죄를 두려워해서 목을 매 죽었다고 보고했다. 조비는 후회하고 조웅을 정중히 장사지내 주라고 분부했다.

한편, 나중에 돌아온 조식에게 보낸 사자는 조비를 크게 노하게 만들었다.

조비의 사자가 조식(曹植)을 찾아갔을 때, 조식은 가신 정의, 정이 형제와 술을 마시고 있었는데 위왕으로부터 파견된 사자를 마중하러 일어서려고도 하지 않았다.

두 가신도 무례하기가 짝이 없었다.

"선왕께서는 우리 조식님을 후계자로 삼으려고 생각하셨는데 조식님을 폄하(貶下)하려고 하는 자들의 책략에 의해 위왕 지위를 빼앗긴 것이다. 선왕이 돌아가신 지 얼마 되지도 않았는데 죄를 묻다니, 무슨 짓인가?"

하고 정의가 욕을 퍼붓자 동생 정이도,

"우리 조식님께서는 천하에 비할 자가 없는 영재이시다. 왕위에 오르셔도 조금도 부족할 것이 없는 분이다. 그것을 모르다니, 그대의 눈은 옹이구멍인가?"

하고 입을 일그러뜨리며 비웃었다.

"이놈을 당장 때려 내쫓아라!"

술에 취한 조식은 킬킬거리며 웃으면서 좌우에 배석한 무장들에게 명했다. 무장은 사자의 양팔을 끌어안더니 성문 밖으로 내던져 버렸다.

보고를 받은 조비는 몹시 화가 났다.

"이놈, 나에게 반항할 생각이구나."

조비는 허저에게 3천 병사를 주어 조식과 그 측근들을 잡아 오라고 명했다.

허저는 즉시 병사들을 이끌고 조식이 있는 청주의 임치로 달려갔다. 반항하는 자를 모조리 베어 버리고 성관으로 들이닥치니까 조식과 정가 형제가 술에 취해 쓰러져 있어 포박하여 돌아왔다.

"이 녀석들을 죽여라!"

조비는 우선 정가 형제를 참수하게 했다.

다음에 조비가 조식을 불러내리고 하자, 어머니 변부인이 나와서 목숨을 빌었다.

"식은 분명히 자신의 재능에 빠져서 방자한 행동을 했는지도 모르지만 그대와 피를 나눈 동생이오. 목숨만은 살려 주오. 그렇지 않으면 내가 대신 죽겠소."

변부인*은 조웅이 목을 매달아 죽었다는 것을 듣고 슬퍼하고 있었는데, 지금 또 조식이 붙잡혀 왔다는 것을 알고는 깜짝 놀라 내전

변부인(卞夫人)
원래는 노래를 부르는 기녀였으나 조조의 호감을 사 아내가 되었다. 검소하여 사치를 좋아하지 않아 고기와 생선을 상에 올리지 않았다. 조비가 조식을 죽이려고 하자 조식의 구명을 주선했고, 조비가 죽었을 때는 함부로 처신하는 잘못을 범했다고 해서 곡을 하지 않은 엄격한 일면도 전해진다

에서 달려나온 것이었다.

조비도 어머니에게는 거역할 수가 없었다.

"동생을 붙잡아 온 것은 잠시 혼쭐을 내주기 위한 것입니다. 목숨까지 빼앗으려고는 생각하지 않으니 안심하세요."

그렇게 말하고 어머니를 내전으로 모셔다 드렸다.

조비가 바깥 궁전으로 나오니 화흠이 와서 속삭였다.

"태후님께서 조식의 목숨을 살려 달라고 말씀하셨지요?"

조비는 잠자코 고개를 끄덕였다.

"조식은 재능을 타고난 분이십니다. 언제까지나 억눌러 둘 수는 없습니다. 지금 아예 제거하는 것이 좋을 것입니다."

"하지만 목숨은 빼앗지 않겠다고 어머님과 약속해 버렸네."

"그럼, 이렇게 하시면 어떻겠습니까? 조식은 입을 열면 말이 그대로 시가 되고 명문이 된다고 세간에서는 말하고 있는데, 실제로 시험을 해보시면 어떻겠습니까? 만일 그 재능이 소문대로라면 목숨을 살려 주고, 그렇지 않으면 그 자리에서 제거하십시오."

"그것도 좋겠다."

조비는 동의하고 조식을 불러들였다.

"너는 재능을 뽐내면서 방자한 행동을 일삼고 있는데 나는 너의 시나 문장이 누군가의 대필일 것이라고 믿고 있다. 그러니 지금 이 자리에서 일곱 걸음을 걷는 동안에 시를 지어라.* 시를 지을 수 있으면 목숨은 살려 주겠다. 시를 짓지 못하면 목을 치겠다. 어떠냐?"

그때까지 창백한 얼굴을 하고 몸을 떨고 있던 조식이었으나 그 말을 듣자, 빙긋이 웃으면서 고개를 끄덕였다.

"좋습니다. 제목을 내주십시오."

마침 벽에 두 마리의 소가 흙담 밑에서 싸우다가 한 마리가 우물에 빠져 죽는 그림이 걸려 있었다. 조비는 그것을 가리키면서 말했다.

"저 그림을 시로 나타내라. 단 '우(牛)'와 '투(鬪)' 자를 써서는 안 된다."

"알았습니다."

조식은 천천히 걷기 시작했다. 일곱 발자국을 모두 걸었을 때는, 그림의 내용을 나타내는 멋진 시가 완성되어 있었다. 물론 '우' 자와 '투' 자는 써 있지 않았다.

"일곱 걸음이면 너무 느리다. 이 자리에서 만들어라. 제목은 형제다. 단 '형제'라는 말을 써서는 안 된다."

조비는 다시 명했다.

조식의 입에서 즉시 시구가 나왔다.

콩을 삶는 데 콩깍지를 불태우는구나.

칠보지재 (七步之才)
'일곱 걸음을 옮기는 사이에 시를 지을 수 있는 재주'라는 뜻으로, 아주 뛰어난 글재주를 이르는 말이다. 조식은 어렸을 때부터 글재주가 출중해 조조의 사랑을 많이 받았으나 생활이 너무 자유분방해 조비에게 후계자 싸움에서 졌다.

칠보시의 형제 253

콩은 가마 안에서 울고 있도다.
본래는 같은 뿌리에서 생겨난 것인데
어째서 이처럼 서둘러 들볶아 대는가.

이 시를 듣자 조비는 자신도 모르게 눈물을 흘렸다.
조비는 이렇게 해서 조식의 목숨을 살려 주고, 벼슬을 강등시켜 지방으로 내려보냈다.

2

한편, 한중왕 유비는 조조가 죽고 조비가 위왕의 자리에 올랐다는 소식을 전해 듣자 문무백관을 모아 놓고 말했다.

"조조는 죽고 조비가 뒤를 이었으나 조정을 업신여기는 것이 아비보다 더 심하다고 한다. 또한 손권은 그런 조비에게 아첨을 하고 있다는 소문이다. 나는 우선 손권을 쳐서 멸망시켜 관우의 원한을 풀어 주고 다음에 조비를 치려고 하는데, 어떤가? 그대들의 의견을 듣고 싶다."

그러자 요화가 앞으로 걸어 나왔다.

"관장군님 부자분이 화를 당하신 것은 유봉과 맹달 탓입니다. 손권을 공격하기 전에 이 두 사람의 죄부터 물어야만 합니다."

그러자 유비는 고개를 끄덕였다.

"그것은 나도 생각하고 있었다. 지금 당장 두 사람을 성도로 불러올리도록 하라."

"그래서는 오히려 두 사람이 배반할까 염려됩니다."

하고 공명이 말렸다.

"오히려 두 사람을 승진시키고 따로 떨어지게 한 다음에 기회를 봐서 잡아들이는 것이 좋을 것입니다."

유비는 공명의 의견에 따라 우선 유봉을 면죽 태수로 임명하기로 하고 사자를 보냈다.

그런데 그 자리에 맹달의 친구 팽영이란 자가 있었다.

'안 되겠다. 맹달이 위험하다. 알려 줘야지.'

팽영은 서둘러 집으로 돌아와 편지를 써서 심복 부하에게 들려 상용의 맹달에게 전하고 오도록 했다. 그러나 심부름꾼은 성문을 나가다가 경비병에게 의심을 사서 그만 붙잡히고 말았다. 병사는 마초의 부하였다. 심부름꾼은 곧 마초 앞으로 끌려 갔다.

심부름꾼을 취조하여 마초는 모든 것을 알아냈다. 팽영과는 그다지 가까운 사이는 아니었지만, 왕래가 있었기 때문에 상황을 살피러 팽영의 집을 찾아갔다.

"잘 찾아와 주셨소."

팽영은 기꺼이 마초를 맞아들이고는 술을 내서 대접했다.

술이 거나하게 취했을 때, 마초는 팽영의 모습을 살피면서 지나가는 얘기처럼 말했다.

"이전에 한중왕은 당신을 무겁게 쓰고 있었는데, 요즘은 그렇지도 않은 것 같더군요……."

"그 늙은이, 나를 업신여기면 어떻게 되는지 한 번 본때를 보여주겠소!"

술에 취한 팽영은 마초의 꼬임에 넘어가 유비를 욕하기 시작했다.

"맹달과 짜고 한바탕 소동을 일으켜 주려고 생각하고 있는데, 그대도 한 몫 끼지 않겠소?"

끝에 가서는 그런 말까지 입에 담았다.

마초는 적당히 맞장구를 치면서 그 자리를 얼버무리고는 팽영과 헤어져 왕궁으로 가서 유비에게 모든 사실을 보고했다. 유비는 격노했다. 즉각 팽영을 붙잡아다가 엄하게 문초한 뒤에 참수시켰다.

팽영이 참수당했다는 소식이 맹달의 귀에 들어가자, 신변의 위험을 느낀 맹달은 그날로 성까지 들어 조비 진영에 투항했다.

이것을 안 유비는 병력을 보내 치려고 했으나 공명이 제지했다.

"유봉에게 명하여 맹달을 치게 하는 것입니다. 유봉은 맹달을 잡든지, 패하든지 간에 성도에 돌아오지 않으면 안 되니까 그때 처치하면 됩니다."

그래서 유비는 생각을 바꾸고 면죽으로 사자를 보내 맹달을 치도록 명했다. 유봉은 즉시 병력을 이끌고 출동했다.

한편, 조비는 맹달의 항복을 기뻐하기는 했으나 본심인지 아닌지

의심하고 있었다. 그곳에 유봉이 5만의 병사를 이끌고 쳐들어왔다는 보고가 들어왔다.

"당장 치고 나가서 유봉의 목을 베어 오너라."

조비는 맹달에게 말했다.

"그러면 그대의 항복을 믿겠다."

"목을 벨 것까지도 없습니다. 제가 가서 설득하여 유봉을 우리 편으로 만들어 보겠습니다."

맹달은 자신만만하게 대답하고는 양양으로 달려갔다.

양양에는 서황이 있었다. 서황에게서 유봉이 성 밖 50리 되는 곳에 진을 치고 있다는 소식을 들은 맹달은 재빨리 항복을 권하는 편지를 써서 사자에게 들려 보냈다.

이 무렵 유봉은 맹달의 주장에 동조하여 관우를 구하러 가지 않았던 것을 크게 후회하고 있었다.

"이제는 두 번 다시 네 놈의 감언이설에는 넘어가지 않는다."

유봉은 편지를 박박 찢어 버린 후 사자를 베어 버리고 맹달을 치러 나섰다.

이 사실을 알자 맹달은 전력을 다해 공격하였는데 서황까지 가세하여 측면 공격을 해오자 유봉은 맥없이 패하고 말았다.

공명이 예상한 대로였다. 유봉은 불과 100기 가량의 부하를 데리고 비참한 꼴로 성도로 도망쳤다.

"숙부를 도와줄 용기는 없어도 어슬렁어슬렁 돌아오는 뻔뻔스러움은 갖고 있단 말인가? 부끄러운 줄을 알아라."

유봉은 유비의 양자였다. 그렇기 때문에 유비의 노여움은 더욱 컸으나 한편으로는 아버지로서의 애정도 완전히 버릴 수가 없었다. 유비는 마음을 독하게 먹고 유봉을 참수하도록 명했다.

3

한편, 조비가 위왕의 자리에 앉고 나서 몇 개월이 지났다. 그러자 각지에서,

"석읍현에 봉황(鳳凰 = 공작을 닮은 상서로움을 상징하는 상상의 새)이 날아 왔다고 합니다."

"임치현에 기린(麒麟 = 몸은 사슴, 발굽은 말, 꼬리는 소처럼 생겼다는 성인이 세상에 나올 징조를 나타내는 짐승)이 나타났습니다."

"황룡(黃龍 = 누런색 용)이 업성에서 목격되었다고 합니다."

라고 하는 소식이 위왕궁에 전해졌다.

봉황이나 기린이나 황룡 등의 출현은 국가적으로 경사스러운 일이 일어나는 징조로 해석하는 것이 관례였다.

"이것은 위왕(魏王)이 한나라 천자(天子)를 대신하라는 하늘의 뜻이 틀림없다."

"위왕에게 천하를 물려 주도록 천자께 말씀을 올려야 한다."

화흠, 왕랑, 가후, 진군 등을 중심으로 하는 조비의 측근들이 모여 의논을 하고 어느 날, 허도의 궁전으로 찾아가 헌제(獻帝)를 알현했다.

"송구스럽사오나 한조의 운은 이제 다했습니다."

화흠이 대표해서 입을 열었다.

"부디 폐하께서는 위왕에게 나라를 물려 주시도록 부탁을 드립니다. 그렇게 하시는 것이 하늘의 뜻에 적합하고 또한 동시에 백성의 기대에도 부응하는 단 하나의 길입니다."

헌제는 놀란 나머지 말도 하지 못했다. 한참 있다가 눈물을 흘리면서 입을 열었다.

"짐은 재능도 부족하고 덕도 없다고는 하나 지금까지 잘못을 저지른 일이 없다. 무엇 때문에 400년을 이어온 한조를 버리지 않으면 안 되는가?"

"번영한 것은 반드시 멸망하는 것이 세상의 이치 아니겠습니까?"

왕랑이 나섰다.

"한조의 운이 다한 것은 누가 보아도 명백합니다. 일각이라도 빨리 퇴위를 하십시오. 그래야 사변이 안 생깁니다."

헌제는 울면서 안쪽으로 뛰어 들어가 버리고 말았다.

이틀날에도 화흠 일행은 찾아왔다. 헌제가 나오지 않고 있으니 조홍과 조휴가 들어가 밖의 어전으로 나가도록 강요했다.

헌제는 할 수 없이 바깥 어전으로 나가 옥좌에 앉았다. 그러자 화흠이 어제와 달리 강경하게 주장했다.

"어제 말씀드린 대로 하십시오. 그렇지 않으면 큰 화가 일어날 것입니다."

"화라니? 짐의 목숨을 빼앗으려고 하는 자라도 있는가?"

"폐하의 목숨을 빼앗으려고 한 자는 지금까지 천하에 한두 사람만 있는 것이 아닙니다. 지금 자리를 물려주시지 않으면 좀더 많이 늘어날 것입니다!"

화흠의 말에, 헌제는 겁을 집어먹고 벌떡 옥좌에서 일어났다.

왕랑이 눈짓을 했다. 화흠이 저벅저벅 다가가 헌제의 옷소매를 잡았다.

"승낙할 것인지 말 것인지 빨리 대답을 하십시오!"

헌제는 겁을 잔뜩 먹었다. 뜰에는 갑옷과 투구로 무장한 병사들이 100명 가량 창을 손에 들고 대기하고 있었다.

"짐은 위왕에게 천하를 물려주려고 생각한다……."

헌제의 입에서 갈라진 목소리가 새어 나왔다.

이렇게 해서 전한, 후한을 합쳐 400년 가까이 계속되어 온 한왕조는 종말을 고했다. 건안 25년(220년) 10월의 일이었다.

황제가 된 조비는 나라 이름을 「대위(大魏)」라고 하고, 연호를 「황초(黃初)」로 바꾸었다.

부친 조조에게 태조 무황제라고 시호를 바치고, 헌제를 산양공에 임명하여 하내군의 산양으로 내려 보냈다. 또 허도에서 낙양으로 도읍을 옮기고 장대한 궁전을 짓고 옮겨가 살았다.

조비가 제위를 이어받아 위나라 황제가 되었다는 소식이 성도에 전해졌다.

"이런 폭거가……."

유비는 격노하고 또 비탄에 잠겼다.

재차 타격을 가하듯이 헌제가 조비한테 살해당했다고 하는 뜬소문이 들려 왔다. 유비는 대성통곡을 하면서 복상을 하고 멀리 허도를 향해 헌제의 혼령을 제사지냈다.

공명은 유비의 마음이 가라앉기를 기다려 중신인 허정, 초주 등과 함께 제위에 오르도록 권했다.

"그대들은 나를 조비와 같은 역적으로 만들려고 하는가!"

유비는 단호히 고개를 흔들었다.

"그렇지가 않습니다. 한실의 핏줄을 물려받은 황숙님께서 제위에 올라 한조를 이어야 역적 조비를 치는 명분이 있고 천하의 사람들이 원하는 바입니다. 황숙님께서 제위에 오르지 않으면 한조는 이대로 멸망해 버릴 것입니다."

그래도 유비는 좀처럼 수락하려고 하지 않았으나 공명의 간절한 설득에 마침내 황제의 자리에 올랐다. 나라 이름은 「촉한(蜀漢)」이라고 했다.

때는 건안 26년(221년), 연호를 바꿔 「장무(章武) 원년」으로 했다. 이때 유비의 나이 61세이고 공명은 41세였다.

공명은 승상에 임명되어 국가의 재정, 내정, 외교, 군사의 모든 것을 그의 양어깨에 짊어지게 되었다.

유비가 제위에 오른 날 밤, 왕궁의 누각에 한 사람의 그림자가 나타났다.

"관우형, 기뻐하라!"

그 그림자는 별빛이 흐르는 먼 상공을 향해서 말했다.

"우리들의 형님이 황제가 되어 한조의 뒤를 이으셨네. 그 옛날 우리 집 뜰의 도원에서 한조를 부흥시키고 흐트러진 이 세상을 바로 잡자고 셋이서 맹세한 것을 겨우 실현했네. 우리들의 큰 뜻은 8할 가량은 성취되었네."

그림자는 손에 든 술잔을 눈 위로 들어 올렸다가 단숨에 마셨다.

"관우형, 왜 나를 남겨 놓고 먼저 떠났는가?"

그림자는 흐르는 눈물을 손등으로 훔쳤다.

그때, 또 하나의 그림자가 누각에 나타났다.

"폐하!"

"아니, 옛날처럼 형님이라고 불러 주게."

또 하나의 그림자가 말했다.

"관우는 죽었다. 아무리 탄식해 보아도 살아서 다시 돌아오지는 않는다. 남아 있는 우리 두 사람이 해야 할 일은 관우의 원한을 풀어 주는 일이다. 나는 이제부터 손권 진영으로 쳐들어갈 50만 대병력을 갖출 것이다. 그대는 낭중으로 돌아가 군사를 정비하고 연락을 기다려라."

"형님, 흐흐흑……."

"울지 마라. 나는 이제 울지 않기로 했다."

"그래요. 이제 관우형을 위한 복수만이 남았어요!"

그 목소리에는 무시무시한 결심이 담겨 있었다.

두 개의 그림자는 한참 동안 석상처럼 꼼짝 않고 서로의 손을 마주 잡고 있었다.

〈제5권으로 계속〉

 4권을 덮으며...

    삼국지는 길고 긴 이야기이기 때문에 읽어 나가는 사이에 우리들은 차츰 등장인물에게 애착을 느끼고, 자신이 좋아하는 인물을 응원하고 싶어집니다. 그리고 그 인물에게 언제까지나 씩씩하게 활약해 주기를 기원하지 않을 수 없게 됩니다.
    그런 인물의 대표가 관우입니다.
    관우라고 하면, 소설의 처음부터 등장하여 가슴이 시원해지는 듯한 무용과 신의가 두터운 행동으로 우리들을 감동시켜 주었습니다. 공명이 등장하고 나서는 등장하는 빈도가 줄어들었지만, 그래도 관우가 등장하면 이야기에 훨씬 긴장감이 감도는 느낌이 듭니다.
    그 관우가 붙잡혀서 목을 베이고 영원히 퇴장해 버리니까 보통 일이 아닙니다. 더구나 싸움을 하던 중에 장렬한 전사를 했다면 또 모를까, 그 천하무적의 영웅이 함정에 빠져서 궁지에 몰려 붙잡히고 말았으니까 가슴이 미어집니다.
    저는 어렸을 때부터 삼국지를 애독했습니다만, 관우가 죽는 곳까지 읽어 나가다가 망연자실하여 가슴에 '뻥' 하니 구멍이 뚫린 것 같아서 한참 동안은 계속 읽어 나갈 수가 없었습니다. 그 정도로 이야기 속에서 관우의 존재는 컸던 것입니다.
    관우는 죽은 후 신처럼 숭앙되고 모셔졌습니다. 삼국지의 영웅 가운데서 신처럼 모셔지는 것은 관우 단 한 사람뿐입니다.
    관우를 모신 사당은 관제묘(關帝廟)라고 불리며 중국 각지에 있습니다. 중국 국내뿐만 아니라, 해외에도 있습니다. 우리나라에도 있습니다. 서울 종로의 동묘가 관제묘로 잘 알려져 있습니다.
    관우가 신으로 모셔지는 것에는 그 이후의 제왕들이 관우의 충성심을 이용하여 국가의 수호신으로 삼은 것이 크게 영향을 미친 듯하지만, 민중의 마음에 관우를 숭배하는 감정이 없으면 오래 지속되지 않았을 것입니다. 의가 두텁고, 정이 깊으며, 무용에 뛰어나고, 스스로의 신념을 관철한 그 강인함 때문에 민중들은 관우를 동경하고 숭배하고 자신들을 지켜주는 수호신으로 받들어 모셨던 것입니다.

오늘날에도 중국의 농촌에서는 주택 입구에 관우의 화상을 붙여서, 부적으로 삼고 있습니다. 관우는 민중의 마음속에 지금까지도 살아 있는 것입니다.

관우는 장사의 신으로도 숭앙받고 있습니다. 관우와 장사의 연결은 왠지 잘 납득이 가지 않지만 까닭이 있습니다.

관우가 태어난 고향 하동군 해량현(현재의 산서성 운성시)은 옛날부터 소금의 생산지로 알려져 있었습니다. 그런데 이 소금의 생산을 방해하는 나쁜 신이 있었습니다. 그래서 생산자들은 그 고장의 영웅인 관우를 신으로 모시고, 나쁜 신을 쫓아내 주도록 기원하였던 것입니다.

근세가 되자 산서성의 상인들은 큰 힘을 갖게 되어 각지에 진출해서 그 지방의 경제나 금융을 독차지하게 되었습니다. 그때, 상인들은 관제묘를 만들고 자신들을 지켜주는 수호신으로 관우를 모셨던 것입니다.

화교라고 불리는 해외에 진출한 중국 상인들도 정착한 나라에 관제묘를 세웠습니다. 이렇게 해서 해외에도 관제묘가 많아지게 되었던 것입니다.

무신(武神)으로서의 관우.

장사(商業)의 신으로서의 관우.

서로 성격은 다르지만 어느 쪽이나 모두 민중의 마음속에 살아온 관우의 이미지를 나타내 주고 있다고 할 수 있을 것입니다.

민중의 마음속에서 계속 살아 온 관우와 정반대가 조조입니다.

조조는 유비와 관우와 공명 등을 돋보이게 하기 위해서 소설 속에서는 상당히 손해 보는 역할을 떠맡고 있습니다. 여기서 조조의 실상을 조금 소개하여 명예 회복을 도모해 보기로 하겠습니다.

우선 첫째로, 조조는 뛰어난 정치가였습니다.

조조가 허도에 헌제를 맞아서 천하통일을 향하여 걸음을 내딛기 시작했을 무렵, 매년 일어나는 흉작과 싸움으로 농촌이 황폐해져서 농민들은 토지를 버리고 떠돌이 생활을 했습니다. 조조는 각지의 군웅을 쓰러뜨리기보다는 황폐해진 농촌을 구하고, 농민들을 고향으로 불러들이는 쪽이 중요하다고 생각했습니다.

그래서 조조는 둔전제(屯田制)를 실행하기로 했습니다. 이것은 버려진 토지를 국가의 소유로 하고 군사들이 한편으로 지키고, 한편으로 농사일에 종사하는 제도입니다. 희망자를 모집해서 경작을 시키기도 했습니다. 물론 수확한 것의 일부를 세금으로 바쳐야 하지만, 농민들은 앞을 다투어 농촌으로 돌아왔습니다. 국가의 보호 아래 가난하더라도 안심하고 살 수 있다는 것을 알았기 때문입니다.

처음에는 허도 주변에서 시작한 둔전제는 큰 성과를 거두게 되었고, 이윽고 조조의 세력 범위에 있는 각 지방으로 퍼져 나가서 극도로 황폐해진 중원 일대의 농촌이 보기 좋게 되살아났습니다.

조조는 또한 훌륭한 문인이기도 했습니다. 싸움터에 나가서도 말 위에서 창을 뉘어 놓고 시를 지었다고 합니다.

시인이며 문장가로서 조조의 문학적 재능은 아들 조비와 조식에게 전해졌습니다. 후세에 이들 삼부자가 모두 유명한 시인으로 대접받았으나 그 가운데서도 삼남인 조식에게 높은 평가가 주어지고 있습니다.

조조는 태생이나 가문에 사로잡히지 않고 재능이 있다고 보면 적극적으로 인재를 등용했습니다. '설사 품행이 나쁜 자라도 재능이 있으면 중히 쓰도록' 하고, 도덕보다 재능을 중시했던 것입니다. 그 때문에 조조 밑에는 뛰어난 인재가 많이 모여들었으며, 각자의 재능을 충분히 발휘해서 활약했던 것입니다.

그런데, 조조는 어째서 황제가 되지 않았던 것일까요? 위왕이라는 지위에 올라 모든 권력을 손에 넣고 남은 것은 제위뿐이었으니까 조조가 원한다면 황제가 되는 것은 간단한 일이었습니다.

젊었을 때에는 한나라의 조정을 뒤엎고 자신이 그 자리에 앉고 싶은 야심도 있었지만, 실질적으로 조정을 지배하고 마음대로 움직일 수 있게 되고 보니 특별히 황제가 되지 않아도 된다고 생각했을지도 모릅니다.

혹은 자신이 황제가 되지 않더라도 아들 대가 되면 주위 사람들이 가만히 내 버려 두지 않을 것이라는 계산이 있었을 지도 모릅니다. 사실 조조가 죽은 후, 뒤를 계승한 조비는 주위 사람들의 성화로 황제가 되었습니다.

조정의 권위를 철저하게 이용하면서도 최후까지 황제의 지위에 손을 대지 않았던 점에 조조의 긍지가 있었다고 할 수 있을 것입니다.

한편, 관우의 팔꿈치를 고치고, 조조의 두통을 고쳐 주려고 하다가 오히려 의심을 받아 죽임을 당해 버린 명의 화타 역시 실재하는 인물이었습니다. 그가 자신의 치료법과 약의 조합법 등을 자세히 기록한 「청낭서(靑囊書)」라는 책이 있었다고 하는데, 지금은 전해지고 있지 않습니다.

본문에서는 쓸 여유가 없었지만, 그것에는 이런 에피소드가 있습니다.

조조에게 의심을 받고 화타는 감옥에 처넣어졌습니다. 옥지기는 화타를 불쌍히 생각하여 매일 술과 음식을 사입하면서 화타의 뒷바라지를 해 주었습니다.

그 은혜를 느끼고 어느 날, 화타는 옥지기에게 말했습니다.

"나는 머지않아 죽을 것이다. 각오는 되어 있다. 따라서 지금까지 친절하게 대해 준 은혜 갚음으로 내가 생각해 낸 치료법과 약의 조합법 등을 기록한 청낭서라는 책을 당신에게 주겠다."

이 말을 듣고 옥지기는 크게 기뻐했습니다. 명의 화타의 치료법이 있으면 자신도 의사가 될 수 있기 때문입니다. 옥지기 같이 험한 일을 하지 않아도 되기 때문입니다.

옥지기는 화타가 써 준 편지를 가지고 화타의 집으로 찾아갔습니다. 그리고 화타의 아내에게 편지를 건네주고, 청낭서를 받아 감옥으로 돌아왔습니다.

"선생님이 말씀하신 책이라는 것은 이것입니까?"

"그래, 틀림없네."

화타는 옥지기가 내민 책을 손에 들고 고개를 끄덕였습니다. 그리고 한 번 쭉 훑어 보고서는 옥지기에게 주었습니다.

"부디 이 책을 후세를 위해 요긴하게 써 주게."

"감사합니다."

옥지기는 청낭서를 받아들고 집으로 돌아가 장롱 깊숙이 소중하게 모셔 놓았습니다.

그로부터 10일 가량 뒤, 화타는 옥중에서 죽었습니다. 옥지기는 화타의 시체를 관에 넣어서 정중하게 장사지내 주었습니다.

그것이 끝나자 옥지기를 그만두고 서둘러 집으로 돌아왔습니다.

'자, 지금부터는 의사로 살아가자. 청낭서가 있으니까 화타 선생님과 같은 명의가 되는 것도 꿈이 아니야.'

그런데 어찌된 일인지 집에 돌아와 보니 아내가 소중히 모셔 좋은 청낭서를 꺼내다가 뜰에서 불태우고 있는 것이었습니다.

"무슨 짓을 하는 거야!"

황급히 아내의 손에서 빼앗아 들었을 때에는 청낭서는 거의 재가 되어 있었습니다.

"아아, 이것으로 내 꿈도 끝장났구나!"

하늘을 우러러보며 탄식하는 그에게 아내는 이렇게 말했습니다.

"설사 청낭서를 배워서 화타와 같은 명의가 되어 보았자 결국에는 감옥에서 죽게 되는 것이 고작이에요. 그러니까 이런 책은 태워 버리는 쪽이 당신을 위하는 길이라구요."

그런 연유로 화타의 청낭서는 오늘날에 전해지지 않았다고 합니다.

한 가지 더 덧붙여 말하고 싶은 사람은 여몽입니다. 그는 가난한 홀어머니 밑에서 성장했습니다. 그래서 어떻게 하든 출세의 기회를 만들고자 싸움터를 쫓아다니며 무섭도록 용맹하게 싸웠습니다. 이렇게 해서 장군이 되었으나 용맹 이외에는 별 볼일이 없었습니다. 이를 안타깝게 여긴 손권이 공부를 권해서 마침내 지략가로서도 면모를 일신하게 되어 마침내 관우를 사로잡았던 것입니다. 관우를 생포할 당시 상당한 중병에 걸려 있었습니다만 자기 목숨을 돌보지 않고 작전을 세우고 직접 전투에 임했으며, 나이 어린 육손을 발탁하는 등 인생의 마지막을 성심성의껏 마무리한 사람이었습니다. 소설에서는 마치 관우의 혼령이 씌워져 죽는 것처럼 되어 있습니다만 여몽의 죽음은 중병을 돌보지 않은 탓이었을 뿐입니다.

어쨌든 관우와 조조 두 사람이 죽은 것에 의해서 삼국지의 이야기는 크게 변화되어 갑니다. 관우를 잃은 유비와 장비는 앞으로 어떻게 복수전을 펼치게 될까요?

전략 삼국지 4
위·촉·오의 천하쟁탈전

원 작 • 나관중 평 역 • 나채훈, 미타무라 노부유키
그 림 • 와카나 히토시
펴낸곳 • (주)삼양미디어 펴낸이 • 신재석

등 록 • 제 10-2285
주 소 • 121-840 서울시 마포구 서교동 394-67
전 화 • 02)335-3030 팩 스 • 02)335-2070
홈페이지 • www.samyangm.com
이 메 일 • book@samyangm.com

1판 1쇄 발행 2005년 10월 10일
ISBN • 89-5897-013-8
       89-5897-009-X(전5권)

책 값은 뒤표지에 있습니다.
잘못 만들어진 책은 구입하신 서점에서 바꾸어 드립니다.